Brigid Lowry
Vanilla Dreams

© privat

Brigid Lowry wurde in Neuseeland geboren. Nach vielen Jahren, die sie in Australien verbracht hat, ist sie wieder dorthin zurückgekehrt. Sie war Kellnerin, Bibliothekarin und Lehrerin, bevor sie 1985 anfing als Schriftstellerin zu arbeiten. Neben Kurzgeschichten und Gedichten hat sie bereits mehrere Jugendbücher veröffentlicht. Außerdem unterrichtet sie Kreatives Schreiben.

Weitere Bücher von Brigid Lowry bei dtv junior: siehe Seite 4

Brigid Lowry

Vanilla Dreams

Roman

Aus dem Englischen von
Gabriele Kosack

Deutscher Taschenbuch Verlag

Von Brigid Lowry sind außerdem
bei dtv junior erschienen:
Freeway – auf und davon, dtv junior 70912
Follow the Blue, dtv junior 70854
Von Brigid Lowry und Sam Field erschien:
Ausflug ins All, dtv junior 70932

Deutsche Erstausgabe
In neuer Rechtschreibung
Mai 2006
Deutscher Taschenbuch Verlag GmbH & Co. KG, München
www.dtvjunior.de

Titel der englischsprachigen Originalausgabe:
›With Lots of Love from Georgia‹, 2005 erschienen bei
Allen & Unwin Pty Ltd, Crows Nest, Australia

Umschlagkonzept: Balk & Brumshagen
Umschlaggestaltung: Jorge Schmidt und Tabea Dietrich
unter Verwendung eines Fotos von Jan Roeder
Graphische Elemente: © Sandra Nobes
Lektorat: Beate Schäfer
Satz: Fotosatz Reinhard Amann, Aichstetten
Gesetzt aus der Advert 10,5/13,5˙
Druck und Bindung: Druckerei C. H. Beck, Nördlingen
Printed in Germany
ISBN-13: 978-3-423-71157-9
ISBN-10: 3-423-71157-4

Sternenboulevard der Träume

Ich heiße Georgia und wohne in einer Stadt, die man Überall-und-Nirgendwo nennen könnte und in der es viel zu viele Einkaufszentren und viel zu wenig Skateboardrampen gibt. Ich bin größer als die meisten anderen Mädchen in meinem Alter (fünfzehn) und wiege auch mehr. Meine roten Locken machen, was sie wollen; meine Augen wechseln je nach Licht die Farbe, in sämtlichen Schattierungen von Haselnuss- bis Honigbraun. Ich sehe mich selbst gern als eine großartige, kreative Persönlichkeit, aber manchmal fühle ich mich nur wie ein einsames, trauriges Mädchen mit einem großen Hintern.

An diesem verträumten Sommernachmittag liege ich auf meinem Bett und denke an Jakob, den Frontman von *Natural Affinity* – aber das muss ich ja wohl nicht extra dazusagen. Für mich ist er der Größte, und zwar seit … schon immer, würde ich sagen. Oder zumindest seit einem knappen Jahr. Ich habe ein Riesenposter von ihm über mein Bett gehängt, einen silberblauen Sari drum herum drapiert und Leuchtsterne dazugeklebt. Mein Jakob-Schrein.

Mama hat mich schon ein paarmal gefragt, warum ich ihn so toll finde. Es fällt mir schwer, das zu erklären. Ich tu's einfach. Vielleicht weil er aussieht wie jemand, der Hunde liebt, gern liest und kein Fleisch isst. Ein melancholischer Poet mit langen, dünnen Fingern; und wenn er Gitarre spielt, leuchtet die Welt. Zumindest meine. Er ist mein Gott, mein romantischer Mondtänzer, mein Herzensprinz.

Die beiden anderen Mitglieder von *Natural Affinity* heißen Hayley und Fifi. Schwestern. Im *Rolling Stone* habe ich gelesen, dass Jakob und Fifi ein Paar sind. Mist! Allerdings begreife ich schon, warum er auf sie steht. Sie hat blonde Dreadlocks, ist gertenschlank und auf so eine Schmollmundweise attraktiv. Fifi spielt Keyboard, Hayley Tamburin und Schlagzeug; beide zusammen singen Back-up. Hayley hat tonnenweise Piercings und kurz geschorenes grünes Haar – sieht eher aus wie ein Stück Wiese als wie eine Frisur. Angeblich ist sie lesbisch. Mich würde es allerdings nicht reizen, sie zu küssen, denn ihre gepiercte Zunge kann bestimmt jede Menge Schaden anrichten. Und wie Fifi es schafft, mit ihrer verknoteten, verfilzten Lockenpracht einigermaßen bequem zu schlafen, ist mir ein Rätsel. Cool aussehen müssen ist doch die Pest. Mir wäre das zu lästig, ich hasse unbequeme Klamotten wie Stöckelschuhe oder Wonderbras.

Ich wünschte, ich wäre zu einer anderen Zeit geboren, als runde, üppige Formen in waren, und an einem anderen Ort. Vielleicht Paris, 1892. Ich kann mir das ganz genau vorstellen: Vom Blumenkasten auf meinem Balkon pflücke ich eine rote Geranie und winke dabei dem gut aussehenden jungen Mann auf der gegenüberliegenden Straßenseite zu. Während er zurückwinkt, denkt er: Wie hübsch sie ist – und so schön mollig. Zum Frühstück (ich trage einen cremefarbenen Kimono, dazu elegante, mit goldenen Vögeln bestickte Pantoffeln) esse ich butterzarte Croissants und trinke heiße Schokolade. Oder vielleicht Tahiti, zu Zeiten Gauguins – da waren die Frauen alle groß und dick und braun und stark und schwer und kein Mensch wäre je auf die Idee gekommen, sie müssten irgendwie anders sein.

Reiß dich zusammen, Georgia. Du lebst nun mal in diesem Jahrhundert, dem Jahrhundert der bauchfreien Tops. Aber mit deinem Schwabbelbauch kannst du das komplett vergessen. So was steht dir einfach nicht, wird dir niemals stehen. Dein Haar ähnelt einer vom Wind zerfetzten Wolke, deine Augen sind zu klein für dein kugelrundes Gesicht. Du passt einfach nicht in diese wundervolle Welt der Schlanken und Schönen. Aber Schluss jetzt mit dem Gejammer. Träume sind umsonst, aber ich brauche Geld. Fünfhundert Dollar, um genau zu sein. Ich möchte nämlich zu einem Konzert fahren.

Die schlimmste Zeit des Jahres

Ich, Georgia Reeves aus Golden Bay, erkläre hiermit feierlich und im Vollbesitz meiner geistigen Kräfte (auch wenn ich nie bestreiten würde, dass ich auch ganz schön gaga sein kann), dass Weihnachten das Allerletzte ist. Die Erwachsenen benehmen sich noch merkwürdiger als sonst. Der Stresspegel steigt, alle sind gereizt; gleichzeitig soll man gefälligst bester Laune sein, muntere Weihnachtslieder trällern und den Leuten fröhlich bunte Weihnachtskarten mit der Aufschrift *Friede auf Erden* schicken. Man muss für absolut jeden Geschenke kaufen, auch wenn man keine Kohle hat. Dafür bekommt man selber allen möglichen Krimskrams geschenkt:

Ein »süßes« Nachthemd von Mama. Dazu irgendein zitroniges Blubberschaumzeugs, Badezusatz, Duschgel, irgendwas in der Art. Warum kapiert sie das nicht? Ich bin einfach nicht der Typ für so was und werde es auch nie sein, da kann sie mir noch so viel Mädelskram schenken.

Ein Sortiment mit Pralinen, Schokoriegeln und anderem Schleckerzeug, hübsch verpackt in grünem und goldenem Seidenpapier und mit geschmackvoller Goldschleife. Von Tante Joy und Onkel Kevin. Sieht meiner Tante Joy ähnlich – etwas Billiges so elegant verpacken, dass es was hermacht. Und obwohl ich moppelig bin, heißt das noch lang nicht, dass ich auf billigen Süßkram stehe.

Von meinem Opa ein Büchergutschein, wie jedes Jahr, weil er weiß, wie sehr ich Bildbände über Kunst liebe. Ein gutes Geschenk.

Meine anderen Großeltern, die abscheulichen Reeves, haben die übliche teure Karte geschickt. *Fröhliche Weihnachten, Georgia. Liebe Grüße von Großmutter und Großvater.* Ein Geschenk gibt es nie, dafür überweisen sie jedes Jahr Geld für mich, an das ich aber erst ab meinem einundzwanzigsten Geburtstag drankomme und das ich für meine Ausbildung verwenden muss.

In einer Karte mit quietschroten Rosen und metallicblauen Herzen von meiner Cousine Gilda steckte ein Zehndollarschein. Die Karte ist echt cool, aber zehn Dollar werden mich meinem Ziel – im Mai zu dem großen Konzertevent zu fahren, bei dem auch *Natural Affinity* auftreten – leider nicht viel näher bringen. Auf meinem Sparbuch sind gerade mal vierzig Dollar, von denen ich meiner Mutter im Prinzip noch zehn schulde. Wie man sieht, bin ich so gut wie pleite.

Meine coolsten Geschenke: Opas Büchergutschein, eine CD von meiner besten Freundin Mel und eine Zeichnung, die einen Geige spielenden Engel darstellt. Sie stammt von Penny, der besten Freundin meiner Mutter.

Das dämlichste Geschenk: ein Tagebuch von meiner Tante Sooze. Eigentlich heißt sie Susan, aber sie legt sich gern neue Persönlichkeiten mit den entsprechenden Namen zu. Sooze hat dieses Jahr nicht mit uns Weihnachten gefeiert, sondern war auf einem Hippie-Festival in Byron Bay, wo man lernt, was man aus tibetischen Ziegenhörnern schnitzen kann, und ähnlich nützliche Dinge. Wetten, dass sie das Tagebuch selbst geschenkt bekommen hat, es aber mir andreht, weil sich das Gelb des Sateinbands nicht mit ihrer Aura verträgt? Oder so ähnlich. Insgeheim habe ich schon beschlossen, dass ich es auch weiterverschenken werde. Und wenn der oder die Nächste es genauso wenig will, kann sie es gern wieder verschenken. Ja, im Prinzip könnte dieses Tagebuch immer weitergegeben werden – immer, immer weiter – und auf die Weise würde es am Ende sogar noch berühmt als das unbeliebteste Weihnachtsgeschenk der Welt.

Wenigstens hat Sooze mir nicht noch ein Döschen oder Schächtelchen geschenkt. Denn bis ich vierzehn wurde, schickte sie mir jedes Jahr eine kleine Dose, Schachtel oder Box ... aus China, aus Indien, manchmal auch bloß aus dem Ramschladen um die Ecke. Jedes geschlagene Jahr, seit meinem siebten Geburtstag. Schließlich bat Mama sie so diskret und freundlich wie möglich, das endlich bleiben zu lassen, weil ich a) was gegen Nippes habe und b) die Dinger bloß als Staubfänger in der Gegend rumstehen. Eine CD ist ein gutes Geschenk, fünfzig Dollar sind ein gutes Geschenk. Es sollte Schulen geben, in denen man Tanten so was beibringt.

Ich schreibe nicht gern Tagebuch. Die Schreibaufgaben, die wir in der Schule kriegen, haben mir Schreiben als Ausdrucksform gründlich verleidet. Die Lehrer geben einem irgendein idiotisches Thema vor und kritzeln später mit Rotstift voll, was man geschrieben hat. Am Ende sind die Seiten mit banalen Kommentaren und abfälligen Bemerkungen übersät. Wozu also das Ganze?

»Georgia schweift allzu leicht vom Thema ab. Und manchmal ist sie fast ein bisschen *zu* kreativ«, schrieb mir meine Englischlehrerin, Mrs Jellicoe, letztes Jahr ins Zeugnis. Blöde Kuh. Jeder, der *Mein Leben als Haushalts-*

gegenstand als Thema für einen Aufsatz vorgibt, verdient den Tod. Ich fand meinen Aufsatz gar nicht so schlecht, aber bei der Wahl eines Vibrators bin ich vielleicht doch ein bisschen weit gegangen. Schade, dass wir unseren Lehrern nicht auch Zeugnisse ausstellen dürfen.

»Mrs Jellicoe kleidet sich unvorteilhaft und neigt dazu, beim Sprechen zu spucken.«

»Mr Noble hat keinen Sinn für Humor. Außerdem könnte er gut und gern ein paar Kilo abspecken.«

Hey, wenn ich erst mal in Fahrt komme, bin ich nicht mehr zu bremsen. Dabei ist Mrs Jellicoe im Grunde gar nicht so übel. Man kann interessante Sachen von ihr lernen. Zum Beispiel, dass eine Geschichte, die im Präsens erzählt wird, beim Leser einen unmittelbareren Eindruck hinterlässt. Außerdem vertritt sie die These, eine Frau definiere sich in allererster Linie über ihre Handtasche, und behauptet, Milchprodukte seien Gift für das menschliche Verdauungssystem. Manchmal faselt sie echt wirres Zeug daher, aber mit englischer Sprache und Literatur kennt sie sich aus. Und der Unterricht bei ihr macht schon allein deshalb Spaß, weil sie ständig vergisst, was sie uns offiziell beibringen soll. Stattdessen erzählt sie uns Geschichten aus den glücklichen Jahren, in denen sie mit dem Rucksack in Italien, Griechenland und der Türkei unterwegs war. Ihre Sehnsucht nach dem Menschen, der sie damals war, ist ganz unterhaltsam. Meiner Meinung nach ist sie diejenige, die leicht vom Thema abschweift – aber wenn das dazu führt, dass wir eine ganze Schulstunde lang quer durch Europa stromern, werde ich mich bestimmt nicht darüber beschweren.

Ich hatte noch eine Idee, was ich mit dem Tagebuch anstellen könnte: Wenn mir eines Tages mal so richtig langweilig sein sollte, schreibe ich die cremefarbenen Seiten voll mit Märchen über tote Prinzessinnen und neunmalkluge Prinzen, über böse Stiefväter und schlecht gelaunte, fies behaarte kleine Kobolde.

Weihnachten ist bei uns zu Hause jedenfalls so abgelaufen:

»Sti-hille Nacht, heilige Nacht, alles schläft, tralala, nur das traute hochheilige Paar…« Onkel Kevin, am Grill, singt laut und falsch vor sich hin, während er die Würstchen hin und her wendet, obwohl es momentan gar nichts zu wenden gibt. Durch seinen munteren Gesang versucht er Weihnachtsstimmung zu verbreiten, aber mir kann er nichts vormachen. Er kippt ein Bier nach dem anderen – Prost! – und schaut ständig auf die Uhr, obwohl er, Tante Joy und Gilda gerade erst gekommen sind. Natürlich würde er viel lieber in seiner Werkstatt rumkramen. Aber Weihnachten ist schließlich ein Familienfest, Leute. Da müssen wir so tun, als würde uns das gemeinsame Feiern Spaß machen, und die Zeit rumbringen, so gut es eben geht. Tante Joy huscht durch die Gegend wie ein geistesgestörtes Kaninchen, stellt die Salatschüsseln mal hierhin, mal dorthin, fummelt an der Tischdeko herum. Bei besonderen Anlässen ist sie noch nervöser als sonst.

»Brennt das Feuer nicht ein bisschen zu stark, Liebling?

Sieht aus, als würden die Würstchen jeden Moment anfangen zu brennen.«

»Keine Bange, Schatz, ich hab alles im Griff.« Onkel Kevin wischt sich mit dem Hemd übers Gesicht und kippt das Bier in einem Zug herunter. Er schwitzt, aber das liegt vermutlich nicht nur an der Hitze – es ist heiß und wird stündlich heißer –, sondern auch am Bier.

»Bitte nicht mit dem Hemd, Kevin, Darling«, nörgelt meine Tante und saust davon, bevor er etwas erwidern kann. Er tut ohnehin so, als hätte er nichts gehört, und versetzt den Würstchen einen kleinen Stups, damit er den Fisch und die Garnelen auch noch auf dem Grill unterbringen kann. Bei dieser Aktion fällt ein Würstchen auf den Boden. »Mist«, murmelt er.

Tante Joy und Onkel Kevin kommen nicht besonders gut miteinander klar. Mit am traurigsten daran ist, dass sie sich trotzdem dauernd »Schätzchen« oder »Darling« nennen. Als könnten sie damit ihre kriselnde Beziehung kitten. In ihrer Gegenwart kann man sich gar nicht wohl fühlen; deshalb hat Gilda sich auch im Wohnzimmer verkrochen und liest *Cosmopolitan*. Hat sie sich extra mitgebracht, die Zeitschrift. Meine Cousine ist achtzehn, also drei Jahre älter als ich. Dünn, blass, strähniges blondes Haar und eine Vorliebe für Pastellfarben. Manchmal habe ich das Gefühl, eines Tages wird sie noch komplett unsichtbar.

Theoretisch soll ich bei den Vorbereitungen helfen, aber weil bis auf das Gegrillte alles fertig ist, hänge ich eben bloß so rum und warte drauf, dass es endlich was zu essen gibt. Meine Mutter ist ein sehr durchorganisierter

Mensch. Gestern Abend blieb sie ewig auf, um geröstete Paprika, Kartoffelsalat und Himbeer-Käsekuchen vorzubereiten. Momentan steht sie in der Küche, trinkt Sekt und wühlt im Kühlschrank rum, ob sie irgendwas vergessen hat. Sekt … zuerst wird der perlende Schaum sie aufmuntern, auf so eine flirrende Rauschgoldengelweise. Aber am Ende weint sie doch wieder, wie jedes Jahr, weil sie meinen Vater zu Weihnachten am meisten vermisst.

Onkel Kevin hat die gegrillten Sachen mit Alufolie abgedeckt und schenkt Sekt nach. Bestimmt dauert es noch Ewigkeiten, bis wir endlich essen. Wir warten auf meinen Opa, der grundsätzlich zu spät kommt. Ich gehe ins Haus, um mit Gilda zu quatschen.

»Mann, habe ich einen Hunger. Du auch?«

»Nicht so richtig«, antwortet sie. »Papa hat Pfannkuchen zum Frühstück gemacht. Auf die Garnelen freue ich mich trotzdem.«

»Dein Oberteil gefällt mir.« Sie trägt ein pfirsichfarbenes, mit Spitzen besetztes Top. Steht ihr gut.

»Danke. Der Weihnachtsmann hat's mir geschenkt, aber ich durfte es mir selbst aussuchen.«

»Was liest du gerade?«

»Über Po-Inlays.«

»Wa-a-as?«

»Gesäßvergrößerungen. Wie man seine Hinterbacken à la Beyoncé Knowles größer und runder machen lassen kann.«

»Ha, hab ich nicht nötig. In dem Punkt bin ich meiner Zeit weit voraus.« Ich klatsche mir beim Sprechen mit der Hand auf den Allerwertesten.

Gilda lächelt, doch es ist ein trauriges Lächeln.

»Ich finde plastische Chirurgie bescheuert. Und du?«, frage ich.

»Sehe ich ähnlich. Außer aus medizinischen Gründen«, antwortet sie.

»Klar, bei Hasenscharten und so ... Wer braucht schon drei Ohren und ein gigantisches Muttermal?«

Gilda lächelt flüchtig. Irgendwas bedrückt sie.

»Gilda, ist was?«

»Nein.«

»Spuck's schon aus. Du wirkst total deprimiert. Was ist los?«

»Das Übliche. Mama und Papa. Du weißt doch, wie sie sind. An Weihnachten dreht Mama vor lauter Stress endgültig durch. Papa versucht ja es ihr irgendwie recht zu machen, aber am Ende nimmt er's ihr doch krumm. Meistens kann ich es ignorieren, aber manchmal halt ich's einfach nicht mehr aus.«

»Du Ärmste.« Ich setze mich zu ihr, umarme sie unbeholfen. Sie ist nur Haut und Knochen, so zerbrechlich. Aber sie erwidert meine Umarmung. Ich bin froh, dass ich mich aufgerafft habe nett zu sein.

»Denk nicht weiter drüber nach. Tun kannst du sowieso nichts. Aber danke, dass du gefragt hast.« Sie senkt den Kopf und vertieft sich erneut in ihre trashige Glitzerwelt. Ich zögere noch einen Moment, doch dann lasse ich sie allein. Ich hab was zu erledigen. Und jetzt ist genau der richtige Zeitpunkt.

Ich gehe nach oben und krame in meinem Schrank herum. Hole den angestoßenen Karton mit den Silbersternen heraus, den ich mit sieben selbst gebastelt und innen mit Samt ausgekleidet habe. In dem Karton liegen meine Schätze: eine Locke von meinem eigenen Babyhaar; ein getrocknetes Seepferdchen; ein glattes Rosenquarzoval; die filigrane Silberbrosche in Palmenform – mein Erbstück von Omi; ein rubinfarbener Ohrring, den ich im Park gefunden habe; drei Fotos von meinem Vater. Meine Mutter besitzt mehrere Alben und unten im Flur hängt ein großes, gerahmtes Hochzeitsporträt der beiden. Aber diese drei Bilder gehören mir ganz allein.

Ein kleiner Junge mit Strickjacke, der ausgelassen über eine Wiese rennt.

Vierzehn Jahre alt, auf einem Pferd.

Ein Passbild, mit zwanzig. Auf dem Bild sieht er traurig aus; als wüsste er schon, dass er die Reisen, von denen er damals träumte, nie unternehmen wird.

Ich lehne die Fotos an den Karton und reihe meine übrigen Schätze ordentlich davor auf. Dann zünde ich eine weiße Kerze an und sitze eine Weile lang still davor. Mein persönliches Weihnachtsritual. Von dem außer mir keiner etwas weiß. Ein kleiner, stiller Raum. Für meinen Papa.

Mein Vater, Michael, stammte aus einer Familie, die durch Pferdezucht reich geworden war. Er sah sehr gut aus. Groß und dunkel, wie ein edles Rassepferd. Die

Familie meiner Mutter, Anna, war völlig anders – chaotisch, notorisch laut, notorisch pleite. Drei Kinder: meine Mutter, Joy, Sooze. Mein Opa hatte einen Trödelladen, aber ihm fehlten die Kunden. Im Hof stand immer jede Menge Gerümpel herum, rostige Autoteile, kaputte Möbel; er schaffte es nämlich nie, das Zeug zu reparieren. Meine Omi war eine große, schwere Frau mit traurigem Herzen. Sie vermisste Irland ihr ganzes Leben lang. Ihr Lieblingswort war »mühevoll«, und wenn ihr alles zu viel wurde, legte sie sich tagelang ins Bett, wie ein gestrandeter Wal.

An ihrem achtzehnten Geburtstag ging meine Mutter von daheim fort und begann als Pflegerin im Krankenhaus zu arbeiten. Gleich am ersten Tag dort lernte sie meinen Vater kennen. Ein Pferd hatte ihn getreten, er sollte zur Beobachtung über Nacht bleiben. An dem Punkt hält meine Mutter jedes Mal, wenn sie die Geschichte erzählt, inne und seufzt einen verträumten Seufzer.

»War es Liebe auf den ersten Blick?«, frage ich. Auch jedes Mal.

»Liebe auf den ersten Blick«, bestätigt sie. »Ja, das war es.«

Drei Wochen später waren sie verheiratet, obwohl seine schnöseligen Eltern meine Mutter nicht akzeptierten und sich weigerten zur Hochzeit zu kommen. Meine Mutter und mein Vater liebten einander und waren glücklich.

Mein Vater suchte sich einen Job: Er verkaufte Anzeigen, und zwar gut. Er konnte Leute mit seinem Charme derart um den Finger wickeln, dass sie sich für ihn ausgezogen hätten.

»Bei dir hat es jedenfalls geklappt: Er hat dich um den Finger gewickelt und du hast dich für ihn ausgezogen.«

»Georgie!«, sagt sie, aber mit einem Lächeln. Und fährt fort: »Als du kamst, waren wir die stolzesten Eltern auf der ganzen Welt. Wir wohnten damals in der Garnet Road, in einem Schindelhäuschen mit roter Tür, Veranda und einer blauen Hortensienhecke davor.«

Ich weiß. Ich kann mich nicht genau an meinen Vater erinnern, aber ich erinnere mich auf jeden Fall an Sonnenschein und Wärme und Gelächter. Ich erinnere mich an den Strand und an meinen sandigen Hintern. Ich erinnere mich an eine rote Tür und blaue Blütenblätter und ein Paar große Füße. Jedenfalls glaube ich das. Dass ich mich daran erinnere.

Als ich vier war, sagte mein Vater eines Tages, nachdem er von der Arbeit heimgekommen war, er fühle sich nicht besonders wohl und werde sich ein wenig hinlegen. Als meine Mutter zu ihm hochging, um ihn zum Abendessen zu holen, lag er tot im Bett. Schwere Hirnblutung. Ohne besonderen Grund. So was passiert eben manchmal, sagten die Ärzte zu meiner Mutter.

Er ist auf dem Friedhof von Golden Hill begraben, direkt neben einer Eiche.

Michael David Reeves. 1957 – 1988. Von uns gegangen zu Gott, steht auf dem Grabstein aus gesprenkeltem Marmor. Meiner Meinung nach sollte da schlicht *Von uns gegangen* stehen.

Seitdem sind wir nur noch zu zweit. Meistens hat meine Mutter ihr Leben im Griff, aber besondere Gelegenheiten wie Weihnachten und Geburtstage sind hart für sie. Sie tut zwar so, als wäre sie in Feierlaune, aber ihr Schmerz sickert durch. Darum ist Weihnachten das Letzte. Das Allerletzte. O du fröhliche, o du selige, tralalalala tralala.

Endlich brüllt Onkel Kevin durchs Haus: »Alle Mann Essen fassen.« Ich renne runter. Opa, der endlich aufgetaucht ist, nimmt mich fest in den Arm. Er riecht nach Pfeffer, wie immer – ich liebe diesen Geruch. Opageruch. Er hat sich schick gemacht fürs Fest, seine ausgebeulten alten Hosen sind ausnahmsweise gebügelt. Mama kommt aus der Küche, ein Sektglas in der einen, die Zitronenmayonnaise in der anderen Hand. Tante Joy zerrt Gilda von ihrer Zeitschrift weg. Wir setzen uns zum Essen an den Tisch. Meine Tante besteht darauf, ein endloses, langweiliges Tischgebet zu sprechen. Lang und breit lässt sie sich darüber aus, wie wichtig Familie ist und wie schön wir es doch alle fänden, wenn Sooze jetzt auch da wäre. Na klar. Die beiden sind zwar Schwestern, aber wenn sie zusammen sind, knistert die Luft vor Anspannung. Ich werfe Opa, der an seinem Hörgerät herumfummelt, einen Blick zu und verdrehe die Augen. Er zwinkert mir verschwörerisch zu. Dann dürfen wir endlich anfangen zu essen.

DAS SCHÖNE AM WEIHNACHTSESSEN
Die vielen leckeren Sachen

DAS ÄTZENDE AM WEIHNACHTSESSEN
Dass man hierzulande bescheuerte Papierhüte aufsetzen muss
Berge von schmutzigem Geschirr und ein Riesenabwasch hinterher
Das folgende Gespräch:

»Na, Georgia, wie geht's denn so?«

»Gut.«

»Und in der Schule?«

»Auch okay.« Wir haben Ferien, du Idiot, denke ich, bemühe mich aber um einen freundlichen Tonfall. Onkel Kevin will bloß nett sein.

»Georgia kommt in die elfte Klasse«, fügt meine Mutter hinzu. Was überflüssig ist, denn mein Onkel macht nur höflich Konversation, um die Pause zwischen Garnelen und Nachtisch zu überbrücken. Ihm ist es ziemlich egal, ob ich nun in die elfte oder die siebenundneunzigste Klasse komme.

»Und was machen deine Sparpläne?«

Hätte ich Gilda doch bloß nie erzählt, dass ich im Mai zu dem Megakonzert nach Melbourne fahren will, bei dem auch *Natural Affinity* auftreten. Und hätte Gilda doch bloß den Mund gehalten anstatt es brühwarm ihren Eltern weiterzuerzählen. Seitdem fragt mich Onkel Kevin jedes Mal, wenn wir uns sehen, nach meinen Sparplänen. Und nie gibt es irgendwas Positives zu vermelden.

»Läuft nicht so toll, ehrlich gesagt.«

»*Naked Affinity*, was? Hört sich heiß an.«

»Die Gruppe heißt *Natural Affinity*, Papa«, meint Gilda resigniert. Muss ein schweres Schicksal sein, den uncoolsten Vater auf diesem Planeten zu haben. Zu unserem Familienweihnachtsessen hat er sich in ein Hawaiihemd und ein sauberes Paar Shorts geschmissen. Muss ich noch mehr sagen?

»Fünfhundert Dollar sind eine Menge Geld«, sagt er. Wie außerordentlich zutreffend.

»Ja«, antworte ich. »Es geht ja nicht nur um die Eintrittskarte, sondern auch um den Flug und eine Übernachtung in der Jugendherberge.«

»Wie viel hast du denn schon gespart?«, fragt Tante Joy und wischt sich mit einer Goldglitzerserviette über die Nase. Unauffällig, wie sie glaubt.

»Nicht allzu viel. Auf meinem Sparbuch sind vierzig Dollar, aber ich schulde Mama noch zehn.«

Theoretisch sollte ich Mama die zehn Dollar in die Hand drücken, die Gilda mir geschenkt hat. Aber das werde ich wohl nicht über mich bringen, Weihnachtsgeld ist schließlich heiliges Geld.

Gilda nimmt sich noch eine Hackfleischpastete, schnipst den Teigdeckel runter und zerbröselt ihn in lauter kleine Stücke, die sie ziellos auf ihrem Teller hin und her schiebt. Und meine Mutter denkt in diesem Moment: Was für eine Verschwendung, die schöne Hackfleischpastete – ich kann ihre Gedanken so deutlich vor mir sehen, als stünden sie ihr mit lila Filzstift auf die Stirn geschrieben. Ich male mir gerade aus, wie es wäre, wenn jedermann seine Gedanken auf der Stirn geschrieben trüge, da werde ich aus diesem kleinen Tagtraum unsanft in die Wirklichkeit zurückgeholt.

»Ich habe eine Idee!« Tante Joy strahlt übers ganze Gesicht. An ihrer Oberlippe klebt ein Krümel. »Warum suchst du dir nicht einen Job, Georgia? Zumindest stundenweise? Als Babysitter zum Beispiel. Oder als Verkäuferin, in einer Bäckerei, im Supermarkt ...«

Blöde Kuh, denke ich. Zum Glück erscheint das nicht in großen lila Buchstaben auf meiner Stirn. Mama hat mir nämlich einen Vortrag gehalten, dass ich bitte höflich sein soll. Und ich tue auch mein Bestes, ehrlich. Aber Tante Joy ist nun mal der nervigste Mensch auf der ganzen Welt. Ihre Zuckerguss-Freundlichkeit wirkt künstlich und sie hört einem nie richtig zu. Sie fragt zwar ständig irgendwas, aber wenn man ihr antwortet, kriegt sie einen glasigen Blick und später stellt sie einem dieselbe Frage noch einmal. Was für eine Ironie des Schicksals, dass sie ausgerechnet Joy – Freude – heißt. Mama findet ihre Schwester auch schwierig, aber sie redet nicht weiter drüber. Ihr einziger Kommentar zu dem Thema lautet: »Geschwisterbeziehungen sind eben komplex.«

Eigentlich hat Tante Joy mit ihrem Vorschlag den Nagel auf den Kopf getroffen; aber mich nervt, *wie* sie es vorbringt. Als wäre ich eine faule Schlampe, die sich schon längst einen Job hätte suchen müssen – zumindest schwingt das in ihrem Tonfall mit.

»Was für eine großartige Idee.« Ich schenke ihr ein Lächeln, das von einem Ohr zum anderen reicht, und ziehe das O in »großartig« so lang wie möglich.

»Georgia«, wirft meine Mutter in scharfem Ton ein. »Setz den Wasserkessel auf und mach Kaffee, bitte. Und bring die Trüffel aus dem Kühlschrank mit.«

»Trüffel?«, meint Onkel Kevin. »Ich weiß nicht, ob ich noch einen einzigen Bissen runterbringe. Anna, das mit dem Essen hast du mal wieder großartig hingekriegt. Mein Magen ist total voll – das macht den stärksten Mann platt.«

Ach ja?, denke ich. Dich hat was ganz anderes platt gemacht, und zwar vor langer Zeit: dass du Tante Joy geheiratet hast. Mühsam verkneife ich mir ein Grinsen, verkrümele mich in die Küche und stopfe beim Kaffeekochen fünf Rumtrüffel in mich rein.

Mit oder ohne Pommes?

Als ich zum Frühstück runterkomme, ist meine Mutter traurig. Man sieht es ihr nicht direkt an, aber es liegt in der Luft wie ein Geruch.

»Guten Morgen, mein Mädchen«, sagt sie.

»Hi, Mama.«

»Die Cornflakes sind alle, du wirst Toast essen müssen.«

Ich toaste vier Scheiben Rosinenbrot, schmiere dick Butter drauf und halte einen Löffel Honig über meinen Kaffeebecher, bis die dicke, zähe gelbliche Masse hineingeglitten ist. Mein Magen fühlt sich an wie ein Loch. Das kommt vom Hunger, aber auch von der Angst. Denn manchmal weiß ich nicht, wie ich mit Mamas Traurigkeit umgehen soll.

»Was die Sache mit dem Arbeiten angeht ...« Ich beiße ein großes Stück Toast ab. »Ich geb es zwar nur ungern zu, aber Tante Joy hat Recht. Hat keinen Sinn, drauf zu warten, dass Geld vom Himmel fällt. Ich brauche einen Job.«

»Wie wär's mit *McDonald's*? Die suchen ständig Leute und es ist nicht so weit weg. Du könntest mit dem Rad hinfahren.«

»Mama! Ich fass es nicht. Das ist nicht dein Ernst, oder? Sandy, Mels Schwester, hat zwei Wochen lang bei *McDonald's* gejobbt. Sie sagt, es ist das Allerletzte. Im Land der fettigen Burger – nein danke! Auf gar keinen Fall. Lieber sterbe ich.«

»Kein Grund, theatralisch zu werden, Georgia.« Meine Mutter seufzt – sie hat eine extrem nervige Art zu seufzen – und unternimmt einen zweiten Ablauf: »Wie wär's mit Babysitten?«

»Vielleicht.« Begeistert bin ich nicht von der Idee, aber es wäre immerhin ein Anfang.

»Und Werbeflyer?«

»Ja klar, super. Nachdem man ungefähr zehn Millionen Stück verteilt hat, bekommt man siebzehn Dollar. Ohne mich.«

»Aber es wäre leicht verdientes Geld. Du tust nichts weiter als durch die Gegend zu laufen. Außerdem hätte es die positive Nebenwirkung, dass du dich bewegst.«

»*Ohne mich,* hab ich gesagt. Hörst du mir nicht zu? In Gluthitze oder bei strömendem Regen rumrennen, Hügel rauf, Hügel wieder runter, das Ganze mit einer elend schweren Tasche auf dem Buckel … Vergiss es, Mama.« Ich werde allmählich stinkig, deshalb stellt sie sich auf Rückzug ein. Aber einen allerletzten Anlauf kann sie sich nicht verkneifen.

»Und wenn du mal in der Videothek nachfragst? Oder im Supermarkt?«

»Ja, vielleicht.« Ich beschließe, dass ich in aller Ruhe auf meinem Zimmer fertig frühstücken werde, und schnappe mir meinen Teller und meinen Becher. »Vielleicht versuch ich's bei einer Bäckerei«, verkünde ich im Hinausgehen. »Jede Menge Teilchen und Kuchen – das wär nicht schlecht.«

Meine Mutter hat leider ein paar nicht so angenehme Seiten; eine davon ist, dass sie einem immerzu helfen möchte. Eigentlich ist es ja nett von ihr, dass sie mir was Gutes tun will, aber manchmal finde ich es einfach nur übergriffig. Ich habe es mir gerade auf meinem Bett bequem gemacht – was nicht ganz einfach war, weil ich erst einen riesigen Klamottenhaufen vom Bett fegen und meine Anlage anwerfen musste, ohne meinen Toast fallen zu lassen oder meinen Kaffee zu verschütten – und mich gemütlich in meine Kissen eingekuschelt, da höre ich, wie sie leise an die Tür klopft: tap tap tap. Immerhin habe ich ihr mittlerweile beigebracht nicht einfach reinzuplatzen. Schließlich hat jedes Mädchen ein Recht auf Privatsphäre.

»Georgie?«

»Ja, was ist?«

»Darf ich reinkommen?«

»Mhm.«

»Ich stell das mal ein bisschen leiser, ja? Ich hatte gerade eine Eingebung.«

»Mhm.« Jedes Mal, wenn sie zu mir ins Zimmer kommt, stellt sie meine Musik leiser, was mich jedes Mal ankotzt. Und was die Eingebungen meiner Mutter angeht, bin ich aus Erfahrung ziemlich misstrauisch. Aber sie sieht mich so hilfsbereit und gleichzeitig traurig wie ein Cockerspaniel an, dass ich mir mit einem tapferen Lächeln anhöre, was sie zu sagen hat.

»Wie wär's mit den Lions?«, fragt sie.

»Häh?« Einen Augenblick lang beschleicht mich das eigenartige Gefühl, meine Mutter möchte mich in einen

Club für reiche Geschäftsleute schicken, um – ja, um was zu tun? Als Bardame zu arbeiten?

»Natalie Lion, meine neue Kollegin. Sie hat drei Kinder. Wenn du möchtest, kann ich sie fragen, ob sie einen Babysitter braucht.«

Auf Kinder aufpassen = Geld verdienen. Na gut. Warum nicht?

»Okay, einverstanden. Wenn du willst, frag sie ruhig. Danke, Mama. Machst du die Musik wieder lauter, bevor du gehst?«

Ich rufe meine Freundin Mel an. Wir verabreden uns. Ich vergesse das Thema Babysitter.

Bis Samstagmorgen, als ich völlig verpennt in die Küche komme, wo Marzipancroissants und frisch gepresster Orangensaft auf mich warten. Das gehört zu unserem Wochenendritual, dazu eine Riesenkanne frischer Kaffee, jede Menge Zeit zum Trödeln und eine dicke, fette Zeitung. Ich schnappe mir immer als Erstes die Reisebeilage, Mama den Teil über Lifestyle, anschließend wird getauscht. Perfekt.

»Das mit heute Abend hast du nicht vergessen, oder?«

»Nein«, lüge ich.

»Du sollst um sieben dort sein. Ich fahr dich hin. Natalies Mann – Alan – wird dich hinterher nach Hause bringen. Es wird bestimmt nicht allzu spät. Sie gehen ins Theater und wollen gegen Mitternacht wieder zu Hause sein.«

»Wie viel zahlen die noch mal pro Stunde?« Ich will nicht zugeben, dass ich mich nur äußerst verschwommen an das Gespräch erinnere, das wir zu dem Thema geführt haben. Mama hat nämlich versucht mit mir zu reden, während im Fernsehen *Charmed* lief – eine sehr schlechte Angewohnheit, die ich ihr bislang noch nicht abgewöhnen konnte.

»Sechs Dollar pro Stunde. Leicht verdientes Geld, denke ich. Die Kinder gehen um acht ins Bett. Den Rest des Abends kannst du fernsehen oder lesen oder was auch immer.«

»Super.« Leicht verdientes Geld ist ganz nach meinem Geschmack.

Meine ersten dreißig Dollar

Mama setzt mich bei den Lions ab und fährt weiter zu den *Wilden Frauen*. So heißt der Chor, dem sie beigetreten ist. Weil es ihre erste Probe dort ist, hat sie Nervenflattern. Muss ansteckend sein. Denn während ich unserem Auto nachblicke, überlege ich ernsthaft abzuhauen – eine Allee hinunterzurennen, mich als Jongleurin oder Trapezkünstlerin einem Wanderzirkus anzuschließen, ein neues Leben zu beginnen. Ich versenke mich in eine Welt voller Glitzerkostüme und tosendem Applaus, bis ich beim Fantasieren zu weit gehe und mich plötzlich durch die Luft nach unten sausen sehe, weil ich die Hand meines Partners verfehlt habe. Da trotte ich doch lieber über den Gartenweg zum Haus, wobei ich mich beherrschen muss, um kein Gespräch mit den Petunien anzufangen. Ich klopfe an die Tür.

Natalie öffnet mir. Eine quirlige Blondine, die offenbar auf Haarpflegemittel aller Art steht. In ihrem Kleid aus schwarzer Spitze und ihren Netzstrümpfen wirkt sie eher wie eine Edelnutte und nicht wie eine brave Ehefrau und Mutter aus einem Vorortreihenhaus. Aber ich halte besser den Mund – in meiner violetten Jogginghose, die mir nicht mehr richtig passt, und meinem sackartigen grauen Riesen-T-Shirt sehe ich vermutlich aus wie ein Elefant mit Beulen.

»Hallo, du bist bestimmt Georgia. Komm rein. Die Kinder freuen sich schon auf den Abend mit dir, stimmt's, Kinder?«

Das ist glatt gelogen. Auf der Treppe sitzen ein spindeldürrer, etwa achtjähriger Junge in einem Wiggles-Schlafanzug und ein etwas älteres Mädchen im orange- und pinkfarbenen Nachthemd. Beide beäugen mich skeptisch. Hinter Natalies Beinen versteckt sich ein Kurzer mit Schniefnase, der sich weigert rauszukommen.

»Das ist Stephanie, das ist Liam und das hier Joe. Lass los, Joey. Schau mal, das ist Georgia. Sei schön artig zu ihr, Schätzchen. Und lass endlich los.«

Der eisige Ton ihres letzten Satzes bewirkt Wunder und hält den Kleinen gerade noch eben davon ab, das schwarze Spitzenkleid mit einer Rotzspur zu verschönern.

»Wir sollten allmählich los, Nat. In der Gegend ist Parken eine reichlich diffizile Angelegenheit.«

Mit diesen Worten gesellt sich der Familienvater zu uns. Er sieht aus wie ein Ken zur Barbiepuppe; und wer im Zusammenhang mit Parken von einer »diffizilen Angelegenheit« spricht, ist in meinen Augen sowieso ein Wichser.

Allerdings habe ich keine Zeit, mich weiter mit sprachlichen Feinheiten zu beschäftigen, denn Natalie rattert gerade eine ganze Liste von Sachen runter: Welches Kind wann ins Bett geht, wer welches Betthupferl mag ... Ich bemühe mich intelligent und vertrauenswürdig zu wirken. Sie kritzelt ihre Handynummer auf einen Zettel, dann sind die beiden weg. Übrig bleiben: ich, drei Kinder, ein Wohnzimmer.

»Wir brauchen keinen Babysitter«, mäkelt Stephanie. »Ich bin schon elf.«

»Du bist fett«, lautet Liams Beitrag zur Unterhaltung,

wobei er mich feindselig anstarrt. Joey glotzt einfach bloß.

Ich denke fieberhaft nach, hauptsächlich darüber, warum ich die Alternative, abzuhauen und zum Zirkus zu gehen, nicht in die Tat umgesetzt habe. Doch plötzlich habe ich eine Idee!

»Also gut«, verkünde ich, »wenn ihr euch nicht benehmt, gehe ich nach Hause. Auf der Stelle. Ihr werdet ganz allein sein, wenn die Monster auftauchen, ums Haus rumschleichen und euch durchs Fenster beobachten. Vielleicht kommen sie sogar hier rein. Und wenn eure Eltern zurück sind, werden sie total sauer auf euch sein, weil ihr gemein zum Babysitter wart. Zur Strafe sperren sie euch tausend Jahre lang weg, und zwar ohne Essen. Oder ihr benehmt euch. Ist ganz allein eure Entscheidung.«

Ich schweige und warte. Der Schuss kann genauso gut nach hinten losgehen. Wenn jetzt einer von ihnen antwortet: »Spitze, hau doch ab«, sitze ich in der Klemme. Doch auf einmal fängt Stephanie an zu kichern.

»Möchtest du mein Zimmer sehen?«

»Klar.« Ich grinse sie an. »Auf geht's.«

Stephanies Zimmer ist eine Feier des Prinzips Pink; es wird einem fast schwindlig davon. Über dem Bett hängt ein Mobile aus funkelnden Herzen, die Bettdecke changiert zwischen Blassrosa und Knallpink, auf dem Bett liegen unzählige herzförmige Kissen, Plüschkaninchen, in Pink gekleidete Barbies und eine gigantische Minnie Mouse, alles hübsch nebeneinander arrangiert. Außerdem entdecke ich einen pink- und goldfarbenen Sonnenschirm, einen Bademantel mit rosa Margeriten auf malvenfarbenem Untergrund, eine Kleenex-Schachtel mit Tulpenmuster und rosa Taschentüchern sowie eine große Pappuhr mit einer dunkelroten Rose auf dem Zifferblatt. Die Vorhänge sind aus einem transparenten rubinroten Tüllstoff. Ich bin kein großer Fan von Pink. Eigentlich müsste ich dieses Zimmer scheußlich finden. Tue ich aber nicht. Wenn schon Märchenprinzessin, dann richtig.

»Ziemlich cool, dein Zimmer«, sage ich. »Und deins, Liam? Ist das blau?«

»Nö, sein Zimmer ist ein Schweinestall.«

»Du meinst ja wohl dein eigenes Zimmer, du doofe Ziege.«

»Kein Streit, okay? He, was ist das denn? Was haltet ihr von einer Runde *Mikado*?«

Aber *Mikado* stellt sich als Reinfall heraus. Joey ist noch zu klein und schafft es mit seinen Speckfingerchen gerade mal, einzelne Stäbe am Rand aufzuklauben; deshalb macht ihm das Ganze bald keinen Spaß mehr und er wird unruhig. Liam versucht zu mogeln, indem er so tut, als würde er es nicht merken, wenn Stäbe wackeln, während er dran ist. Und Stephanie beherrscht das Spiel so gut, dass sie jedes Mal ewig lang an der Reihe ist.

»Was spielt ihr denn noch gerne?«, frage ich.

»*Monopoly*«, schlägt Stephanie vor, aber Liam ist dagegen.

»Bah. Langweilig.« Er macht ein Gesicht wie ein aufgebrachter kleiner Mops. Am liebsten würde ich ihn anbellen, wuff, wuff. Aber ich werde heute Abend dafür bezahlt, nett, einfühlsam und vernünftig zu sein.

»Und du, Joey? Was spielst du gern?«

»Ovo.« Vor lauter Schüchternheit bringt er das Wort kaum heraus. Bohrt sich allerdings beim Reden in der Nase, als gäbe es dort etwas ungeheuer Aufregendes zu erforschen.

»Ovo? Nie gehört. Ist das so was Ähnliches wie *Uno?*«

Joey starrt mich verwirrt an und wischt sich mit dem Ärmel ein wenig silbrigen Schleim von der Nase.

»Er meint, er würde gern Ovomaltine trinken, du Spatzenhirn.«

»Vielen Dank für die Auskunft, Liam«, sage ich liebenswürdig. »Komm, Joey, ich besorg dir erst mal ein Taschentuch. Dann mache ich für uns alle was zu trinken. Du hilfst mir dabei, okay? Ihr zwei Großen dürft in der Zwischenzeit fernsehen.«

»Ob man fernsehen darf oder nicht, hat überhaupt nichts mit der Größe zu tun, sondern mit dem Alter, hat uns Papa erklärt.« Ich kann Liam immer weniger ausstehen.

Aber Stephanie kreischt: »Komm schon, Blödi!« Sie packt Liam am Kragen seines Schlafanzugs und zerrt ihn die Treppe runter. Braves Mädchen. Genau mein Typ.

Wir fläzen uns vor dem Fernseher aufs Sofa, trinken dickflüssige Ovomaltine – ich habe so viel Pulver in die Milch gerührt, dass der Löffel stehen bleibt – und mampfen die Bananenmuffins, die Natalie uns hingestellt hat. Weil sie ein bisschen trocken schmecken, bestreichen wir sie mit jeder Menge Butter und Himbeermarmelade.

»Mehr Ovo?« Joey hält mir seinen leeren Becher hin. Noch mehr Ovo? Keine gute Idee, denke ich. Aber dann sagt er so niedlich »bitte«, dass ich nachgebe und ihm einen zweiten Becher anrühre. Abgesehen vom Rotzfaktor mag ich den Kleinen eigentlich ganz gern.

»Auch was obendrauf.« Er klettert neben mir auf die Küchenbank, um besser zuschauen und mir Anweisungen erteilen zu können. »Ovokrümel auf der Milch sind gut. Das knirscht so schön.«

»Ungefähr so?« Ich streue einen gehäuften Löffel Ovomaltine auf die Milchoberfläche.

Er nickt: »Superduperpuper!« Und lacht sich halb kaputt darüber. Wir kehren ins Wohnzimmer zurück, setzen uns aufs Sofa. Joey kuschelt sich an mich. So wäre es, einen kleinen Bruder zu haben, denke ich. Fühlt sich nett an. Wir zappen uns durch die Kanäle bis zu einer Doku-Soap über eine Familie, die ein Jahr lang auf einer abgelegenen Insel leben will, wo es nichts gibt außer Wüste. Sie sind seit drei Wochen dort und finden es jetzt schon ätzend. Die Sendung ist dämlich, beschäftigt uns aber bis halb neun. Natalie hat gemeint, ich solle Joey um acht ins Bett stecken und die beiden anderen um neun. Ich entscheide mich für den Durchschnittswert.

»So, ab ins Bett. Alle drei. Putzt euch die Zähne, geht aufs Klo. Joey, dir lese ich eine Gutenachtgeschichte vor. Ihr beiden anderen könnt im Bett ja auch noch ein bisschen lesen.«

»Das ist doch blöd«, grummelt Liam. »Gerade mal halb neun …«

»Tu, was ich sage«, entgegne ich knapp. Er macht gerade den Mund auf, um mir zu widersprechen, als auf einen Schlag alle Lichter ausgehen. Der Fernseher ebenfalls. Wir sitzen im Dunkeln. Und still ist es auch. Sehr still.

»Ups.« Ich bemühe mich um Gelassenheit, obwohl ich mich alles andere als gelassen fühle. »Habt keine Angst, wahrscheinlich ist nur der Strom ausgefallen. Aber das wird bestimmt bald repariert. Bleibt mal kurz sitzen, ich will nachsehen, ob es alle Häuser in der Straße erwischt hat oder bloß uns.« Ich stolpere Richtung Fenster, wobei ich mir das Knie am Beistelltisch stoße, und spähe in die Düsternis hinaus.

»Nein, alles dunkel, nicht nur hier im Haus, sondern in der ganzen Straße. Gut, denn das bedeutet, irgendwer wird irgendwo anrufen und es melden. Wir haben bestimmt bald wieder Strom, normalerweise geht so was ziemlich schnell. Stephanie, weißt du, wo deine Mutter Kerzen aufbewahrt?«

»Äh ... nein. Aber in meinem Zimmer steht eine. Eine große.«

»Okay, ihr bleibt hier, ich gehe hoch und hole sie. Weiß irgendwer, wo Streichhölzer sind?«

»Ich besorge welche.« Bevor ich etwas dagegen einwenden kann, saust Liam auch schon los, bahnt sich geschickt einen Weg durch die Dunkelheit. Ich folge etwas langsamer und nicht ganz so geschickt; mein Weg durch die Finsternis ähnelt einem Hindernislauf. Überall schemenhafte Gegenstände. Ich stolpere die Treppe hoch und bin froh, dass sie mit dickem, weichem Teppichboden ausgelegt ist. Stephanies Zimmer ist eine finstere Höhle. Doch weil die Kerze mir bei der Besichtigung vorhin schon aufgefallen ist, weiß ich zum Glück ungefähr, wo sie steht: auf der Spiegelkommode, zwischen einer gläsernen *Schwanensee*-Spieluhr und einem Foto von Britney Spears. Ich taste mich durchs Zimmer, passe höllisch auf, damit ich nichts umschmeiße, und bin erleichtert, als sich meine Finger um das kühle, glatte Wachs schließen. Danach stolpere ich ins Wohnzimmer zurück. Liam ist längst wieder da; er hält ein Feuerzeug in der Hand, das er anzündet und wieder zuschnappen lässt, an, aus, an, aus. Ich wage nicht nachzufragen, woher er es hat. Wahrscheinlich lag es neben den Zigaretten unter seinem Bett.

Gemeinsam zünden wir die Kerze an. Sehr hell ist sie nicht, aber zumindest kann ich jetzt ihre Gesichter sehen. Liam wirkt aufgekratzt, Stephanie ängstlich. Und Joeys Gesicht hat entschieden die falsche Farbe: Er ist weißer als Papier.

»Mir ist schlecht.« Im selben Atemzug spuckt er auch schon los, die widerliche Brühe ergießt sich über seinen Pyjama und seine Pantoffeln. Selbst im schwachen Kerzenlicht erkennt man die glibbrigen kleinen Muffinstückchen darin.

Als Mister Ken mich kurz nach Mitternacht zu Hause absetzt, ist Mama noch wach. Sitzt am Küchentisch, liest Zeitung und trinkt Pfefferminztee.

»Wie war's?«, begrüßt sie mich aufgekratzt und hoffnungsfroh. Da Natalie ohnehin alles ausplaudern wird, kann ich ihr auch gleich erzählen, was passiert ist.

»Ehrlich gesagt, nicht so toll. Kann ich was von dem Tee abhaben, Mama? Mir ist ein bisschen flau.«

»Natürlich. Was war denn los, Liebes?«

»Der reinste Alptraum. Der Strom ist ausgefallen. Und der Kleine hat die ganze Bude voll gespuckt.«

»Ach du liebe Zeit. Konntest du wenigstens einigermaßen sauber machen?«

»Ja, aber spaßig war das nicht. Zum Glück ging ziemlich bald das Licht wieder an. Ich hab die voll gereiherten Klamotten in die Waschmaschine gestopft und Joey in die Badewanne. Aber es hat ewig gedauert, bis die Kinder endlich im Bett waren. Und das Wohnzimmer riecht immer noch ziemlich übel.«

»So was Dummes aber auch. Keine schöne Premiere als Babysitter.«

»Und es wird keine zweite Vorstellung geben, Mama, darauf kannst du Gift nehmen. Hier, riechen die nach Kotze oder spinne ich?«

Ich halte ihr meinen Lohn hin: einen zerknüllten Zwanzigdollar- und einen funkelnagelneuen Zehndollarschein. Vielleicht bilde ich es mir ja auch nur ein, aber für mein Gefühl stinkt alles, meine Hände und das Geld mit eingeschlossen, nach Erbrochenem. So oder so, heute Abend wird jedenfalls das zitronige Duschgel seine Zellophanhülle los, so viel steht fest.

»Wie war's im Chor?«, rufe ich auf dem Weg ins Bad.

»Sehr schön, hat Spaß gemacht. Da sind jede Menge interessanter Frauen dabei, mit ausgeflippten Haaren, besonderen Klamotten und so.«

»Wahnsinn«, rufe ich. »Nacht, Mama.«

Ich bleibe unter der Dusche stehen, bis das heiße Wasser aufgebraucht ist und ich wie eine Riesenzitrone rieche. Dann schlüpfe ich in mein bequemes, weites Nachthemd und ins Bett.

»Gute Nacht, Jakob. Du ahnst nicht, was für einen grauenvollen Abend ich hinter mir habe. Nein danke, am besten fragst du gar nicht erst. Aber eins kann ich dir sagen: Bin ich froh, dass ich keine Geschwister habe«, erzähle ich ihm, schon halb schlafend, und kuschele mich zwischen meine Satinlaken.

Mit Mel abhängen

Mel lacht sich halb schlapp, als ich ihr von meinem ersten und letzten Versuch als Babysitter erzähle. Jaja, wenn man unbedingt will, kann man der Geschichte schon auch eine komische Seite abgewinnen. Natalie fand das Ganze allerdings nicht so lustig. Dabei hat sie mir ganz bestimmt nicht erzählt, dass Joey keine Milch verträgt. Und der kleine Mistkerl hätte ja auch mal selbst den Mund aufmachen können. Egal, die Episode hat jedenfalls deutlich gezeigt, dass ich als Babysitter keine große Karriere machen werde, also muss ich mich nach etwas anderem umsehen.

Freitagmorgen, elf Uhr. Mel und ich hängen in ihrem Zimmer rum und probieren alle möglichen Fummel an. Zu den Gemeinsamkeiten von Mel und mir gehört, dass keine von uns beiden in eine Welt passt, in der Schönheit und Glamour das Ziel Nummer eins sind. Wir sind einfach anders und stehen darum meistens am Rand. Mel ist zwar dünn, aber sie hat total schlechte Haut. Sie leidet an *Akne vulgaris*, was nicht nur schrecklich klingt, sondern auch ziemlich übel aussieht. Mels Mutter hat sie zu ungefähr einer Million Ärzte geschleppt, auch zu dem angeblich besten Dermatologen in der Stadt. Mel hat alles ausprobiert, was es an Salben und Cremes überhaupt nur gibt; aber ihr Gesicht und ihr Rücken sind nach wie vor mit roten Pusteln übersät, die aussehen wie Minivulkanausbrüche. Eine Zeit war es viel besser, aber das Zeug, das sie damals benutzt hat, war wirklich höllisch: Wenn man einen Tropfen davon auf den Teppich kleckerte, war an der Stelle anschließend die Farbe weg. Man muss sich nur mal vorstellen, was so eine Tinktur im Körper anrichtet; schließlich kommt sie durch die Haut in die Blutbahn und bis hin zu den Organen. Sogar der berühmte Hautspezialist hat ihr dringend empfohlen dieses Teufelszeug nur kurze Zeit anzuwenden. Mel ist sowieso ein absoluter Öko-Freak und Veganerin. Aber weil Kräutermixturen nicht helfen und sie den Giftkram nicht mehr an sich ranlässt, ist ihre Akne mittlerweile wieder voll zum Ausbruch gekommen.

Jedenfalls probieren wir gerade lauter alberne Klamotten an, weil wir auf eine Silvesterparty eingeladen sind, bei der man als Elfe erscheinen muss oder so.

Magisch-mystisches Mittsommernachtsfest
Kleidet euch in feinste Spitze und Satin.
Tragt Elfenflügel und Koboldschuhe.
Traumhafte Drinks ab acht.
Tanzt und tollt bis zum Morgengrauen.
17 Harrington Crescent, Golden Bay
Um Antwort wird gebeten: Poppy Marriot alias
starchic88@hotmail.com

Poppy steht kein bisschen am Rand, sie bildet das Zentrum der Schönen und Attraktiven. Mel und mich hat sie bloß eingeladen, weil Poppys Mutter und Mels Mutter eng befreundet sind.

»Wie sieht das aus, Mel?«, frage ich. »Deine ehrliche Meinung, bitte.«

Wir wühlen uns nach und nach durch einen Haufen Klamotten von Mels Schwester; sie studiert schon und wohnt nicht mehr daheim. Ich habe mich in ein Ballkleid aus rotem Satin gequetscht, sehr eng und widerlich glänzend. Aber weil wir schon fast alles gesichtet haben, überfällt mich allmählich die Panik.

»Ganz ehrlich? Nicht so toll.«

Ich riskiere einen Blick in den Spiegel: »Nicht so toll? Ich sehe aus wie eine Riesentomate.«

»Mach dir nichts draus, Georgia. Das liegt an dem Kleid.«

»Trotzdem, dir würde es vielleicht stehen«, murmele ich. »Hilfst du mir mal? Ich hänge fest.« Der Rock hat sich zwischen Taille und Brust verheddert, ich kriege das blöde Teil nicht über den Kopf. Mel zieht und zerrt und schafft es schließlich, mich zu befreien.

»Ich will sowieso nicht mehr auf die Party«, verkünde ich. Seit wir angefangen haben die Klamotten anzuprobieren, hat sich meine Laune langsam, aber stetig verschlechtert. Es heißt zwar, jede Frau wäre auf ihre Art schön, aber manchmal komme ich mir trotzdem dermaßen fett und hässlich vor, dass ich mich am liebsten auf ewig verkriechen würde.

»Natürlich gehen wir auf die Party, Georgia. Erstens haben wir Poppy schon zugesagt, zweitens ist es allemal besser, als an Silvester gar nichts vorzuhaben.« Mel bemüht sich ruhig zu bleiben, aber das gelingt ihr nicht besonders gut. Sie kann es nicht ertragen, wenn Pläne in letzter Sekunde geändert werden. Das liegt an ihrem Sternzeichen, sie ist Jungfrau. Und die sind nicht besonders flexibel, vor allem, wenn ihr Mond im Skorpion steht.

»Na, egal. Zieh du das blöde Kleid doch mal an.«

»Nie im Leben, das ist scheußlich. Wie wär's mit dem schwarzen Teil?«

»Nö, auf keinen Fall. Stammt das etwa noch aus ihrer Gothic-Phase?« Ich pfeffere den Lederminirock auf den Kleiderhaufen und lasse mich aufs Bett fallen. Mel antwortet nicht einmal. Sie hält prüfend die letzten beiden Kleidungsstücke hoch – gebatiktes lila Oberteil, zerschlissener Sarong – und legt sie dann auf den Stapel aussortierter Klamotten. Wir liegen nebeneinander auf dem Rücken und starren an die Zimmerdecke. Ein deprimierender Anblick, denn auf der Decke prangt seit einem Wasserschaden ein rostfarbener Fleck, der wie ein Gehirntumor aussieht.

»Weißt du was? Wir leihen uns Klamotten aus«, sagt Mel. »Einverstanden?«

»Klar, ich bin dabei.« Ist garantiert auch nicht schlimmer als den Fleck anzustarren.

Um vier sitzen wir draußen in der Sonne vor unserem Lieblingscafé, dem *Star Fish*.

»Nicht schlecht. Gar nicht schlecht«, sage ich. »Ziemlich gut sogar.«

»Ja, extrem lecker.«

Wir haben dasselbe bestellt wie immer. Zwei Mangoshakes und einen Teller Country Potatoes, für deren Zubereitung kein Tier sein Leben lassen musste. Denn die Country Potatoes im *Star Fish* sind nicht industriell vorproduziert, sondern werden von Hand geschnitten und in Pflanzenöl gebacken. Normale Pommes frites sind bei Mel streng verboten, weil sie fast immer in tierischem Fett frittiert werden. Sie nimmt diese Dinge total genau und prüft alles nach. Weil Veganer keine Milchprodukte essen, bekomme ich die ganze saure Sahne, die dazu serviert wird. Es gibt Schlimmeres. Mel mag die kleinen, knusprigen Kartoffeln lieber und ich die großen, weichen. Wir sind das ideale Team.

»Nein, ich rede von den Klamotten. Volltreffer.«

»Stimmt«, sagt Mel, die mit den Gedanken allerdings woanders ist. Gerade stupst sie ein mittelgroßes Kartoffelstück mit dem Finger an, um zu testen, ob es eher knusprig oder eher weich ist. Unter dem Tisch steht eine kunterbunte Sammlung Plastiktüten mit reicher Beute aus dem Kostümverleih.

»Vor allem die Masken sind spitze. Wir kleben einfach – «

»Georgie«, flüstert Mel. »Sieh mal, da drüben. Nein, nicht hingucken, nicht so auffällig jedenfalls.«

So dezent wie möglich drehe ich den Kopf.

»Da ist ja Toby.« Beim Sprechen schlürfe ich etwas von meinem Milchshake, damit es noch dezenter klingt.

»Psst, er kommt zu uns rüber.«

»Wenn wir erst mal die Federn draufgeklebt haben, sehen die Masken noch besser aus«, sage ich laut und versuche so normal wie möglich zu klingen. In Tobys Gegenwart fühle ich mich immer etwas unbehaglich. Er ist das männliche Gegenstück zu Poppy: Bei allen beliebt, sieht super aus, checkt immer genau, was gerade angesagt ist. Heute trägt er einen gestreiften Hut, der aussieht wie ein Teewärmer. Mel und er spielen beide im Schulorchester mit. Mel schwärmt für ihn, auf so eine vage Tagtraumweise. Ich finde ja, dass er zu viel Theater um sich macht, aber das würde ich nie laut aussprechen; genauso wenig wie Mel zugeben würde, dass sie auf ihn steht. Toby pflanzt sich zu uns auf einen Stuhl und bedient sich großzügig von unserem Teller – was in Ordnung geht, denn wir haben schon fast aufgegessen und der schäbige Rest ist ziemlich kalt.

»Masken?«, fragt er.

»Ja. Wir reden gerade über unsere Kostüme für Poppys Party.« Wie sich herausstellt, kommt Toby auch auf die Party, und zwar als Puck. Im letzten Schuljahr hat er beim *Mittsommernachtstraum* mitgespielt und hat sein Kostüm noch.

»Stört's euch, wenn ich rauche?« Und schon hat er ein Päckchen Tabak aus der Tasche geholt.

»Stört's dich, wenn wir sterben?«, frage ich zurück, lächele dabei allerdings, als hätte ich einen Witz gemacht. Und was tut Toby? Steckt den Tabak wieder ein. Nicht schlecht, das muss man ihm lassen.

»Ich muss sowieso los«, sagt er. »Logan hat die Grippe, darum hab ich eine zusätzliche Schicht übernommen.«

»In der Videothek?«

»Ja. Warum?«

»Ich suche gerade einen Job. Meinst du, die brauchen noch wen?«

»Keine Ahnung. Schon möglich. Komm einfach vorbei und füll ein Bewerbungsformular aus. Immer, wenn sie wen brauchen, sichten sie die Formulare und laden die Leute zu Vorstellungsgesprächen ein. So hab ich den Job jedenfalls bekommen.«

»Super«, sage ich, »danke, Toby.«

»Bis Samstag.«

Wir blicken ihm nach. Seine Hosen sind haargenau die Spur zu weit und zu schlabbrig, die gut aussieht. Und das träge Schlendern, das er draufhat, wirkt total cool; bestimmt hat er lange dafür geübt. Aber dann vermasselt er den lässigen Abgang, indem er seinen Tabak fallen lässt, nachdem er ihn gerade aus der Hosentasche gefummelt hat. Er läuft an der Pizzeria vorbei, biegt beim Secondhand-Buchladen um die Ecke. Und verschwindet.

Ich feixe. »Echt abgefahren, dieser Teewärmer.«

»Manchmal bist du ein richtiges Biest, weißt du das?«, meint Mel. Ihre Stimme klingt scharf und vorwurfsvoll. In Momenten wie diesem ist unsere Freundschaft zerbrechlich. Von einem Augenblick zum anderen tut sich eine Kluft zwischen uns auf, mit Mel, dem abgeklärten Ökofreak, auf der einen Seite und Georgia, dem ultimativen Trampel, auf der anderen.

»Tut mir Leid«, sage ich. »Es ist bloß ... ich weiß nicht ... wenn ich mit Leuten wie ihm oder Poppy zusammen bin, komm ich mir wie der totale Versager vor. Sie haben's einfach drauf, in jeder Beziehung. Haben überhaupt keine Macken, sind so ... perfekt eben.«

»Toby ist überhaupt nicht perfekt, sondern ein ganz normaler Typ. Und du bist nicht die Einzige, die Probleme hat, weißt du?«

»Was meinst du damit, Probleme?« Jetzt schleicht sich der scharfe Unterton in meine Stimme.

»Na ja, du hast keinen Vater ...« Sie hält inne, zögert.

»Was noch?« Sag schon, denke ich, spuck's aus. Probleme mit meinem Gewicht, das meinst du doch, oder? Mel hält den Kopf gesenkt und zerfetzt mit ihren feingliedrigen Fingern eine Papierserviette. Ich will gerade richtig gemein werden, da blickt sie auf. Sieht mir direkt ins Gesicht, die blauen Augen vollkommen aufrichtig.

»Komm, Georgie, lass uns deswegen nicht streiten, das ist doch blöd. Ich meine nur, dass du nicht die Einzige bist, die es schwer hat. Toby hat auch so einiges an der Backe.«

»Zum Beispiel?«

»Geht dich nichts an.«

»Stehst du auf ihn?« Da. Ich hab's ausgesprochen. Ziehe an meinem Strohhalm, schlürfe einen letzten Rest Milchshake. Obwohl gar kein Milchshake mehr da ist.

»Vielleicht, vielleicht auch nicht. Aber das kannst du sowieso vergessen. Immerhin reden wir hier von Toby. Da gibt's überhaupt keine Chance auf Gegenseitigkeit.«

»Wieso nicht?«

»Du weißt, wieso. Wegen meiner Haut. Komm, wir müssen los, sonst verpassen wir den Bus.«

Diademe und Tränen

Silvester. Mels Eltern sind auf einer Riesenparty mit lateinamerikanischer Livemusik eingeladen, deshalb übernachtet Mel bei mir. Zigmal haben wir den Abend durchgesprochen, alles minutiös geplant: Gegen sechs wird Mel bei uns abgesetzt, also haben wir Zeit genug, um uns auf unsere eigene Party vorzubereiten. Mama bringt uns zu Poppy und holt uns um halb eins wieder ab. Ich habe versucht einen späteren Zeitpunkt auszuhandeln, zwei Uhr oder so, aber sie blieb hart. Dazu hat sie mir ihre Alkohol-ist-des-Teufels-Predigt gehalten, was ich in Anbetracht der Tatsache, dass unser Kühlschrank mit Sekt und Bier voll gestopft ist, ziemlich daneben fand. Natürlich versucht sie mir außerdem noch eine Wiederholung ihres Für-Sex-bist-du-noch-zu-jung-Vortrags unterzujubeln. Ich tue so, als müsste ich aufs Klo, und lese dort stundenlang den *Rolling Stone*. Als ich schließlich wieder rauskomme, hat sie mich zum Glück vergessen und pflückt Rosen im Garten.

Mama schmeißt ihre eigene kleine Party: Joy und Kev und noch ein paar andere Leute kommen. Den Nachmittag über helfe ich ihr bei den Vorbereitungen.

Ich mag die Atmosphäre in unserem Haus, wenn alles tipptopp aufgeräumt ist. Mir gefällt vor allem, wie sich das Tageslicht in der Glasscheibe an der Haustür bricht und Regenbogendiamanten in den Flur zaubert. Vom Küchenfenster sieht man hinaus in den Garten: eine üppig wuchernde Tropenwelt aus Bougainvillea und Bambus.

Im Hintergrund läuft Reggae, die einzige Musik, die wir beide mögen. Zu Bob Marley kann man super kochen. Mama bindet sich ihre geblümte Schürze um und macht einen Wahnsinnsnachtisch; das Rezept heißt *Sommerwolken* und besteht aus Erdbeeren und Himbeeren, Eischnee, Zucker und jeder Menge Sahne. Ich mariniere Hähnchenflügel in Honig mit Sojasauce und radele noch mal los, um Ciabatta zu kaufen.

Als Mel auftaucht, verspätet und mit einem Haufen Taschen beladen, setzen wir uns erst mal zum Kaffeetrinken in den Garten. Eigentlich trinken nur Mama und ich Kaffee, Mel bekommt Ingwertee. Frangipaniduft durchzieht die Dämmerung. Ich freue mich auf die Party. Heute ist Silvester, ein Tag, an dem Neues beginnt. Alles ist möglich.

»Ich kann es kaum mehr abwarten zu sehen, was ihr anzieht«, sagt Mama zu Mel. »Georgie hat ein Riesengeheimnis daraus gemacht. Sie verrät mir partout nichts, will sich bloß dauernd noch einen Schal oder sonst was ausleihen.«

»Tja, Geduld ist eine Tugend, liebstes Mütterchen. Komm, Mel, auf geht's zum Styling.«

Um kurz nach acht haben wir unseren großen Auftritt. Bis dahin haben wir zu *Flip*, der neuen CD von *Natural Affinity* — und zwar bei voller Lautstärke —, unermüdlich geklebt, genäht, gemalt, geschminkt. Wir sind bereit für die Party. Und wir sehen ziemlich gut aus. Ich komme mir nicht mal mehr fett vor. Kurvenreich vielleicht, aber nicht fett.

»Ihr seht fantastisch aus! Diese Masken sind unglaublich.« Mamas Begeisterung törnt mich richtig an. Manchmal tun Mütter ja bloß so, als gefiele ihnen etwas, aber diese Freude ist echt.

»Wir wissen nur nicht so genau, wer oder was wir eigentlich sind. Mel meint, wir wären so eine Art Streunerelfen aus der Unterwelt, aber ich finde, wir sehen eher wie Hexen aus.«

»Also, mir kommt ihr vor wie Göttinnen. Los, wir gehen in den Garten, ich mache ein paar Fotos. Muss nur schnell meine Kamera holen.«

Normalerweise lässt Mel sich aus Prinzip nicht fotografieren, aber in diesem Fall protestiert sie nicht mal pro forma. Wir zupfen und streichen an unseren Kleidern aus schwarzer Spitze herum, bis sie sich perfekt anschmiegen. Drapieren die dünnen Schals so, dass es möglichst verführerisch aussieht. Unsere Lippen sind blutrot, unsere Augen mit Kajal pechschwarz geschminkt, unsere Haut weiß gepudert. Unsere Masken aus goldenem Pappkarton haben wir mit Pfauenfedern und Seidenröschen beklebt und uns selbst großzügig mit *Je reviens*, Mamas Parfüm, besprüht, das nach sexy Blumen riecht. Jetzt kann die Post abgehen.

Mel und ich stehen neben dem Mosaikbecken, das wir im Garten als Vogelbadewanne aufgestellt haben; das Wasser funkelt, wir versuchen feierlich zu gucken und nicht loszukichern.

»Sagt Risibisi, sagt Sex, sagt Maggi«, meint Mama.

»Sexy Maggi!«, rufen wir. Klick. Die Welt liegt uns zu Füßen, über uns nichts als der grenzenlose Himmel. Wir sind beste Freundinnen. Haben die Arme umeinander geschlungen, strahlen vor Glück und fühlen uns total lebendig.

Doch plötzlich schießt mir ein Gedanke durch den Kopf: Eines Tages wird auch das nur noch Erinnerung sein. Ein kleines Frösteln läuft mir über den Rücken, ein Hauch Melancholie fliegt mich an.

»Komm«, sage ich laut und betont munter, um die Geister zu verscheuchen. »Da draußen wartet eine Party auf uns.«

♥

Man kann nicht gerade sagen, dass bei Poppy der Bär los wäre, als wir eintrudeln. Nur Eva ist da, Poppys beste Freundin – sie spielt Gastgeberin und öffnet uns die Tür. Eva trägt ein Diadem und ein superkurzes Minikleid, an dem sie grünes Papierlaub befestigt hat.

»Hi, Georgia. Hallo, Mel.« Eva gehört nicht gerade zu meinen Lieblingsmenschen. Poppy ist immerhin charmant, Eva überhaupt nicht. Wäre ich nicht ein so höflicher Mensch, würde ich sie schlicht und einfach eine arrogante Ziege nennen.

»Kommt rein. Schön, dass ihr da seid. Mögt ihr eine Bloodless Mary oder lieber einen Peachy Dream?« Eva muss jahrelang gefeilt haben an diesem gedehnten, wie gelangweilt klingenden Tonfall. Er wirkt einen Hauch spöttisch, aber eben nur einen Hauch. Sie setzt diesen Ton

Lehrern gegenüber ein, zum Beispiel wenn sie gefragt wird, warum sie ihre Hausaufgaben nicht gemacht hat. Dass sie auch mit uns so redet, ist nicht wirklich komisch. Ich ziehe die Augenbrauen hoch, zugleich belustigt und pikiert, wie ich hoffe. Wobei ich keine Ahnung habe, wovon sie spricht.

Die Erklärung folgt prompt: »Tomatensaft mit Bitteraroma oder Pfirsich-Shake?«

»Das Pfirsichzeug«, platze ich heraus, während Mel in derselben Sekunde antwortet: »Ich probier eine Bloodless Mary, danke.« Während wir Eva durch den Flur folgen, stolpern wir fast übereinander. Ich werfe Mel einen Blick zu, der bedeutet: Was zum Teufel tun wir hier? Lass uns bitte ganz schnell wieder heimfahren. Doch Mel dreht wie ein eleganter Schwan den Kopf und ignoriert mich.

Die Partydeko ist echt scharf, das muss ich zugeben. Silberne und goldene Girlanden, weiße Luftballons, große Vasen voll weißer Lilien. Eva schenkt uns aus glänzenden Cocktailshakern ein. Mel setzt sich auf einen Knautschsessel, während ich mich in unmittelbarer Nähe der Sushi-Platte aufs Sofa plumpsen lasse.

»Poppy ist noch in ihrem Zimmer. Es gibt eine Krise. Aber sie kommt bestimmt bald runter.«

»Krise?«, fragt Mel höflich.

»Logan kommt vielleicht nicht. Mehr weiß ich auch nicht. Sie SMSen gerade.«

»Wie grauenvoll!«, sage ich. Eva wirft mir einen bösen Blick zu, den ich mit einem reizenden Lächeln erwidere. Gleichzeitig stopfe ich mir ein ganzes Sushi auf einmal in den Mund, damit sie sich ekelt. Es zu kauen und runterzuschlucken ist mühsam, aber der Effekt ist es wert: Eva ist schockiert, auch wenn sie so tut, als würde sie mich gar nicht bemerken, und sich Mel zuwendet.

»Ich hab Wodka. Möchtest du welchen?«

»Nö, uns jeht's jut«, verkünde ich beschwingt, obwohl sie nicht mich gefragt hat, sondern Mel. Ich liebe diesen Ausdruck. Wenn man ihn oft genug sagt, kann man die anderen richtig schön damit nerven. In der Schule bringe ich das öfters. Macht Spaß.

Ich halte Mel die Sushi-Platte hin. Sie setzt gleich ihren Inspektionsblick auf: Ist irgendwo was ohne Seegetier? Am Ende entdeckt sie ein Teil mit Avocado, Möhre und Gurke und beißt graziös ein Stückchen davon ab.

»Crossover-Küche«, plaudere ich munter weiter, »das ist total in. Ultimativ angesagt, denk ich mal.« Ich bin die ultimative Partynudel. Was mehr ist, als Eva verkraften kann.

»Bin gleich wieder da.« Sie stürzt aus dem Zimmer.

»Kein Thema, uns jeht's jut«, rufe ich ihr nach. »Übrigens, deine Zehennägel – gigantisch!«

Kaum ist Eva außer Hörweite, frage ich: »Wie heißt diese attraktive Nagellackfarbe noch mal? *Nilgift*, von Revlon? Oder *Gruselgrün*, von L'Oréal?«

»Reiß dich verdammt noch mal zusammen, Georgia!«

»Warum denn? Werde ich heimgeschickt, wenn ich unartig bin?«

Schweigend und schmollend sitzen wir nebeneinander.

Nach einer Weile wird mir langweilig. »Tja«, sage ich. »Silvester. Das alte Jahr stürzt in sich zusammen, ein neues steht an, frisch und unverbraucht. Eine magische Zeit, in der alles möglich ist.« Mel betrachtet mich misstrauisch, weiß nicht, ob ich's ernst meine oder mich lustig mache.

»Ich finde das chinesische System besser«, antwortet sie nach einer Weile. Aha, im Zweifel für den Angeklagten. Ich bin froh, dass sie einlenkt. Aus Erfahrung weiß ich, dass ich Mel nicht zu sehr reizen darf. Bis zu einem gewissen Punkt nimmt sie fast alles ruhig und gelassen hin, doch wenn ich zu weit gehe, macht sie dicht und lässt mich Ewigkeiten nicht mehr an sich ran. Einmal habe ich geschlagene zwei Wochen gebraucht, bis sie wieder gnädig gestimmt war, aber das ist eine andere Geschichte.

»Welches Zeichen bist du nach dem chinesischen Horoskop?«, frage ich.

»Hase.«

»Ach ja, stimmt, und ich bin Drache. Drachen sind charmant, intelligent und hartnäckig. Meine Mutter ist Schwein, was sie ziemlich peinlich findet.«

»Aber Schwein ist ein tolles Zeichen. Schweine umgeben sich gern mit Luxus und wissen, wie man andere Menschen glücklich macht.«

»Ja, mhm, passt gut zu meiner Mutter … Und Hasen? Welche Eigenschaften haben Hasen?«

»Sie sind sensibel. Und loyal, sowohl der Familie gegenüber als auch bei ihren Freunden. Und sie haben eine zarte Konstitution. Wir Hasen werden anscheinend ziemlich häufig krank.«

»Meinst du denn, das trifft auf dich zu?«

»Irgendwie schon. Allerdings gibt es unterschiedliche Arten von Hasen, je nachdem, in welchem Jahr man geboren ist. Ich bin ein Feuerhase, kein Erdhase. Wenn man sich mit Astrologie gut genug auskennt, kann man beide Systeme übrigens miteinander kombinieren, das westliche und das chinesische. Zum Beispiel ist ein Steinbock-Hase ganz anders als ein Fisch-Hase.«

»Glaubst du an den Kram, Mello?«

»Ja. Nein. Vielleicht. Höchstens ein bisschen.« Sie grinst mich an. Uff! Wir sind wieder Freundinnen.

»Und in welchem Jahr sind wir gerade?«

»Pferd, aber ab Februar dann Ziege.«

»Okay. Trinken wir auf das Jahr der Ziege. Auf alles, das mit Z anfängt. Auf Zikaden, Zwerge, Zucchini.«

»Auf Zyklopen!«

»Zwangsjacken!«

»Zecken!«

»Wo sind eigentlich die anderen? Irgendwie komisch, so allein auf einer Party.«

Wie aufs Stichwort hören wir von der Haustür her Gelächter und Gepolter, gefolgt von lautem Klopfen. Poppy kommt die Treppe runtergestürzt; auch Eva taucht mitsamt einer kleinen Flasche Wodka wieder auf.

»Lass noch ein paar übrig«, faucht sie mich an und schnappt sich ein Sushi. Sie sieht ein bisschen ... zerzaust aus. Ich verkneife mir stramm zu stehen, die Hacken zusammenzuschlagen und »Zu Befehl, Frau Oberst« zu antworten. Eva ist einschüchternd genug, wenn sie nüchtern ist – und im Moment ist sie alles andere als das. Als sie ihr Fläschchen hinter dem unförmigem Knautschsessel versteckt, auf dem Mel sitzt, fällt sie beinahe auf Mel drauf.

Auftritt der Party-Cracks. Die Auserwählten aus der zehnten Klasse der Golden-Bay-Highschool. Diese Angeber. Wie sie sich aufplustern! Logan hat sich doch dazu durchgerungen, uns mit seiner Anwesenheit zu beglücken. Ben und Jack ebenfalls. Toby. Caris und Emma. Hannah und Finn. Tania und Nick. Carly. Und jetzt kommt's: Kaum einer von ihnen hat sich mit seinem Outfit besondere Mühe gegeben. Peinlich, peinlich. Um genau zu sein: Die meisten haben sich überhaupt keine Mühe gegeben. Ich komme mir in meinem elaborierten Kostüm megadämlich vor und würde am liebsten weglaufen, mich irgendwo verstecken. Bloß wo?

Poppy sieht wie immer super aus. Rote Strähnen im Haar, das sie so drapiert hat, dass es in Engelslocken um ihren Kopf wirbelt; dazu trägt sie ein wehendes Elfengewand mit Glitzerflügeln. Tobys Puck-Kostüm passt haargenau zu Evas Blätterkleid: smaragdgrüne Leggings, passende Tunika und eine kecke Mütze. Caris und Emma laufen rum wie jeden Tag: langweilige Mädchenklamotten in Pastell, außerdem tonnenweise Make-up. Tania dagegen sieht richtig klasse aus. Ihr türkisfarbenes Kleid ist zwar nichts Außergewöhnliches, ihre Schuhe sind dafür umso magischer: goldbestickte, vorne spitz zulaufende Pantöffelchen, die einer Prinzessin aus Tausendundeiner Nacht alle Ehre machen würden. Nick hat sich in ein Bettlaken geschmissen, das von einem Gürtel zusammengehalten wird; er sieht aus wie ein kleiner Junge, der beim Krippenspiel einen der Heiligen Drei Könige mimen sollte, dessen Mutter aber leider keine Zeit hatte, ihm ein anständiges Kostüm zu nähen. Na ja, wenigstens hat er sich kein Geschirrtuch um den Kopf geschlungen und immerhin den Versuch gemacht, sich zu verkleiden. Anders als Logan, Ben und Jack in ihren sündhaft teuren Designer-Skater-Shirts und Schlabberjeans. Hannah und Finn sind als sie selbst gekommen, in den üblichen schwarzen Gothic-Klamotten, in denen sie sonst auch rumlaufen. Und Carly, das einzige Mädchen aus unserer Jahrgangsstufe, das noch fetter ist als ich, trägt eine mit Perlen bestickte, wallende Strickjacke, überweite Jeans und lächelt ein genauso verkrampftes Ich-finde-Partys-Spitze-Lächeln wie ich.

Also, hier eine Zusammenfassung des Abends.

Die Party hat keinen Spaß gemacht. Eva war fast bis zur Besinnungslosigkeit betrunken und legte irgendwelchen Larifari-Pop auf, bis Logan die Rolle des DJs übernahm und drittklassigen Rap spielte. Außer Emma und Caris, die sich immer gern produzieren, tanzte sowieso kein Schwein. (Wann verrät den beiden mal jemand, dass

Disco mausetot ist?) Ich durchwühlte das CD-Angebot von vorn bis hinten, fand aber keine einzige CD von *Natural Affinity*. Mel und Toby saßen fast den ganzen Abend lang im Garten unter einem Baum und quatschten. Es wirkte sehr privat und ich ließ sie in Ruhe, was mich enorme Selbstüberwindung kostete. (Mel, du schuldest mir was!) Hannah flirtete seltsamerweise mit Jack, aber da sie von Natur aus seltsam ist, war das schon wieder normal. Ich versuchte mich mit Finn zu unterhalten, aber er war dermaßen bekifft, dass man nichts mit ihm anfangen konnte. Adrian tauchte mit ein paar Kumpels auf. Adrian und ich haben zusammen Medienkunde und haben sogar mal gemeinsam ein Referat über *Jugendkultur und Marketingstrategien* vorbereitet. Aber er blieb nicht lang; er und seine Freunde mussten noch auf eine andere Party. Eine halbe Ewigkeit vergrub ich mich in der Bibliothek und sah mir die Bücher der Familie Marriot an, doch irgendwann war mir so langweilig, dass ich mir ein paar Schlucke aus Evas Wodkapulle genehmigte. Unbeobachtet, wie ich glaubte. Leider wurde ich von Eva auf frischer Tat ertappt. Sie ging wie eine Furie auf mich los und brüllte mich zusammen. Ihre exakten Worte werde ich nicht wiederholen. Jedenfalls war's der pure Horror und am Ende starrten mich alle an, als wäre ich wirklich der allerletzte Heuler. Vielleicht bin ich das ja auch.

Danach verlegte ich mich auf eine alte Strategie, die zumindest für mich todsicher funktioniert: Ich verkroch mich in der Küche und aß. Ziemlich viel. Bis mir schlecht wurde. Mel kam rein, um sich ein Glas Wasser zu holen, und meinte, Käsekuchen sei so ungefähr das Ungesündeste, was man zu sich nehmen könne. Danke, Mel. Elf geschlagene Minuten saß ich auf den Stufen vor der Haustür und wünschte mir, ich wäre tot. Dachte mir einen kleinen Vierzeiler aus, in dem ich Eva aufs Übelste beschimpfte. Erfand eine Melodie dazu und sang laut drauflos. Woraufhin es mir ein bisschen besser ging. Lief ein Stück die Straße lang und klaute ein paar Rosen. Riss den Rosen die Köpfe ab und warf die Rosenblätter in die Luft, so dass sie auf mich herabregneten wie bei einer Hochzeit. Kehrte zum Haus zurück und saß ungefähr elf Jahre lang auf den Stufen.

Irgendwann zwischen Gegenwart und Ewigkeit kam Eva raus und kotzte in den Vorgarten. Ich zeigte Mitgefühl. Wirklich wahr. Ich besorgte ihr einen feuchten Waschlappen und ein Handtuch, half ihr sogar sich sauber zu machen. Eins muss man Eva lassen – betrunken, wie sie war, entschuldigte sie sich sogar bei mir. Aber weil sie ziemlich übel roch, wollte ich mich nicht länger in ihrer Nähe aufhalten als nötig und lief wieder ein Stück die Straße entlang, bis mich das wütende Gebell eines riesigen Schäferhunds erschreckte. Also hockte ich mich wieder auf die Stufen vor der Haustür. Mittlerweile war es Viertel vor zwölf. Juchhu, nicht mehr lang und ich durfte nach Hause. Um Mitternacht stellte Logan im Radio einen Sender ein, der *Auld Lang Syne* dudelte. Wir fassten uns an den Händen und riefen: »Frohes Neues Jahr!« Dann hingen wir ein bisschen rum und kamen uns dämlich vor. Poppy machte Kaffee. Ich gesellte mich zu Mel und Toby, die immer noch im Garten hockten. Sie gaben sich Mühe, mich in ihre Diskussion über Klimaveränderung und Treibhauseffekt mit einzubeziehen, aber ich döste irgendwann weg. Mein Glück, dass Mama sich nicht drauf eingelassen hatte, uns erst um zwei abzuholen. Zugegeben hätte ich das allerdings nie.

Etwas Gutes ist auf der Party aber doch passiert. Als wir gerade fahren wollten, erzählte Toby, einer aus der Videothek sei gefeuert worden, weil er einem Freund Videokassetten umsonst ausgeliehen hatte. Was bedeutet, dass da vielleicht die Chance auf einen Job besteht. Ich fahre morgen Nachmittag, wenn sie wieder geöffnet haben, mal vorbei; vielleicht krieg ich's ja doch hin, mir Arbeit zu besorgen.

»Frohes neues Jahr, Mama.«

»Frohes neues Jahr, Georgie. Frohes neues Jahr, Mel. Wie war die Party?«

»Klasse. Leckeres Essen, coole Deko.«

»Und wie sind eure Kostüme angekommen?«

»Super. Alle waren begeistert.«

Manchmal muss man einfach lügen.

Mel sitzt vorne neben Mama und quatscht mit ihr. Ich, auf der Rückbank, lehne mich aus dem Fenster, genieße den Fahrtwind auf meinem Gesicht und stelle mir vor, ich wäre in New York oder einem anderen Traumort. Hoffentlich wird es ein gutes Jahr. Ein Jahr der nicht-langweiligen Partys. Ein Jahr der Geheimnisse und Wunder. Tralalala.

Mama will mich in die Unterhaltung mit einbeziehen: »Woran denkst du, Chica?« Als sie vor ungefähr einer Million Jahren – die beiden waren noch ganz jung – mit meinem Vater in Südamerika war, hat sie ein bisschen Spanisch gelernt. Ich versuche mir meinen Vater vorzustellen, kann mich aber nicht an sein Gesicht erinnern. Mamas Stimme klingt, als käme sie von weit, weit her.

»Ich stelle mir vor, ich wäre gerade an irgendeinem traumhaften Ort.«

Bedeutungsschweres Schweigen. Ich ahne: Jetzt wird es spirituell. Auf die Schiene kommt mir meine Mutter zu jeder besonderen Gelegenheit: an Geburtstagen oder – na ja, eben in Augenblicken wie diesem. Manchmal wünsche ich mir, sie hätte nicht so viele Meditationsworkshops mitgemacht, denn ihre Weisheiten vertragen sich manchmal nicht mit meinen.

»Was spricht gegen das Hier und Jetzt? Ist dieser Moment nicht vollkommen, so wie er ist?«

»Mmmmh«, murmele ich. Heute Nacht habe ich nicht die Kraft, mit ihr darüber zu diskutieren. Denn dann würde ich ihr die Wahrheit sagen und die Wahrheit lautet: Nein, das Hier und Jetzt sind nicht okay. Ich habe keinen Vater. Ich habe keinen Freund. Mein Leben ist öde. Auf der Party fand mich keiner interessant genug, um mit mir zu reden. Sogar Mel war lieber mit Toby zusammen als mit mir. Fünfzehn Mäuse habe ich investiert, um mir ein Kleid aus schwarzer Spitze zu leihen, und ich habe kein einziges Kompliment dafür bekommen. (Außer einem von Eva, das aber nicht ehrlich gemeint war. Und natürlich einem von meiner Mutter, aber die zählt nicht.) Zu allem Elend habe ich mir beim Rosenklauen auch noch ein Loch in den Saum gerissen und kriege wahrscheinlich nicht mal die Kaution wieder. Was bedeutet, dass mein Sparkonto Tiefststand haben wird und ich Jakob nie und nimmer zu Gesicht bekommen werde. Niemals wird er sich in mich verlieben, wenn er mich bei seinem Konzert ganz vorne sitzen sieht – nie wird er merken, dass ich sein ultimativer Fan bin, seine Seelenverwandte! Und als Krönung von diesem ganzen Mist ist mir auch noch total übel. Woran niemand anderer schuld ist als ich selbst. Und deshalb: Nein! Dieser Moment ist nicht vollkommen. Er ist so ätzend, wie er nur sein kann.

♥

Als wir zu Hause ankommen, sind schon fast alle weg. Mamas beste Freundin Penny – in Begleitung ihres Pudels Roxanne, den sie auf dem Arm hält – will auch gerade gehen, bleibt auf ihrem Weg nach draußen aber kurz stehen, damit wir Roxannes Silvester-Outfit bewundern können.

Penny arbeitet als Textildesignerin und macht echt coole Sachen, zum Beispiel das witzige Jackett, das der Hund heute Abend trägt: violetter Krepp, Kragen aus Leopardenfellimitat, witzige Klettverschlüsse und das alles natürlich maßgefertigt. Roxanne ist besser gekleidet als die meisten Menschen.

»Ciao, Darling.« Penny schwankt ein wenig. »Ich hab schon ein bisschen gespült. Nette Party. Bis bald, ich ruf dich an.«

Das Haus hat den typischen Die-Party-ist-vorbei-Blues. Auf der braun gewordenen Guacamole gammeln ein paar abgenagte Olivenkerne vor sich hin. Auf der Küchenbank steht einsam und allein ein zerbrochenes Glas mit Lippenstiftspuren, an der Hintertür kauern sich ein paar Flaschen zusammen. Aber den traurigsten Anblick überhaupt bietet Joy, die am Küchentisch sitzt und die Überreste der Beerensahnecreme mit dem Finger aus der Schüssel schleckt.

»Er ist weg. Er ist weg und ich kann's ihm nicht mal verdenken.« Wischt sich Eischaum vom Kinn, leckt die klebrigen Finger ab. »Köstlich, Annie. Du bist eine fantastische Köchin. Ich kann nicht kochen, kein Stück. Und aus meinem Leben hab ich Butterbrot mit Kacke und Senf gemacht, da kannste aber Gift drauf nehmen ... Ich glaub, ich muss bei euch übernachten«, lallt sie. »Vielleicht muss ich sogar bei euch *einziehen*. Wird Georgie nich gefallen. Die kann mich nich leiden. Niemand kann mich leiden.«

Hui, abgefahren. Meine sonst so ordentliche Tante, die meistens steif wie eine Eismumie wirkt, ist sturzbesoffen. Voll wie eine Haubitze oder wie das heißt. Mama beunruhigt das, sie übernimmt sofort das Ruder.

»Sei nicht albern, Joy, das ist doch Unsinn. Alle mögen dich. Und natürlich kannst du bei uns übernachten. Ich mach dir ein Bett auf dem Sofa in meinem Arbeitszimmer.«

»Ich will mehr Sekt. Ich verdiene mehr Sekt. Los, Annie, wir geben uns zusammen die Kante, verflucht.«

Meine Tante hat ihre Prinzipien und festen Überzeugungen. Sie missbilligt Schimpfwörter und »ungehobelte Ausdrücke«, wie sie es selbst nennt. Wenn man bedenkt, dass sie in ihrem Leben sonst niemals flucht, nicht einmal so etwas Harmloses wie »Mist« von sich gibt, ist dieser Ausbruch wirklich beängstigend.

»Du hast für heute genug Sekt getrunken. Wie wär's mit einer Tasse Tee?«, schlägt meine Mutter vor; gleichzeitig signalisiert sie Mel und mir, wir sollten ins Bett verschwinden.

»Ich hasse ihn«, bricht es da aus Joy heraus. »*Und* ich liebe ihn, ja, das tue ich.« Sie fängt an zu heulen – laute, hemmungslose, tränenreiche Schluchzer. Mama scheucht uns nun noch deutlicher. Mel und ich murmeln einen Gute-Nacht-Gruß und verkrümeln uns.

Ich würde gern noch ein bisschen oben an der Treppe rumlungern und lauschen, aber ich bin zu kaputt. Während Mel ihren grünen Schlafanzug anzieht, zerre ich die Gästematratze unterm Bett hervor. Ich will vergessen mir die Zähne zu putzen und mich abzuschminken. Alles will ich vergessen: beschissene Partys, betrunkene Tanten, zerrissene Säume. Doch Mel besteht darauf, dass wir uns mit einer klebrigen, geleeartigen Gurkencreme aus dem Bioladen abschminken, die nach allem riecht, bloß nicht nach Gurke. Als wir endlich im Bett liegen und ich mich mit geschlossenen Augen in die Dunkelheit kuschele, stellt Mel eine merkwürdige Frage.

»Wie schmeckt das?«

»Wie schmeckt was?«

»Fisch. Der Fisch in Sushi.«

»Gut. Salzig, fischig, kaut sich gut.«

»Ich träum seit einer Weile davon. Von Fisch.«

»Dann iss doch einfach mal welchen.«

»Ich will nichts Lebendiges essen.«

»Gemüse ist auch was Lebendiges und du isst es trotzdem.«

Diesen Dialog haben wir schon exakt sechs Mal geführt, immer im gleichen Wortlaut. Darum weiß ich genau, was jetzt kommt. Mel sagt: »Irgendwo zieht jeder seine persönliche Grenze. Du isst ja auch keine Ratten und Kakerlaken. Ich hab mich eben dafür entschieden, nichts zu essen, was Augen hat.« Darauf antworte ich: »Kartoffeln haben Augen.« Dann lachen wir oder ärgern uns übereinander, je nachdem, in welcher Stimmung wir gerade sind. Momentan sind wir beide so müde, dass gar nichts mehr passiert. Wir drehen uns jede auf die andere Seite und schlafen ein. Ich träume, ich würde von einem fettigen Riesensushi verfolgt, das sich in einen wild bellenden Schäferhund verwandelt, der dann zu Tante Joy wird, und die sagt, ich dürfe nicht zu dem Konzert von *Natural Affinity* fahren, bevor ich nicht ihr Haus von oben bis unten geputzt hätte, und zwar mit einem winzigen Spitzentaschentuch. Ich bin sehr froh, als ich am Neujahrstag gegen Mittag aus diesem Traum erwache.

Neuanfänge

Keine Mel, nirgends. Ich stolpere nach unten. Auf der Küchenbank liegt ein Zettel: *Bin mit Joy im Botanischen Garten spazieren. Finger weg von dem geräucherten Lachs. Bis später. Kuss, Mama.*

Als ich durchs Fenster blinzele, entdecke ich Mel. Sie steht in ihrem grünen Schlafanzug neben unserem Zitronenbaum, macht Tai Chi und sieht aus wie ein anmutiger Storch kurz vor dem Abflug. Ich mache Frühstück: Rosinentoast mit Butter für mich, Obstsalat mit Nüssen für Mel. Dazu Kaffee, stark. Nebenbei quatschen wir über die Party, mal dies, mal das; wir hüpfen so ein bisschen von Thema zu Thema. Sind uns einig, dass Poppy es einfach draufhat, dass Logan ätzend ist und Eva noch viel ätzender und dass Caris und Emma ätzend waren, sind und bis in alle Ewigkeit sein werden. Außerdem stellen wir fest, dass Hannah und Finn sich anscheinend getrennt haben, Tanias Schuhe der Hammer waren und Nicks Kostüm ein Armutszeugnis. Dann ziehen wir uns an, weil Mels Vater jeden Moment auftauchen wird, um sie abzuholen.

Nachdem Mel weg ist, starte ich meinen Computer und beginne meinen Lebenslauf zu schreiben, damit ich etwas in der Hand habe, womit ich die Leute von der Videothek beeindrucken kann. Aus dem Internet lade ich mir eine Vorlage herunter. Wenn man allerdings noch nie einen Job hatte, wird das Ganze knifflig, also erfinde ich ein bisschen was dazu.

NAME	Georgia Amy Milne
ADRESSE	79 Russell Street, Golden Bay, auf dem höchst seltsamen Planeten Erde
TELEFON	9543 7792
GEBURTSDATUM	7. April 1988

BISHERIGE TÄTIGKEITEN

Begründerin der Modernistischen Bewegung	1937
Blumenkohlfarmerin	1991 – 1992
Hirnchirurgin	1992 – 2002

DERZEITIGES ARBEITSVERHÄLTNIS

Groupie von *Natural Affinity*

Freiwillige Konsumentin von Partydrogen für ein Marktforschungsprojekt

ANMERKUNGEN ZUR PERSÖNLICHKEIT

Georgia ist in jeder Beziehung ein reizender Mensch. Es gibt nichts, was dieses Mädchen nicht bewerkstelligen könnte, die richtigen Bedingungen und ein Haufen Kohle vorausgesetzt. Georgia ist intelligent, einfühlsam, aufgeweckt, hochbegabt. Sie hat zugesagt keine Ladendiebstähle mehr zu begehen und von nun an regelmäßig Deodorant zu benutzen. Georgia ist ein Erddrachen-Widder, der an Frauenpower und Kartoffelbrei glaubt. Georgia ist eine unbedingt empfehlenswerte Mitarbeiterin, es sei denn, Sie brauchen jemanden, der Elektrolysen durchführt. In dem Fall können Sie's komplett vergessen.

AUSBILDUNG UND ABSCHLÜSSE
Div., ABC, Dip.Päd., Rha.Barb.
Diplomabschluss mit Auszeichnung beim Institut für Authentisches Zickentum, Universität Hogwarts
Besuch der Meisterklasse an der Das-ist-das-Leben-und-das-Leben-ist-hart-Akademie

REFERENZEN
Gott, die Zahnfee, Nikolaus

Mhm ... nicht schlecht. Ich würde mich unter Garantie einstellen.

Ich drucke den Lebenslauf aus, verziere ihn mit Hibiskusblüten, bringe ihn nach unten in die Küche und befestige ihn mit Sternmagneten am Kühlschrank. Dann stibitze ich etwas von dem geräucherten Lachs. Die verbliebenen Scheiben arrangiere ich mit geradezu krimineller Energie so, dass kein Mensch was merken wird. Weil meine magere Lachsausbeute auf dem Teller ein wenig einsam aussieht, verschaffe ich ihr Gesellschaft in Form von Oliven und kaltem Knoblauchbrot. Ich tue so, als wäre das mein Mittagessen. Allerdings ist seit dem Frühstück gerade mal eine schlappe Stunde vergangen, darum nehme ich mir das nicht mal selbst ab. Ich schalte den Fernseher ein, merke, dass ich weder Golf noch Zeichentrickfilme sehen will, und gehe wieder hoch in mein Zimmer, um den Schrank nach Klamotten zu durchwühlen, in denen ich intelligent und verlässlich rüberkomme. Fehlanzeige. Außerdem passt nichts richtig, bis auf mein weites indisches Schlabberkleid, das ich mal vom Wühltisch im Billigladen gefischt habe, Kostenpunkt fünzig Cent. Soll ich vielleicht das schwarze Spitzenkleid noch mal anziehen? Nein, lieber nicht.

Allmählich wünsche ich mir, Mama und Tante Joy kämen endlich heim, damit ich jemanden zum Quatschen habe. Was deutlich zeigt, wie tief ich gesunken bin. Ich krame herum, auf der Suche nach der CD von *Tilt*, die Mel mir zu Weihnachten geschenkt hat, und ziehe sie schließlich mitsamt dem weißen BH, den ich schon seit Monaten vermisse, unter meinem Bett hervor. Außerdem entdecke ich in diesem staubigen Winkel der verlorenen Dinge das Tagebuch mit dem gelben Satineinband. Mühsam angle ich es hervor und starre es eine Zeit lang mit dumpfem Blick an. Dann grabe ich meinen Schulrucksack aus den Tiefen des Schranks. Vielleicht – aber nur vielleicht – fliegt da drin ja irgendwo meine Aktenmappe mit persönlichen Dokumenten rum, Zeugnisse und so. Was mir wiederum vielleicht – wenn auch nur vielleicht – dabei helfen könnte, diesen Job zu ergattern. Die Aktion endet im Chaos, weil aus irgendeinem Grund alles gleichzeitig aus dem Rucksack purzelt. Jedenfalls liegen am Ende meine sämtlichen Hefte und Mappen auf dem Fußboden verstreut. Ich will gerade damit beginnen, sie in den Rucksack zurückzustopfen, doch dann halte ich inne. Ich müsste längst mal meinen Papierkram in Ordnung bringen – wann, wenn nicht jetzt?

GEORGIAS FULMINANTER ACHT-PUNKTE-PLAN

1. Überflüssige alte Notizen aussortieren. Die bedeutsame Entscheidung treffen, dass ein Zettel mit dem folgenden Text nicht aufgehoben werden muss:

CARIS liebt JACK
JACK liebt EMMA
EMMA liebt LOGAN
LOGAN liebt POPPY
POPPY liebt GänseBlümchen!$#@%&*!!!

Keine Ahnung, wer diese existenziellen Weisheiten aufgeschrieben hat. Poppy vielleicht? Aber wie sind sie dann in meine Biounterlagen geraten? Das wird eins der ungelösten Rätsel des Universums bleiben müssen. Ich habe nämlich zu tun.

2. Alle lose herumfliegenden Blätter nach Themen sortieren, in Mappen ablegen und die Mappen mit dickem schwarzen Marker beschriften. Anschließend ordentlich in die unterste Schreibtischschublade schichten.

3. Leere Mappen und Schnellhefter wieder in den Schulrucksack stecken.

4. Sich so anständig und ordentlich fühlen, dass man Angst kriegen könnte. Mein Vorsatz fürs neue Jahr: Ich bin die heilige Georgia, Schutzpatronin aller ordnungsliebenden Menschen.

5. Mein dunkelrotes Puschelfedermäppchen ausmisten. Kaputte Kulis, ausgetrocknete Filzstifte, den ollen gelben Marker, der leckt, sowie den mit Tinte verschmierten Radiergummistummel wegwerfen, trotz seiner hübschen Bissspuren.

6. Eine Liste machen, auf der alles steht, was ich an neuen Schreibwaren brauche, unter anderem: neue Kulis, Glitzerstifte, violetter Marker, drei gute schwarze Stifte, ein roter Stift, ein anständiges Lineal usw.

7. Vertrocknetes Mandarinenfossil, ausgeleiertes Gummiband, vier zerknüllte, zerfledderte Papiertaschentücher wegwerfen.

8. Fenster öffnen. Rucksack umgekehrt aus dem Fenster halten & draufklopfen, damit Flusen und Krümel rausfallen.

Erschöpft von der heldenhaften Anstrengung kuschele ich mich in mein Bett und unterhalte mich mit Jakob über Musik, unser Lieblingsthema. Er ist schweigsam wie immer. Aber er kann gut zuhören.

»Es ist schon fast drei Uhr. Wo warst du die ganze Zeit?«, will ich wissen, als Mama endlich wieder auftaucht.

»Ich hab dir doch einen Zettel dagelassen. Wir waren im Botanischen Garten spazieren. Im Gewächshaus ist es schön wie in einem Zaubergarten, so viele Fuchsien und Orchideen. Danach habe ich Joy nach Hause gebracht und noch Kaffee mit ihr getrunken. Ich hab gar nicht gemerkt, wie spät es schon ist. Hast du zu Mittag gegessen?«

»Na ja, geht so. Was ist denn los mit Joy und Kevin?«

»Ich sterbe vor Hunger. Also, ich mache mir jetzt ein Bagel mit Räucherlachs. Willst du auch einen?«

»Ja, mmmmh, lecker.« Eigentlich habe ich keinen Hunger, aber das verrate ich ihr lieber nicht, sonst kommt sie noch dahinter, dass ich mich längst heimlich über den Lachs hergemacht habe. Meine Mutter glaubt, es wäre ihr erfolgreich gelungen, das Thema zu wechseln, aber da irrt sie sich. »Was geht bei denen ab? So wie gestern Nacht habe ich Tante Joy noch nie erlebt.«

»Das ist kompliziert, Georgie. Sie haben ein paar Probleme miteinander. Aber ich glaube, ich sollte mich nicht weiter darüber auslassen.«

»Wie du willst«, grummele ich. Die ganze Welt besteht aus Geheimnissen. Nur ich habe keine und kenne keine. »Trotzdem würde ich gern wissen, warum sie sich plötzlich so aufführt. Normalerweise ist sie doch so steif. Ein richtiger Kontrollfreak. Und dann betrinkt sie sich auf einmal und macht einen auf Melodrama. Mir kommt sie vor wie ein dunkler Fluss, trüb und gefährlich. Das kann einem richtig Angst einjagen.«

»Wir hatten es daheim nicht leicht, weißt du. Wir stammen aus einer schwierigen Familie. Die schweren Depressionen deiner Großmutter, drei Mädchen im Alter sehr dicht beieinander, alle zusammen in ein kleines Haus gepfercht, nie genug Geld. Ich schätze, Joy hat dadurch einen Knacks bekommen.«

»Aber du bist doch normal, zumindest so einigermaßen.«

»Ich betrachte das mal als Kompliment, danke.« Mama lächelt, blickt aber gleich darauf wieder nachdenklich vor sich hin.

»Jeder reagiert anders auf bestimmte Situationen und Bedingungen. Joy war schon immer die Sensibelste von uns. So ein sanftes, stilles kleines Mädchen. Stundenlang saß sie unter dem Blauregen in unserem Garten, bastelte aus Stöcken und Blättern kleine Puppen mit lachenden Gesichtern, denen sie Blütenblätterröckchen anzog, am liebsten aus Mohnblumen. Aus Streichholzschachteln machte sie Bettchen für Insekten, die ihre Haustiere waren, und unseren Zwerghühnern gab sie schöne Namen wie *Tulpe* und *Honigtropfen*, die gute Laune machten. Joy hat immer versucht Ruhepunkte im Chaos zu schaffen. Das genaue Gegenteil von Sooze, die eine Wilde war und von Anfang an versucht hat auszubrechen. Mit vier Jahren ist sie das erste Mal von daheim ausgebüxt. Ist einfach auf ihrem Dreirad weggefahren, mit einem Stapel Comics in einem Körbchen. Ihr ganzes Leben lang ist sie davongelaufen, vor allem und jedem. Was mich betrifft, ich war einfach bloß ... ich weiß nicht, ich war eben ich. Irgendwo in der Mitte. Vielleicht gehört das zu unserem Karma.«

»Was ist Karma eigentlich genau? So richtig kapiert habe ich das noch nie.«

»Jede Handlung hat ihre Ursache und ihre Wirkung. Karma bedeutet, dass man seine Handlungen aus früheren Leben in dieses Leben mitbringt.«

»Glaubst du daran?« Normalerweise redet meine Mutter nicht über diese Sachen. Sie fährt zu ihren Meditationskursen und kehrt in einer gelösten, heiteren Stimmung zurück, die etwa eine Woche anhält.

»Es gibt Dinge, die sind nicht zu erklären. Mysterien, Rätsel. Sie entfalten sich ohne unser Zutun. Licht und Schatten, Schwieriges und Schönes. An eins glaube ich allerdings fest: dass wir für unsere Handlungen verantwortlich sind. Selbst wenn wir nur ein Leben haben – wir ernten, was wir säen.«

»Klingt logisch.«

»Und was hast du in der Zwischenzeit getrieben?«

»Ich hab versucht einen Lebenslauf zu schreiben, den ich bei der Videothek abgeben will. Toby meint, da gäbe es vielleicht gerade einen Job. Aber der Lebenslauf ist ein Desaster und anzuziehen habe ich auch nichts.«

»Was ist denn falsch an dem, was du gerade anhast?«

»Klar, logo, perfekt.« Ich schiele auf meine riesigen Oberschenkel. »Ich sehe irgendwie billig aus.«

»Ich finde, du siehst völlig okay aus. Soll ich dir bei dem Lebenslauf helfen?«

»Nö, nicht nötig. Ich habe meine Schulsachen aufgeräumt und dabei die Mappe mit meinen Zeugnissen und so ausgegraben. Da steht, in welchen Clubs und Arbeitsgruppen ich gewesen bin und dass ich den Sprachwettbewerb gewonnen habe. Meine Urkunde über *Besonderes Engagement für das Schulleben* ist auch dabei.«

»Klingt doch prima. Vergiss nicht den Leuten in der Videothek zu erzählen, dass du auch schon im Hilton gejobbt hast. Und als Babysitter. Und die Sache für Penny.«

»Das Babysitten lasse ich besser weg, von Natalie bekomme ich garantiert keine Empfehlung. Im Gegenteil, sie wird denen sofort unter die Nase reiben, dass ich ihren kleinen Rotzbengel vergiften wollte. Wie meinst du das mit Penny?«

»Du weißt schon, als du ihr mit der Werbung für ihren Kunst-Workshop geholfen hast. Die Broschüren, die du bei den Büchereien vorbeigebracht, die Handzettel, die du überall aufgehängt hast.«

»Das zählt doch nicht als Joberfahrung, Mama.«

»Natürlich tut es das. Sie hat dich schließlich dafür bezahlt, also war es ein Job. Gelegenheitsarbeit als PR-Assistentin nennt man das. Dass die Frau, die dich beschäftigt hat, zufällig die beste Freundin deiner Mutter ist, wissen die von der Videothek ja nicht. Die meisten Bewerbungsunterlagen sind mit solchen Halbwahrheiten gespickt.«

»Wenn du meinst. Leihst du mir deine Bergkristallkette? Ich lasse die Jeans an, mit einem schwarzen T-Shirt dazu, aber ich brauche irgendwas dazu, das peppt.«

»Aber verlier sie nicht, bitte.«

»Danke für den Hinweis. Ich hatte fest vor die Kette ins Hortensienbeet oder auf die Müllkippe zu schmeißen, nur um dich zu ärgern.«

»Georgia!«

Ich strecke ihr die Zunge raus.

»Ich hol dir die Kette. Soll ich dich schnell bei der Videothek vorbeifahren?«

»Nö, ich nehme das Rad. Danach will ich nämlich noch zu Mel, um mich zu verabschieden. Haben wir heute Mittag so ausgemacht. Mel muss packen. Sie fährt morgen für zwei Wochen ans Meer. Zum Abendessen bin ich wieder da.«

In meinen schwarzen Jeans und dem schwarzen T-Shirt sehe ich aus wie ein Wal in Trauer. Aber immerhin wie ein Wal mit gutem Geschmack, dank Mamas Kette aus großen Bergkristallen. Als ich endlich bei der Videothek ankomme, ist es fünf und ich bin total verschwitzt. Als ich den Helm absetze, klebt mir das Haar an der Stirn. Mein Fahrrad schließe ich außer Sichtweite am anderen Ende des Parkplatzes an und verbringe Ewigkeiten damit, mir selbst Mut zu machen, damit ich den Laden überhaupt betreten kann. Es ist ziemlich viel Betrieb dort, was ich einigermaßen deprimierend finde. An einem schönen Sommernachmittag muss es doch Besseres zu tun geben, als Arnold Schwarzenegger beim Leuteverkloppen zuzuschauen, oder? Vor allem an Neujahr, dem verheißungsvollsten Tag des Jahres.

Was wäre das Schlimmste, das dir jetzt passieren könnte? Den Tipp, sich vor einer kniffeligen Situation diese Frage zu stellen, habe ich aus einem Ratgeber. Keinen Schimmer, ob's hilft oder einfach bloß dämlich ist. Jedenfalls soll man sich die größte Katastrophe vorstellen, die einem widerfahren könnte, und sich anschließend klar machen: Auch damit würdest du fertig werden. Und dann stürzt man sich ins Geschehen. Spürt die Angst und tut es trotzdem. Mhm.

Also los, versuchen wir's. Das Schlimmste, was passieren könnte: Sie geben mir den Job nicht. Im Prinzip würde ich damit klarkommen, denke ich. Andererseits will ich den Job wirklich unbedingt haben. In Videotheken arbeiten haufenweise junge, coole Filmemacher. Deshalb spielt so ein Job in meinem Ich-werde-eine-berühmte-Filmemacherin-Tagtraum eine Schlüsselrolle, denn im Prinzip läuft die Sache so: Man besorge sich einen Job in einer Videothek. Miete sich ein runtergekommenes altes Haus, in dem man mit zwei Studenten und einer Katze namens Bonk wohnt. Man ist total pleite. Ernährt sich von Träumen und Ravioli aus der Dose, aber irgendwie überlebt man das Ganze. Und schafft es außerdem irgendwie, die Kohle für einen Low-Budget-Film zusammenzukratzen, der auf Anhieb ein Megaerfolg wird. Mein Film wird auf dem Toronto Film Festival bejubelt und von Miramax übernommen. Ich verkaufe mich an Hollywood und werde steinreich, aber unglücklich. Nach einer kurzen Laufbahn als Kokserin, die mich rasch an den Rand des Abgrunds bringt, fliehe ich nach Berlin, wo ich mich in eine leidenschaftliche, von Anfang an zum Scheitern verurteilte Affäre mit einem tschechischen Geiger und seiner überirdisch schönen jungen Frau stürze. Mit gebrochenem Herzen wende ich mich wieder den Drogen zu und tue schrecklich viele schreckliche Dinge, bis ich wie Phönix aus der Asche meines eigenen Wahnsinns steige und eine abgeklärte Yoga-Anhängerin und die beste Fotografin der Welt werde.

Ich kann Stunden damit verbringen, mir solche Fantasien in allen Einzelheiten auszumalen. Aber ich habe nicht stundenlang Zeit, denn ich habe Mel versprochen, um halb fünf bei ihr zu sein, und bin jetzt schon zu spät dran.

Außerdem weiß ich in meinem tiefsten Inneren: Das Schlimmste, was passieren kann, ist viel schlimmer als den Job nicht zu bekommen. Der Typ hinter der Theke könnte mich langsam von oben bis unten mustern, einen flüchtigen Blick auf die Mappe mit meinen Zeugnissen werfen, sie in den Mülleimer schmeißen und mich abblitzen lassen, indem er sagt: »Klar, wir hätten einen Superjob zu vergeben. Elf Dollar die Stunde plus kostenlose Videoausleihe. Arbeitszeiten donnerstags und freitags von vier bis neun, dazu samstags tagsüber. Ab und zu auch an Feiertagen, dafür gibt's dann Extrakohle. Allerdings kannst du nicht im Ernst glauben, dass wir diesen coolen Job einem schwitzenden, schwabbeligen Etwas wie dir geben, das dazu auch total unmöglich angezogen ist. *Du* bekommst diese Stelle bestimmt nicht. Im Gegenteil, wir wollen dich nicht eine Sekunde länger in unserem Laden haben, weil du die Kunden verschreckst. Also zieh Leine, und zwar schnell.«

Okay, diese Version der Geschichte ist nicht gerade wahrscheinlich, das weiß ich selbst. Die Aussicht, dass es so läuft, ist sogar eher mager. Ich muss leicht hysterisch lachen, denn das Wort *mager* kommt mir in dem Zusammenhang total absurd vor. Dann betrete ich die Videothek.

Der erste Mensch, den ich sehe, ist Toby. Allerdings ohne seinen Teewärmerhut. Im Gegenteil, er hat eine neue Frisur, die gestern Abend offenbar unter seiner Puck-Mütze versteckt war. Diese Frisur ist der Hammer: Haare an den Seiten und hinten stoppelkurz, auf dem Kopf ein bisschen länger und mit Gel akkurat so gestylt, dass sie modisch verwuschelt aussehen. Mel, ich verstehe, was du an ihm findest, das muss ich leider zugeben.

Toby lächelt mich zur Begrüßung an. »Hallo, Georgia, gutes Timing. Stuart, der Typ, der hier die Leute einstellt und feuert, ist gerade hinten. Ich schaue mal nach, ob er einen Moment Zeit für dich hat.« So weit, so gut.

Stuart ist knapp über dreißig und sieht aus, als würde er auf Grunge stehen. Sein Haar wird schon dünn, er hat blasse, etwas teigige Haut und — was das Beste ist — eindeutig ein paar Kilo zu viel auf den Rippen. Der Typ sieht aus wie eine große, gutmütige Nacktschnecke, die am liebsten alleine Videos glotzt und fettiges Fastfood vertilgt. Volltreffer, grinse ich in mich hinein. Unwahrscheinlich, dass er Menschen mit Speckhintern ablehnt, schließlich hat er selbst einen.

»Georgia? Toby hat gesagt, du bist auf Jobsuche?«

»Jau.« Erster Fehler. Ich bin aber auch bescheuert. Warum habe ich nicht schlicht Ja gesagt, in möglichst gepflegtem Ton? Dadurch hätte ich gezeigt, wie höflich, freundlich und professionell ich mit Kunden umgehen kann. Aber dem guten Stu scheint's zum Glück gar nicht aufgefallen zu sein.

»Kommst du bitte mit nach hinten? Ich möchte kurz mit dir sprechen, dir ein paar Fragen stellen.«

Der Raum fürs Personal ist bis zur Ekelgrenze versifft: verschmierte Kaffeebecher, Kippen, abgestandene Luft. Ich räume ein paar Zeitschriften von einem Stuhl und stupse vorsichtig ein antikes Wurstbrötchen zur Seite, um auf dem Tisch Platz für meine Unterlagen zu schaffen.

»Was hast du bisher so gemacht, Georgia? Jobmäßig, meine ich.«

»Äh ... mhm ... ja also, ich habe hauptsächlich ziemlich viel Erfahrung als Babysitter. Und das Schulpraktikum in der Zehn habe ich im Hilton gemacht.«

»In welcher Funktion?«

»Ich habe mitgeholfen die Konferenzräume vorzubereiten, im Restaurant Tische abgeräumt und in der Küche mitgearbeitet.«

»Schon mal an einer Registrierkasse gesessen, im Supermarkt oder so?«

»Nein, eigentlich nicht. Ich hatte aber noch einen Job. Werbung für einen Kunstkurs.« Selbst in meinen eigenen Ohren klingt das total lahm.

»Hast du schon irgendwo gearbeitet, wo du mit Kundschaft zu tun hattest?«

»Nein, aber ich bin sehr zuverlässig. Möchten Sie vielleicht meine Zeugnisse und anderen Urkunden sehen?«

»Klar.«

Ich greife nach meiner Mappe. Hoppla. Sie lag zu dicht an dem Wurstbrötchen und jetzt ... So wollte ich mich und meine wertvollen Unterlagen eigentlich nicht präsentieren. Auf meinem Lebenslauf prangt ein Ketchupfleck. Ich gebe Stuart die Mappe trotzdem, Fleck hin oder her.

»Ah, du bist in der Theater-AG. Als ich noch zur Schule ging, habe ich auch gern Theater gespielt.«

»Ja, macht Spaß.« Ich klinge wie der letzte Lahmarsch. Allmählich beschleicht mich Panik.

»Gut, dann wollen wir mal sehen, wie's um deine Rechenkünste steht. Hier sind ein paar Aufgaben, versuch dein Glück. Bin gleich wieder da.«

Mathe ist nicht meine Stärke, dennoch gebe ich mein Bestes. Allerdings sind die Fragen kniffelig und haben für mein Gefühl überhaupt nichts mit dem Job zu tun. Wofür muss ich Bruchrechnen können, wenn es darum geht, einem Kunden zwei Videos und einen Schokoriegel in die Hand zu drücken? Ich dachte immer, die Kasse erledigt alles, was schwierig ist. Als Stuart zurückkommt, habe ich gerade mal die Hälfte geschafft. Er telefoniert. Was ihn nicht davon abhält, mir zu signalisieren, ich solle ihm das Blatt mit den Aufgaben rüberreichen, damit er – Handy am Ohr – einen zerstreuten Blick drauf werfen kann.

»Ja, ist gut ... Okay, alles klar, Mann ... Ja, wir sehen uns dann, Kumpel ... Bis später.« Ein Gespräch abgehakt, das andere kurz vorm Ende.

»Okay, Georgia, danke, dass du vorbeigekommen bist. Ich will mich noch mit ein paar anderen Bewerbern unterhalten, aber ich melde mich, einverstanden?«

»Klar«, sage ich kläglich. »Soll ich meine Koordinaten auf den Mathetest schreiben?«

»Deine was? Ach so, ja, gute Idee.«

Ich kritzele Namen, Adresse und Telefonnummer auf das Blatt. Ein bisschen ordentlicher hätte ich schon schreiben können, aber was soll's? Er wird sich niemals melden, das wissen wir beide.

»Okay, tschüs. Und danke. Ich wäre bestimmt eine gute Ergänzung für Ihr Team«, sage ich ohne Überzeugung. Stuart ist längst mit irgendwelchem Papierkram beschäftigt, also gehe ich allein zum Ausgang. Toby bedient gerade einen Kunden. Ich winke ihm unauffällig zu und mache, dass ich wegkomme.

Ich ziehe mir meinen blöden Helm über die Ohren, steige auf mein Fahrrad, radele davon, so schnell ich kann. Als ich beim Park am Fluss ankomme, lasse ich mich unter einen Baum fallen und heule eine Runde.

Was hat Eva auf der Party zu mir gesagt?

Krieg endlich mal dein Leben auf die Reihe, du fette Versagerin.

Einsame Tage ohne Mel

Sich von Mel zu verabschieden ist gar nicht einfach, denn sie wirkt ziemlich abwesend. Dauernd probiert sie beim Packen irgendwelche Klamotten an oder versucht einen Fleck von ihrer Strandmütze zu reiben. Außerdem redet sie nonstop von Tom und Jodie Ferrier, den Zwillingen, mit denen sie bisher sämtliche Sommerferien verbracht hat, schon seit vor ihrer Geburt, könnte man meinen. Ich habe die beiden auch kennen gelernt und fand sie furchtbar öde. Tom hat ständig auf meine Titten geglotzt und Jodie wollte sich bei allen einschmeicheln. Laaangweilig. Vielleicht lag's aber auch daran, dass ich Mel für mich allein haben wollte. Außerdem hat es mir keinen Spaß gemacht, jeden Abend zu dem protzigen Strandhaus der Ferriers zu tigern, um idiotische Brettspiele zu spielen, während sämtliche Eltern einen Gin Tonic nach dem anderen kippten und vergaßen Abendessen für uns zu kochen.

»Wie sieht das aus?«, fragt Mel.

»Nicht schlecht.« Mel steht so ungefähr alles gut, obwohl ich sie wahrscheinlich darüber aufklären sollte, dass dieser Fummel sehr durchsichtig ist. Ihre dünnen Beine und die weiße Unterhose zeichnen sich deutlich unter dem lila Baumwollstoff ab, vor allem, wenn sie im Türrahmen steht. Eigentlich ziemlich sexy, aber das ist wahrscheinlich nicht die Wirkung, auf die sie aus ist. Erst recht, wenn Tom in der Nähe ist, dieses schmierige Früchtchen.

»Ist vielleicht ein bisschen durchsichtig«, murmele ich

in meinen nicht vorhandenen Bart. Und bin mir nicht sicher, ob ich mich gerade wie eine gute Freundin oder wie eine blöde Ziege verhalte.

»Wirklich? Na ja, halb so schlimm, das Kleid ziehe ich sowieso nur am Strand an.«

»Na dann. Übrigens, ich bin bei der Videothek vorbeigefahren. Toby war auch da, mit cooler neuer Frisur.«

»Ich weiß, hat er mir gestern Abend vorgeführt. War richtig teuer, sagt er. Er hat's bei *Headworxx* machen lassen, von der mit dem Piercing. Und wie ist es gelaufen? Diese Jobgeschichte meine ich.«

»Blöd. Den Job kriege ich garantiert nicht.«

»Wieso das denn nicht? Den machst du doch mit links und auf dem Kopf.«

»Stimmt schon. Du weißt das und ich weiß das. Aber der Typ, der dort Boss ist, war nicht davon zu überzeugen. Ich habe keine Erfahrung als Kassiererin und mit dem Mathetest bin ich auch nicht so toll klargekommen. Im Gegenteil, das war wohl eher ein Armutszeugnis.«

»Ich wette, das stimmt nicht, Georgie. Du jammerst bei jeder Klassenarbeit rum, du hättest sie verhauen, aber am Ende bekommst du doch wieder eine gute Note. Das ist jedes Mal so.«

»Tja, kann schon sein, aber diesmal hab ich's wirklich verbockt. Vielleicht hab ich ein paarmal zu oft schwarz gesehen und das ist jetzt die Quittung. Egal, ich muss los. Es wird schon dunkel und die Lampe an meinem Fahrrad ist kaputt.«

»Willst du nicht zum Abendessen bleiben? Mein Vater hilft dir bestimmt mit der Lampe.«

»Nein danke, besser nicht, ich hab meiner Mutter versprochen zum Abendessen wieder zu Hause zu sein. Viel Spaß am Meer. Du wirst mir fehlen.«

»Du mir auch.«

»Bring mir einen Seestern mit.«

»Drei Seesterne und ein Seepferdchen.«

»Cool.«

»Bis dann, Georgie.«

★

Als ich nach Hause komme, sitzt Mama in der Badewanne und hört Edward Elgar. Trotz heftiger Proteste ändere ich das Programm und lege *The Waifs* auf. Wir essen Reste von der Silvesterparty und zum Nachtisch jede eine Mango. Ich erzähle Mama von dem verheerenden Vorstellungsgespräch. Sie hört mir zu ohne mich zu unterbrechen. Anschließend hält sie eine schwungvolle Aufmunterungsrede à la *Du bist die Schönste und Beste überhaupt.* Es wäre mir lieber, ich bräuchte ihren Zuspruch nicht, aber ich muss zugeben, dass ich mich danach besser fühle.

»Übrigens, was Joy und Kevin angeht ...« Mama pult an den Mangofasern zwischen ihren Zähnen herum.

»Ja?«

»Sie hätten gar nicht erst heiraten sollen. Joy dachte, sie wäre schwanger. Als anständiger Kerl machte Kevin ihr daraufhin gleich einen Heiratsantrag. Dann stellte sich heraus, dass sie sich geirrt hatte, aber da war die Hochzeit längst beschlossene Sache, deshalb haben sie tatsächlich geheiratet. Kurze Zeit später ist Joy dann wirklich schwanger geworden mit Gilda. Joy und Kevin haben sich beide bemüht es irgendwie hinzukriegen miteinander, aber es ist ihnen nie wirklich gelungen.«

»Klingt, als wären die beiden die idealen Kandidaten gewesen für eine Einsteigerehe.«

»Was soll das denn sein?«

»Das habe ich aus Gildas Zeitschrift, die sie Weihnachten hier hat liegen lassen. Warte, ich such eben den Artikel ... hier: *Die ideale Einsteigerehe: Eine kurze erste Ehe, die schnell wieder geschieden wird. Keine Kinder, keine Schuldgefühle, kein Krach wegen Geld oder Besitz, weil beides noch nicht vorhanden ist.*«

»Mhm. Joy und Kevin sind schon so lang zusammen, dass ich sie mir getrennt gar nicht vorstellen kann«, sagt Mama. »Aber wie's aussieht, werden sie's demnächst sein.«

»Der totale Zusammenbruch steht also unmittelbar bevor? Sie stehen vor einem Super-GAU?«

»So könnte man es ausdrücken. Ich bin mir nicht mal sicher, was ich davon halten soll. Wenn die Situation für alle Beteiligten unerträglich wird, hat es keinen Sinn weiterzumachen. Andererseits ist es schon traurig, wenn am Ende alles umsonst war und nur noch ein Scherbenhaufen bleibt.«

Ich mustere Mama. Sie wirkt so traurig. Trotzdem wechselt sie übergangslos das Thema: »Sollen wir uns zusammen ein Video anschauen?«

»Was haben wir denn da?«

»Nicht viel. Diesen Agentenfilm. Und eine Gartensendung.«

»Nö, ich verzichte.«

»Okay. Übrigens, ich hab mir das Spitzenkleid angeschaut und den Saum geflickt. Die Leute in dem Laden merken von dem Riss garantiert nichts mehr.«

»Du bist die Beste, Mama, danke.«

Ich gehe hoch in mein Zimmer, starre eine Ewigkeit aus dem Fenster. Schließlich schnappe ich mir das gelbe Tagebuch und schreibe los.

WAS ICH AUF DER PARTY BESSER NICHT GETAN HÄTTE
Zu früh hingehen
Mich zu sehr aufdonnern
Eine halbe Sushi-Platte allein futtern
Mich partout nicht unter die Leute mischen
Heimlich Evas Wodka trinken
Zu viel Käsekuchen in mich reinstopfen
Mich einsam fühlen

DINGE, DIE ICH MAG (© GEORGIA)

Klamotten:	Der goldene indische Schal, den Mama mir vorletztes Weihnachten geschenkt hat
Schuhe:	Meine schwarzen Brokatslipper
Essen:	Sandwichtoast mit Schinken und Käse
Buch:	*Catherine, Lady wider Willen* von Karen Cushman

Film: *Die fabelhafte Welt der Amelie, Rocky Horror Picture Show, I Capture the Castle*
Tier: Drache
Getränk: Mango-Joghurt-Shake
Hobby: Von Jakob träumen
Vogel: Pinguin, Regenbogenlori
Blume: Rose, Pfingstrose, Frangipani, Jasmin
Planet: Mars
Edelstein: Rubin, Türkis, Amethyst, Smaragd
Geruch: Kaffee, Rosenöl, gebratene Zwiebeln
Auto: Volkswagen
Hund: Basset

SCHWIRIEG ZU BUCHSTABIHRENDE WÖRTER
Kackadu
Hemoroiden
Psücholoke
Hawaiiaii
verhonepipeln
Tesstossteron
difiziel
menschenler
Mischelinstern
Misisipischifer
fluroeszirennt
Ryhtmuhss

Listen sind was Tolles. Beim großen Ausmisten habe ich unter anderem Notizen entdeckt, die ich mir mal über autobiografisches Schreiben und eine gewisse Sei Shonagon gemacht habe. Sie lebte gegen Ende des 10. Jahrhunderts, war Hofdame der Kaiserin Sadako und ist der Nachwelt deshalb bekannt, weil sie akribisch Tagebuch führte. Vor allem füllte sie ihr Notizbuch mit verblüffenden Listen, die sich später als wertvolle Zeitdokumente erwiesen haben. Sie listete einfach alles auf: Schönes, Erhebendes, Deprimierendes, Verwirrendes. Einige der Listen sind ziemlich absurd; zum Beispiel zählte sie Sachen auf, die niemals gemalt werden sollten. Oder solche, die von vorn besser aussehen als von hinten, Stickereien zum Beispiel (oder Carly).

Jedenfalls habe ich gerade einen Beschluss gefasst. Damit ich mich nicht zu Tode langweile, wenn ich demnächst mein bisheriges Hobby aufgebe – nämlich dicke, fette, triefende Käsetoasts zu vertilgen –, werde ich in Zukunft das Tagebuch mit dem gelben Satineinband zum Listenschreiben verwenden, wodurch es mir sicher ans Herz wachsen wird. Von nun an höre ich auf den Namen Kostbare Goldlilie. Ich wohne im Sommerflügel des Pfauenpalasts und bin Hofdame der Kaiserin Magnolie, die nicht sonderlich hübsch, dafür umso launischer ist.

WAS ICH IN DEN FERIEN GEMACHT HABE
Mich gelangweilt
Meinen Pony geschnitten (leider ein bisschen schief)
Mein Zimmer aufgeräumt
Mit Jakob geredet
Vier Videos für insgesamt vier Dollar ausgeliehen:
101 Dalmatiner, Shrek, Matrix, Zauberhafte Schwestern

Mama beim Unkrautjäten geholfen
Mit dem Listenschreiben angefangen
Eine Möhrentorte mit Cremefüllung gebacken
Überlegt, ob ich mir ein Handy zulegen soll
Beschlossen mir kein Handy zuzulegen
Allein im Fluss schwimmen gewesen
Angefangen mit mir selbst zu reden
Keinen Job in der Videothek bekommen
Ein Kilo abgenommen
Das Kilo wieder zugenommen
Einen Job gefunden!!!

Irre, wie das Leben manchmal läuft. Am 4. Januar erhielt ich einen Brief von der Videothek, in dem so ungefähr stand: Danke für Ihre Bewerbung, aber nein danke. Was für eine Überraschung! Außerdem lag ein Gutschein dabei, mit dem ich mir kostenlos ein Video ausleihen konnte (und zwar keinen alten Film, sondern einen brandaktuellen). Das war dann allerdings doch eine Überraschung. Es handelte sich zwar um einen Formbrief aus dem Computer, aber untendrunter hatte Stuart handschriftlich mit einem roten Stift hinzugefügt: *Viel Glück bei der Jobsuche, Georgia.* Nett. In einem anderen Leben treffen wir uns vielleicht wieder, verlieben uns Hals über Kopf ineinander und heiraten. Ich kann's mir lebhaft vorstellen: zwei moppelige Stubenhocker in haargenau gleichen Jogginganzügen, für immer vereint in ihrer Vorliebe für Filme und ihrer Passion für Pizza. Bei näherer Betrachtung scheint mir das allerdings keine gute Idee zu sein, nicht mal für ein nächstes Leben.

Deshalb zurück zum eigentlichen Thema: ich und meine großartige Karriere.

(Jakob, ich komme! Ich schaffe es! Ich werde auf deinem Konzert sein.)

Am 5. Januar wurde ich beinahe verrückt vor Langeweile. Wie wäre ich sonst auf die Idee gekommen, das kostenlose Anzeigenblättchen von vorn bis hinten durchzulesen? Jedenfalls verbrachte ich einen halben Vormittag mit dieser aufregenden Lektüre. Unter anderem las ich einen sehr inspirierenden Artikel über eine Sechsundneunzigjährige, die in ihrem blauen Käfer durch die ganze Welt kutschiert. Die Chinesische Mauer hat sie mit achtzig Jahren besucht, als ganz junger Hüpfer also. Weiter so, tapfere kleine Oma! Außerdem könnte ich jetzt genauestens Auskunft über den Preis der Delikatesskartöffelchen in *Victors Gemüseladen* geben und weiß Bescheid, wo montagabends *Yoga mit Sudhassana* stattfindet. Immerhin ging beim Lesen mehr als eine Stunde rum und nebenbei vollbrachte ich sogar noch ein paar andere nützliche Dinge: Fingernägel feilen, zwei Becher Kaffee trinken, Haare so kämmen und dann wieder anders. Im hinteren Teil der Zeitung wurde es besonders faszinierend. Kontaktanzeigen. Trödelverkauf von privat. Fundsachen. Stellengesuche. Leer stehende Räumlichkeiten zu vermieten. Und dann, plötzlich – da! Genau das Richtige.

Teilzeitkraft für Bäckerei ab sofort gesucht, überwiegend an Wochenenden und Feiertagen. Einarbeitung vor Ort, Vorerfahrung nicht nötig. Als Schülerjob geeignet.

Ich, ich, ich, brüllte ich, sprang auf und legte sofort los. Okay, ich habe nicht wirklich gebrüllt, aber bei voller Lautstärke gedacht. Mich zum zweiten Mal für einen Job zu bewerben war schon leichter als beim ersten Mal. Die passenden Klamotten und Unterlagen hatte ich ja, jetzt brauchte ich bloß noch eine gehörige Portion Mut. Mamas Motivationsrede fiel mir wieder ein; daher sagte ich mir ein, zwei Verstärkersätze vor, während ich mir die Haare bürstete und an dem Verschluss der Bergkristallkette herumfummelte.

Ich bin ein Siegertyp.

Liebe Leute in der Bäckerei, ich bin der rettende Engel, auf den ihr gewartet habt.

♥

Um nicht wie beim letzten Mal total verschwitzt und mit platt gedrücktem Haar aufzukreuzen, ging ich zu Fuß zum Einkaufszentrum. Wenn Mama zu Hause gewesen wäre, hätte sie mich hingefahren; aber sie kann sich im Augenblick bei der Arbeit schwer freinehmen, darum verbringe ich diese Ferien meistens allein. Außerdem macht es mir nichts aus zu laufen. Ich schaue mir gern Gärten an, vor allem, wenn sich die Leute einen besonderen Clou dafür ausgedacht haben – wie zum Beispiel der Typ aus Italien, vor dessen Haus lauter Pflanzenkübel stehen, die er aus Autoreifen selbst gebastelt hat. Sie sehen aus wie Schwäne und sind in Orange und Türkis bemalt, total abgefahren! Manchmal rede ich auch mit Katzen. Katzen sind Zauberwesen. Sie antworten einem mit den Augen.

Unterwegs spiele ich ein Spiel, das ich mir selbst ausgedacht habe. Es heißt *Vielleicht* und geht so: Wenn mir jemand entgegenkommt, versuche ich zu erraten, ob er oder sie mich grüßen wird. Und wenn es mir besonders unwahrscheinlich vorkommt, grinse ich von einem Ohr zum anderen und schmettere laut: »Hallo.« Irgendeine Reaktion ernte ich fast immer, so oder so. Manche grüßen herzlich zurück, andere sind zurückhaltender, murmeln bloß irgendwas. Nur selten kommt es vor, dass mich jemand überhaupt nicht beachtet. *Vielleicht* zu spielen tut mir gut; es macht Spaß und lenkt mich von meiner Nervosität ab. Ich begegne zweien, die murmeln, einem Lächler und einem Mann mittleren Alters, der mich verblüfft, indem er locker zurückruft: »Schönen Tag, meine Süße!« Als ich mich dem Einkaufszentrum und damit der Bäckerei nähere, spüre ich, wie mein Magen sich Richtung Kniekehlen bewegt. Doch jetzt führt kein Weg mehr zurück.

Ich kann Einkaufszentren nicht leiden. Mir sind richtige Läden mit richtigen Menschen drin lieber, Läden, wo es verrückte, ausgefallene Sachen gibt und wo nicht alles perfekt ist. Einkaufszentren sind Überall-und-Nirgendwo-Orte. Seelenlos. Lauter langweilige Filialen von langweiligen Ladenketten. Luft, Musik, Leute – alles Plastik, unecht, tot. Wenn ich erwachsen bin, schreibe ich eine Dissertation über die Zerstörung der Kultur durch Einkaufszentren. Aber jetzt ist nicht der richtige Zeitpunkt für philosophische Überlegungen. Immerhin befindet sich die Bäckerei auf der Außenseite des Gebäudekomplexes, nicht mitten in seinem toten Plastikherz.

Tja, nun stehe ich also vor der Tür zur Bäckerei. Ich will das Fitzelchen Mut, das ich habe, nicht auch noch verlieren, deshalb gehe ich schnurstracks hinein. Eine dunkelhaarige Frau in Mamas Alter bedient gerade einen Typen Marke Draufgänger. Mit einer Silberzange greift sie nach den beiden Pestobrötchen, die ihr am nächsten liegen, steckt sie sorgfältig in eine Papiertüte und verschließt diese mit gekonntem Schwung.

»Macht fünf Dollar, bitte.« Der Draufgänger, ein Logan-Klon mit blondem Lockenkopf und Basketball unter dem Arm, hält das Geld passend bereit. Noch bevor er zur Tür raus ist, beißt er schon in das erste Brötchen.

»Ja bitte?«

»Ich komme wegen der Stelle. Den Aushilfsjob meine ich. Ich hab die Anzeige im *Leader* gelesen.«

»Gut. Ich heiße Jude, ich bin die Managerin hier. Wie heißt du und wie alt bist du?«

»Georgia. Ich bin fünfzehn.«

»Hast du schon mal in einem Geschäft gearbeitet, Georgia?«

»Nein, aber ich lerne schnell und bin sehr zuverlässig.

Ich habe eine Mappe mit meinen Zeugnissen dabei. Möchten Sie die vielleicht sehen?«

»Gern. Lässt du die Unterlagen da? Dann werfe ich zwischendurch einen Blick drauf. Kannst du morgen früh anfangen?«

»Ja klar.«

»Wunderbar. Komm bitte um vier noch mal vorbei, dann ist es hier ein bisschen ruhiger und ich kann dir eine kurze Einführung geben. Außerdem suchen wir dir eine Uniform raus. Und du müsstest ein Steuerformular ausfüllen.«

»Vier Uhr. Okay, kein Problem.«

»Alles bestens. Bis später.«

Schubidubidu-duaaah, her mit der Erdnussbutter und einem Riesenberg Schlagsahne dazu. Sieht aus, als hätte ich mir gerade einen Job geangelt.

Ich bin so neben mir, dass ich aus Versehen in das blöde Einkaufszentrum hineingehe, und das Erste, was ich da drin erblicke, ist ausgerechnet Eva. Sie sichtet gerade die Sonderangebote vor der Schuhboutique. Wie immer sieht sie umwerfend aus, in ihren apricotfarbenen Shorts und dem orangen Spaghettiträgerhemd – allerdings trägt sie einen Verband am Knie. Zum Weglaufen ist es zu spät, sie winkt mir zu. Mist! Anstandshalber muss ich jetzt wohl zu ihr rüber.

»Hallo, Georgia, wie läuft's so?«

»Na ja, okay.«

Betretenes Schweigen.

»Georgia?«

»Ja?«

»Tut mir Leid, dass ich auf der Party so gemein zu dir war. Der Wodka hat mir die Birne vernebelt.«

»Kein Problem. Aber nett, dass du dich entschuldigst. Ich hätte nichts von deinem Alk mopsen sollen.« Ich fühle mich immer noch ziemlich unwohl, aber dass sie sich entschuldigt hat, tut mir ungeheuer gut.

»Weißt du was?«, fahre ich fort. »Gerade ist was richtig Gutes passiert. Ich habe einen Job gefunden, in der Bäckerei.«

»Ferienjob?«

»Ja, aber auch für die Schulzeit. Da arbeite ich dann nachmittags und am Wochenende, schätze ich. Genaues weiß ich noch nicht, nur, dass ich morgen anfange.«

»Super. Hast du mitgekriegt, was auf der Party passiert ist, nachdem ihr weg wart?«

»Was?«

»Logan hat Poppy abserviert und ist jetzt mit einer von St. Catherine's zusammen. Poppy ist echt am Boden.«

»Kann ich mir vorstellen.«

»Und weißt du, was noch? Finn und Hannah sind auch nicht mehr liiert, weil Finn sich so zugedröhnt hat, dass er im Vorgarten zusammengeklappt ist. Übrigens genau dort, wo ich mich übergeben hatte. War echt ekelhaft. Hannah ist ausgerastet und allein nach Hause gefahren. Wahrscheinlich hat sie die Schnauze voll davon, mit 'nem Kiffer zusammen zu sein.«

»Ja, er war ganz schön stoned.«

»Was Emma allerdings nicht gestört hat. Du hättest mal sehen sollen, wie sie Finn angebaggert hat. Konnte ihre Finger nicht von ihm lassen. Natürlich erst, nachdem er wieder zu sich gekommen war.«

»Was ist mit deinem Bein passiert?«, frage ich, weil ich das Gefühl habe, ich müsste dringend auch mal etwas sagen. Ihren Partybericht finde ich gleichzeitig faszinierend und abstoßend. Das Leben, eine einzige große Seifenoper – jetzt live für Sie aus Ihrem Einkaufszentrum!

»Ich hab mich an meinem Diadem geschnitten, das sich irgendwie in dem Knautschsessel verfangen hatte. Als ich mich hingesetzt habe, haben sich die Zacken in mein Bein gebohrt. Und dann hat sich die Wunde entzündet.«

»So was Blödes.«

»Und was hast du jetzt vor?«

»Erst mal gehe ich nach Hause. Ich hab noch was zu erledigen, aber um vier muss ich wieder hier sein. Dann hat die Frau von der Bäckerei Zeit, mir alles zu erklären.«

»Ja, also, viel Glück mit dem neuen Job und überhaupt. Wir sehen uns.«

»Tschüs. Und alles Gute für dein Bein.«

Ich schwebe nach Hause. Ich bin so glücklich, glücklich, glücklich. Der Tag leuchtet vor lauter Wundern. Ich habe einen Job. Horror-Eva war nett zu mir. Tralalalala schubidu. Pfingstrosen und Hundekacke. Die Welt liegt mir zu Füßen.

Ich rufe Mama bei der Arbeit an. Als sie die gute Nachricht hört, platzt sie fast vor Freude. Dann lege ich die Jack-Johnson-CD auf, tanze zu meinem Lieblingssong, mache mir ein Brot mit Schinken, Salat und ganz wenig Butter und trinke einen Ananassaft dazu. Genau die Art Mahlzeit, die sich ein schlanker Mensch machen würde. Vielleicht verwandele ich mich ja in eine neue, bessere Version meiner selbst: elegant, selbstbewusst und – was das Beste ist – stinkreich. Ich schnappe mir das Telefon, um Mel anzurufen; ich will ihr brühwarm den Tratsch von der Party erzählen und von meinem neuen Job vorschwärmen. Da fällt mir ein, dass sie verreist ist. Also muss Jakob herhalten. Er ist hin und weg vor Begeisterung. Später haue ich mich vor die Glotze und schaue mir die Oprah-Winfrey-Show an. Ich mag Oprah. In ihren Sendungen werden wichtige, aktuelle Themen abgehandelt; und vor allem bekennt sie sich offen zu ihren Gewichtsproblemen. Sie wird es nie schaffen, schlank zu sein. Ihre Augen leuchten jedes Mal vor Freude, wenn sie über Brathähnchen oder Schokokekse spricht.

Um Punkt vier stehe ich in der Tür zur Bäckerei. Und als ich später wieder daheim bin, schwirrt mir der Kopf. Mein Hirn ist mit so vielen wichtigen Details voll gestopft, dass ich mich nicht wundern würde, wenn sie aus den Ohren rausquellen würden. Ich soll mir die Namen sämtlicher Produkte merken, die in der Bäckerei verkauft werden, und wissen, wie sie aussehen. Aber es gibt derart viele verschiedene Brotsorten und andere Backwaren, dass ich unter Garantie ein paar davon vergesse werde, vor allem, wenn ich nervös bin. Und nervös bin ich jetzt schon. Ich habe ein Steuerformular mitbekommen, das ich ausfüllen muss, und ein Übersichtsblatt für die Registrierkasse, das ich lernen soll. Jeder Artikel hat einen anderen Preiscode. Klingt simpel, aber man kann jede Menge Sachen falsch machen. Und wenn bei Ladenschluss die Kasse nicht stimmt, muss man erklären, woran das liegt, und im Fall der Fälle die Differenz aus eigener Tasche bezahlen. Mann, ich hoffe echt, dass ich es nicht vermassele. Ich will Geld verdienen, nicht loswerden.

Aber das Schlimmste ist die Uniform: blassblau mit weißem Kragen. Sie trägt an den falschen Stellen auf und ich sehe absolut beschissen aus darin. Außerdem muss ich eine alberne blaue Kappe aufsetzen – das ist Pflicht – und mir die Haare zum Pferdeschwanz zusammenbinden oder mit Haarspangen wegstecken. Das steht mir kein bisschen. Ich ziehe die Horrorkluft an und führe sie Mama vor. Sie behauptet, ich sähe okay aus, aber das sagt sie nur so. Ich sehe nicht okay aus. Ich sehe aus, als hieße ich Mrs Gladys Goofy, brächte hundertfünfzig Kilo auf die Waage und wäre auf einer Hühnerfarm aufgewachsen, auf der ich am besten für immer geblieben wäre. Vor lauter Stress bin ich ganz fertig, aber Mama hat zur Feier des Tages Essen vom Inder und eine Flasche Traubenmost mitgebracht. Um ihretwillen reiße ich mich zusammen.

Das Essen schmeckt göttlich. Vorübergehend verdränge ich die neue, schlanke, elegante Georgia und schaufele Unmengen Huhn in zerlassener Butter in mich rein. Die Sauce tunke ich mit dem köstlichen indischen Knoblauchbrot auf bis auf den letzten Rest. Nach dem Essen verziehe ich mich in mein Zimmer, um die Codes für die Kasse zu studieren. Ich bin völlig vertieft in *Sauerteig-Ciabatta ($ 4,95, Codenummer 7)* und *Vollkornbrot, geschnitten ($ 2,95, Codenummer 11)*, als ich Mama von unten hochrufen höre: »Telefon!« Mel ist dran. Normalerweise freue ich mich, wenn sie sich meldet, aber heute nicht. Sie flippt nämlich fast aus vor Glück, weil Toby sie nicht nur zweimal angerufen hat, sondern extra an die Küste trampen will, um sie zu sehen.

»Ich glaub, es könnte sein ... also, vielleicht sind wir ja demnächst zusammen«, vertraut sie mir an. »Und weißt du, was noch, Georgie? Seit wir hier sind, ist meine Haut viel besser geworden. Mein Vater sagt, es könnte am Salzwasser liegen und an der Sonne.«

»Ist ja toll, Mello.«

»Alles in Ordnung? Du klingst irgendwie komisch.«

»Nein, mir geht's gut. Ich freu mich für dich, wirklich. Mir graust bloß ein bisschen vor morgen.«

»Das schaffst du locker. Du bist bestimmt die Beste, die sie je hatten. Die Bäckereikönigin.«

»Vielleicht, vielleicht auch nicht. Zumindest verdiene ich ganz ordentlich. Acht Dollar siebzig die Stunde, plus Wochenendzuschlag. Jetzt kann ich auf jeden Fall zu dem Konzert fahren, ist das nicht cool? Wenn ich bloß in der Uniform nicht so schrecklich aussehen würde!«

»Hey, du bist eine Schönheit, denk dran. Arbeitest du von jetzt an jedes Wochenende?«

»Nein, nur ab und zu. Jude sagt, wir werden von Woche zu Woche neu eingeteilt.«

»Ich hoffe nämlich sehr, dass du am Wochenende manchmal freihast, damit wir zusammen abhängen können. Es wär super, wenn du jetzt mit dabei sein könntest. Es ist spitzenmäßig hier. Ich bin die ganze Zeit nur im Wasser. Dein Seepferdchen hab ich noch nicht gefunden, leider, aber zwei Seesterne, eine Murmel mit kleinen Spiralen innen drin und ein paar violette Minimuscheln.«

»Klingt wunderbar. Wie lang bleibt Toby denn?«

»Bis Mittwoch. Er hat nur zwei Tage freibekommen, dann muss er wieder in der Videothek arbeiten. Mama möchte übrigens, dass er im Schuppen schläft.«

»Viel Spaß noch, Mello. Wir sehen uns, wenn du wieder da bist.«

»Du bist meine Liebste und Beste, Georgie. Kusshand mit Sternchen und Rosen.«

»Kusshand mit Diamanten. Okay, tschüs dann.«

Als Mama kommt, um mir Gute Nacht zu sagen, liege ich mit dem Gesicht nach unten auf dem Bett und heule mir die Augen aus.

»Was ist denn los, mein Schatz?« Ihre Stimme klingt zugleich liebevoll und besorgt.

»Alles. Ich habe zwar endlich einen Job, aber auch total Schiss davor. Mel ist mit Toby zusammen, also braucht sie mich nicht mehr. Alles verändert sich. Und ich hab es so satt, dick zu sein. In meiner Uniform sehe ich aus wie ein verdammter Ohrensessel.«

»Ach, Georgie.« Sie nimmt mich in den Arm. Ich vergrabe meinen Kopf an ihrer Schulter, atme tief ein, genieße den vertrauten Geruch, süß und ein bisschen wie Moschus.

»Du kommst garantiert gut klar in der Bäckerei, da bin ich mir sicher. Etwas Neues anzufangen macht nun mal nervös, das ist ganz normal. Was Mel angeht: Freu dich für sie, Georgia. Sie hat's verdient, verliebt und glücklich zu sein. Und zu guter Letzt: Du bist überhaupt nicht dick. Du hast Kurven – schöne Kurven. Du siehst prima aus, wirklich.«

»Quatsch«, murmele ich und putze mir die Nase. Ich würde ihr so gern glauben. Aber die harte, einsame Stelle in mir wird immer größer und immer leerer; ihre lieb gemeinten Worte lösen sich darin auf.

Nachdem Mama das Licht ausgemacht hat, liege ich noch ewig wach. Ich bringe es nicht mal über mich, mit Jakob zu reden. In der Dunkelheit werfe ich mich von einer Seite auf die andere, bis ich irgendwann doch einschlafe.

Kohle in Sicht

Es ist vollbracht. Ich habe meinen ersten Arbeitstag überlebt. Zuerst habe ich nur Handlangerarbeiten gemacht, gefegt, gelernt, wie man die Brotschneidemaschine bedient, und so weiter. Doch nachdem der größte Andrang über Mittag vorbei war, stellte Jude mich an die Theke. Und ich kam ganz gut klar. Nur ein einziger kleiner Schnitzer ist mir passiert: Ich habe zwei Brotsorten verwechselt und einem Kunden was Falsches gegeben. Ciabatta mit getrockneten Tomaten sieht, zumindest in meinen Augen, exakt so aus wie Oliven-Ciabatta. Beide sind mit undefinierbaren dunklen Stellen gesprenkelt, die für mein Gefühl genauso gut Fliegendreck sein könnten. Zum Glück bemerkte der Mann den Unterschied, kam zurück und tauschte das Brot um.

In der Bäckerei arbeitet außer mir noch ein Typ namens Lee. Neunzehn Jahre alt, Maschinenbaustudent. Ungefragt breitete er sofort sein Leben vor mir aus, in allen Einzelheiten: Er wohnt mit zwei anderen Jungs zusammen, spielt in einer Hockeymannschaft mit, wohlgemerkt als Leistungssport mit einem Turnier nach dem anderen, das heißt er geht dreimal pro Woche zum Training, blablabla. Bei alldem hat er aber nicht erwähnt, dass Jude seine Tante ist. Das kam erst später raus, weil sie es mir erzählte. Und ich hatte vorher mal gemeint, ich fände Jude nett, worauf Lee bloß irgendein Gebrummel von sich gab. Gut, dass ich sie nicht als blöde Kuh bezeichnet habe.

Eigentlich sieht Lee gar nicht schlecht aus. Er ist groß, weder zu dünn noch zu dick, hat kurze braune Haare und einen Smaragdstecker im Ohr. Aber er hat etwas an sich, das mir gegen den Strich geht. Zum einen weiß er immer alles besser. Andauernd erklärt er mir, was ich tun und wie ich es tun soll. Und als Jude mal schnell zum Einkaufen weg war, hab ich beinah einen Anfall gekriegt, weil er so getan hat, als würde er sich sämtliche Finger mit der Brotschneidemaschine absäbeln. Als ich Mama davon erzählt habe, meinte sie, wahrscheinlich wollte er mich nur beeindrucken. Aber dafür gibt's wirklich bessere Methoden. Wie wär's zum Beispiel mit zwei Konzertkarten für *Natural Affinity*? Oder einer kleinen, charmanten Bemerkung über meine Intelligenz oder mein unwiderstehliches Lächeln? So viel ist klar: Dieses zwielichtige Kerlchen muss noch ziemlich viel lernen.

Jedenfalls ist mein erster Arbeitstag vorbei. Wir dürfen jeden Tag einen Artikel mitnehmen ohne zu bezahlen; ansonsten wird alles, was nicht verkauft ist, einem Frauenhaus gespendet, was ich ziemlich cool finde. Ich habe mir einen Vollkorn-Sesamfladen ausgesucht, den es heute Abend zu griechischem Bauernsalat geben wird. Lecker.

MEINE LIEBLINGSBACKWAREN
Süßscharfer Chilikringel
Mandel-Vanille-Cremekuchen
Nussstollen mit Aprikosen
Kräuterbrezel mit Knoblauch
Focaccia mit Oliven und getrockneten Tomaten

Apfelwalnussbrötchen
Dänischer Beerenstrudel
Aprikosenmuffins
Fruchtdonuts
Schokoladencroissants

DINGE, DIE DIE WELT NICHT BRAUCHT
Blondinenwitze
Obstetiketten
Websites für so idiotische Sachen wie Origami-Felsblöcke
Sexistische Witze
Übertriebenes Piercing
Brazilian Waxing
Chihuahuas
Rassistische Witze
Leute, die eine SMS nach der anderen schreiben
Zigaretten
Seife in Schokoladenform
Schokolade in Seifenform

DINGE, DIE ICH UNBEDINGT MACHEN WILL, BEVOR ICH STERBE
Die ganze Welt bereisen
In Thailand leben
Singen lernen
Einen schwarzen, mit goldenen Drachen bestickten Kimono besitzen
Mir ein Kaninchen besorgen
Jemanden wie wahnsinnig lieben
Mit dem echten Jakob reden statt mit dem Poster-Jakob
Zwillinge bekommen (na ja, vielleicht)

Zurzeit denke ich mir viele Listen aus, weil sich in meinem Leben, vom Job mal abgesehen, wenig tut. Mama geht zur Arbeit und kommt total erledigt wieder nach Hause. Mel ist immer noch weg, sie kommt erst zu Schulbeginn wieder zurück. Ursprünglich war das anders geplant, aber dann haben ihre Eltern jemanden gefunden, der sie in der Galerie vertreten kann, so dass die Familie jetzt die gesamten Ferien am Meer verbringt. Wenn das mit der Bäckerei nicht wäre, hätte ich auch hinfahren können. Aber diese Woche habe ich schon dreieinhalb Tage gearbeitet und sagenhafte 168 Dollar verdient. Allerdings gehen davon noch Steuern ab, aber nicht allzu viel, hoffe ich. Und Mama sagt, ich brauche ihr die zehn Dollar nicht zurückzuzahlen. Cool.

EINNAHMEN		AUSGABEN
Bank	$ 40	$ 15 Leihgebühr Kleid
Gilda	$ 10	$ 3 Riesenschokoriegel
Babysitten	$ 30	
Bäckerei	$ 150 nach Abzug der Steuern?	

MACHT INSGESAMT $ 212

Unaufhaltsam nähere ich mich meinem Ziel. Wenn es so weitergeht, müsste ich es locker schaffen zu fahren. Ursprünglich wollten Mel und ich ja zusammen zu dem Konzert, aber wenn sie jetzt mit Toby zusammen ist, will sie vielleicht gar nicht mehr mit. Ich kann also noch nicht genau sagen, wie es laufen wird, Jakob, aber ich weiß ganz sicher: Ich werde da sein, egal, was passiert.

Zwei Wochen später

Es ist heiß, heiß, heiß und Mama ist in letzter Zeit pausenlos mies drauf. Erstens läuft bei ihr im Büro dauernd irgendwas schief; zum Beispiel gibt es da ein funkelnagelneues Computersystem, das praktisch jeden Tag abstürzt. Zweitens macht sie sich Sorgen um Joy und Kevin. Die beiden gehen mittlerweile zu einem Paartherapeuten. Als ich das hörte, wusste ich: Die Lage ist ernst. Gilda ist sogar für eine Weile zu Sooze gezogen. Mama bot zwar an, Gilda könnte vorübergehend auch bei uns wohnen, aber Sooze war ganz scharf drauf, sie bei sich zu haben. Sie hat sich sogar an den Kosten für Gildas Flugticket beteiligt, was an ein Wunder grenzt. Gilda ist also jetzt im Norden, bei Sooze. Und ich bin allein mit meiner Mutter, die immerzu traurig ist und mir zu viele Fragen stellt. Ständig steckt sie ihre Nase in mein Leben. Kommt in mein Zimmer reingeschneit, trübsinnig wie eine Trauerweide, und fragt mich irgendwelchen banalen Mist. Ich hasse das.

Und ich vermisse Mel. Sehr. Wenigstens läuft's in der Bäckerei okay. Ich habe mittlerweile kapiert, wie alles funktioniert, habe sowohl die Registrierkasse als auch die Produktnamen und -codes im Griff. Jude ist sowieso total nett und das andere Mädchen, das außer mir dort jobbt – sie heißt Kate –, kann ich auch gut leiden. Weil samstags am meisten los ist, werden wir da immer zusammen zur Arbeit eingeteilt. Kate ist siebzehn, surft leidenschaftlich gern, hat sonnengebleichte Haare und einen köstlichen

Sinn für Humor. Wir vergnügen uns zum Beispiel damit, uns Namen für die Stammkunden auszudenken, denn einige von ihnen sind echt schräg. Da wäre etwa Mrs Dattelplätzchen: Sie kommt fast jeden Nachmittag gegen drei in den Laden, lungert Ewigkeiten rum ohne etwas zu kaufen, schaut sich bloß alles genau an. Dann will sie unvermittelt doch etwas, macht den Mund auf und verkündet: »Ein großes Dattelplätzchen, bitte.« Oder Mr Stinker mit der dunkelrot geäderten Nase, der selbst bei brütender Hitze einen dicken Mantel trägt und immer ein wenig streng riecht. Jude hat gesagt, wir sollen ihm von allem, was er möchte, zwei Stück geben, aber nur eins berechnen; will er also ein Stück Obstkuchen, geben wir ihm zwei. Er nimmt die Sachen jedes Mal kommentarlos entgegen, aber ich denke, er weiß die Geste zu schätzen. Eins steht jedenfalls fest: Diese Welt wimmelt nur so von einsamen, orientierungslosen Menschen.

Der Typ, der aussieht wie Logan, kommt fast jeden Tag vorbei. Muss irgendwo in der Nähe wohnen. Kauft nie etwas Süßes. Wenn wir zufällig keine Pestobrötchen mehr haben, nimmt er Käsemuffins. Mich registriert er überhaupt nicht. Was man ihm nicht wirklich übel nehmen kann, wenn hinter der Ladentheke auch noch ein hübsches Surfergirl steht. Denn natürlich hat er ein Auge auf Kate geworfen. Wenn ich sie damit aufziehe, sagt sie jedes Mal: »Georgia, du spinnst.« Aber sie wird rot dabei, was nur beweist, dass sie auch auf ihn steht.

Obwohl er sich weigert von meiner Existenz Kenntnis zu nehmen, hat dieser große, gut aussehende Junge etwas an sich, worauf ich total abfahre. Eine ganz bestimmte Ausstrahlung, ein Art Energiefeld umgibt ihn. Er hat es drauf, gelassen zu sein, er ist in seinem Körper zu Hause oder irgendwas in der Art. Außerdem lächelt er absolut umwerfend. Es ist ein ungekünsteltes Lächeln! Na klar, er ist absolut nicht meine Liga, das weiß ich auch. Trotzdem wird ein Mädchen ja wohl ein bisschen schwärmen dürfen ... Er heißt Hunter; so viel habe ich immerhin aufgeschnappt, als er mal zusammen mit einem Kumpel bei uns einkaufte. Sie kamen vom Skaten und hatten Kohldampf. Als sie die Bäckerei wieder verließen, waren die Pestobrötchen bis auf den letzten Krümel ausverkauft.

Lee dagegen geht mir unsäglich auf die Nerven. Dauernd macht er irgendwelche saudummen sexistischen Witze, was ich nicht ausstehen kann. Und er benimmt sich, als würde ihm der Laden gehören. Ich kann ihm nichts, aber auch gar nichts recht machen; alles, was ich tue, ist falsch. Neulich zum Beispiel habe ich die Regale ausgefegt und natürlich ein Kehrblech dafür genommen, damit nicht alles voll krümelt. Aber er hat allen Ernstes verlangt, ich solle die Krümel direkt auf den Boden fegen. So was Widersinniges. Trotzdem hat er immer Recht, immer. Dazu glotzt er mich ständig anzüglich an, er sieht mir nie ins Gesicht, sondern starrt nur meinen Körper an. Und er hat so ein paar persönliche Angewohnheiten, die einen endgültig abtörnen. Ich hab zum Beispiel mitgekriegt, wie er sich in der Nase bohrte und dann den Finger an seinen Shorts abwischte, weil er dachte, niemand sieht es – ekelhaft. Außerdem kratzt er sich dauernd an den Eiern.

Ich wünschte, ich könnte Lee einfach ignorieren, aber mit seinem dämlichen Geglotze und seinen noch dämlicheren Witzen bringt er mich einfach zu sehr auf die Palme. Ich hab die Schnauze voll davon, dass sich jemand ständig auf mieseste Weise über mich lustig macht und immer exakt das Gegenteil von dem sagt oder tut, was ich sage oder tue. Diesem Typ fehlt einfach jeder Respekt vor anderen. Letzten Dienstag hab ich meine Mütze einfach nirgends gefunden. Weil ich ohnehin spät dran war, tauchte ich eben ohne sie bei der Arbeit auf. Jude hat überhaupt keinen Aufstand gemacht, sondern bloß gemeint, ohne Mütze dürfte ich wegen der Hygienevorschriften keine Kunden bedienen. Lee aber hat den ganzen Tag über herumgetönt, dass vorne an der Theke zu wenig Leute sind. Ehrlich, der Typ ist ein echtes Arschloch! (Das Allerbekloppteste war, dass ich meine Mütze, kaum dass ich wieder zu Hause war, in meinem Papierkorb wiederfand. Keine Ahnung, wie sie da gelandet ist.)

Mama sagt, ich soll Lee einfach nicht beachten und ganz gelassen bleiben. Sie behauptet, wenn ich diesen Blödsinn nicht an mich heranlasse, kann er mich auch nicht ärgern. Ich soll mir nichts draus machen und es einfach wegschieben. Mama sagt, das Leben wäre nun mal oft genug nervig; man müsste den Dreh finden, trotz allem glücklich zu sein.

Und wieso würde ich Lee dann am liebsten mit einem Brotmesser erdolchen?

Und warum wirkt Mama trotzdem oft so unglücklich?

JOBS, DIE ICH NICHT GESCHENKT HABEN MÖCHTE
Zahnarzt (wer glotzt schon freiwillig in fremde Nasenlöcher?)
Fahrradkurier (wegen der widerlich engen Kunstfaserklamotten)
Filetierer in einer Fischfabrik
Telefon-Marketing, ganz egal wofür
Leichenbestatter
Michael Jacksons Schönheitschirurg
Michael Jacksons Anwalt
Leiter der Beschwerde-Hotline im Finanzamt
Polizistin in einem runtergekommenen Stadtviertel
Übergewichtige Schauspielerin, die in allen Filmen den dicken, dummen Trampel spielen muss

BESONDERS SCHÖNE WÖRTER
Vanille
saumselig
Sternenstaub
Mondstein
Abrakadabra
Kokon
Schneeflocke
exzentrisch

JOBS, DIE ICH LIEBEND GERN HÄTTE
Roadie bei *Natural Affinity*
Restaurantbesitzerin in New Mexico
Hiphop-Produzentin in L.A.
Privatfriseurin eines ausgeflippten Millionärs

Tauchlehrerin auf den Bahamas
Pfingstrosenzüchterin
Reiseberichterstatterin für die *New York Times*
Kubanischer Dichter und Freidenker
Berühmte Schauspielerin mit Seestern-Tattoo auf der Schulter

Mama sagt, ich soll Opa endlich mal wieder besuchen. Mann, geht die mir auf die Nerven! Andauernd platzt sie ohne Vorwarnung in mein Zimmer, hebt meine Klamotten vom Boden auf, räumt sie an die falschen Stellen. Total übergriffig. Trotzdem habe ich versprochen ihn zu besuchen. Sonst habe ich ja keine Großeltern. Was nicht wirklich stimmt, aber jedenfalls ist er der Einzige, an dem mir was liegt.

Meine Großeltern väterlicherseits leben an der Goldküste. Wir haben sie seit Jahren nicht mehr gesehen. Als ich elf war, haben sie mich eingeladen und sogar den Flug spendiert. Es war die schlimmste Woche in meinem Leben. Das ganze Apartment war in Farbschattierungen von Rosé bis Creme ausgestattet und die Möbel stammten alle aus sündhaft teuren Einrichtungsläden. Das einzig Gute waren die Fotoalben. Ab und zu war Oma Reeves entspannt genug, um sich mit mir hinzusetzen und mir Geschichten zu erzählen, wie mein Vater als Kind und in seiner Jugendzeit war. Aber die meiste Zeit über war sie mit Aufräumen beschäftigt. Ich brauchte mich nur zu bewegen, schon zuckte sie zusammen. Jedes Sofakissen musste immer ordentlich aufgeschüttelt sein, den haargenau richtigen Knick haben und exakt an seinem

Platz liegen. Beim Essen riss sie mir immer gleich den Teller weg, ließ Wasser drüberlaufen und hatte ihn schon die Spülmaschine gestellt, bevor ich den letzten Bissen runtergeschluckt hatte. Der Anblick von meinen Turnschuhen im Flur entlockte ihr tiefe Seufzer. Es machte mich total fertig. Mein Großvater versuchte mich zu retten, ging mit mir am Strand spazieren, lud mich auf ein Eis ein. Doch das Zusammenleben mit meiner Großmutter hatte seine Seele welken lassen. Ein trauriger, reicher alter Mann, der alles verloren hatte, was ihn interessant machte. Kaum vorstellbar, dass diese beiden einen Menschen wie meinen Vater in die Welt gesetzt haben. Meine Mutter sagt immer, es hätte ihn gerettet, dass er früh von zu Hause weggegangen ist.

Mama lässt also nicht locker, bis ich Opa besuche. Er lebt allein in dem winzigen Haus, in dem er mit Omi wohnte, nachdem sie das andere, größere Haus — das Elternhaus meiner Mutter — verkauft hatten. Doch vor zwei Jahren starb meine Großmutter. Mein Großvater hat zwar immer irgendwas zu wurschteln, im Garten oder in der Werkstatt, und wenn er keine Arbeit hat, macht er sich welche. Trotzdem ist er einsam. Mama besucht ihn regelmäßig, doch die meiste Zeit verbringt er für sich. Ich habe nicht den Eindruck, dass es besonders viel Spaß macht, alt zu sein. Man ist nicht mehr so fit, hier tut's weh, da tut's weh. Die Menschen, die man liebt, sterben. Und man weiß, man ist selbst als Nächster dran. Ich versuche nicht darüber nachzudenken, aber manchmal ist das gar nicht so einfach.

Als ich eintrudele, jätet Opa gerade Unkraut im Kartoffelbeet. Er hat sich einen zusammengefalteten Sack unter die Knie gelegt, als Polster. Als er mich sieht, steht er im Schneckentempo auf, wegen seiner Arthritis.

»Meine Gelenke gehören mal ordentlich geölt«, meint er. Aber über meinen Besuch freut er sich sehr, wie jedes Mal. »Da ist ja meine Lieblingsenkelin.«

»Lass mal, ich weiß doch, dass du zu Gilda dasselbe sagst.«

Opa zwinkert mir vergnügt zu und wischt sich die Hände an der Hose ab. »Du kommst genau richtig, Georgia. Ich wollte gerade den Wasserkessel aufsetzen und Tee machen.«

Wir sitzen am Holztisch in der Küche und stippen Ingwerplätzchen in unseren – sehr starken – Tee. Ich erzähle ihm, dass ich mir von seinem Weihnachtsgutschein einen Matisse-Band gekauft habe. Ich erzähle ihm von dem Job in der Bäckerei. Ich erzähle ihm sogar von Lee.

»Klingt nicht so, als wär er der Mann deiner Träume.«

»Eher das Monster in meinen Alpträumen. Mama sagt, ich soll mir nichts draus machen, ihn einfach links liegen lassen, aber das kriege ich einfach nicht hin. Was ein Jammer ist, denn sonst gefällt es mir supergut in der Bäckerei. Aber Lee … er ist, ich weiß nicht … ich finde ihn irgendwie unheimlich.«

Mein Großvater schweigt nachdenklich. Nimmt sich noch ein Plätzchen, tunkt es tief in seine Tasse, steckt es sich mit einem Haps in den Mund.

»Weiß du was?«, meint er schließlich. »Ich würde mir von diesem Scheißkerl überhaupt gar nichts gefallen lassen.«

»Opa!« Ich muss ein bisschen kichern.

»Schon gut, ich hätte mich auch ein bisschen weniger drastisch ausdrücken können. Aber manchmal muss man die Dinge einfach beim Namen nennen. Komm mit, ich zeig dir was.«

Wir gehen einmal quer durch den Garten, vorbei an der alten Badewanne, die er mit Kräutern bepflanzt hat, am Zitronenbaum, der fast zusammenbricht vor lauter Zitronen, an der leeren Wäscheleine. Neben dem Komposthaufen steht eine rostige Tonne. Er hebt den Deckel an.

»Igitt, was ist das denn?«

»Kannibaleneintopf.«

»Wie bitte?« Auf der dunklen Brühe haben sich Schlieren gebildet, zwischen denen kleine, undefinierbare Brocken treiben. Das Ganze stinkt absolut widerlich, genau wie ... na ja, Schwamm drüber.

»Kannibaleneintopf. Der beste Dünger überhaupt. Da wandern meine alten Teeblätter hinein, Knoblauch, dreckiges Spülwasser, Bananenschalen, jede Menge tote Insekten. Schnecken, Raupen, Fliegen, alles, was mir unterkommt. Gestern hatte ich Glück, da hab ich nämlich eine tote Maus gefunden. Man muss die ganze Mischung ein, zwei Wochen gären lassen, bis sie richtig schön durchgefault ist. Den Tipp hab ich aus einem Gärtnerhandbuch.«

»Toll.« Vorsichtshalber trete ich ein Stück von der Tonne weg.

»Ich möchte dir noch etwas zeigen.« Er führt mich zu

einem Pfosten, der fast ganz hinter einem üppig rankenden Jasminzweig versteckt ist. Darauf türmen sich ein paar alte blaue Porzellanscherben übereinander und ganz oben thront eine alte Brille, die einen anstarrt wie ein Augenpaar.

»Wie findest du meine Skulptur?«, fragt er stolz. »Die Brille habe ich beim Umgraben gefunden, als ich ein neues Beet für die Möhren angelegt habe. Sie muss eine Ewigkeit in der Erde gelegen haben.«

»Du bist ja richtig kreativ, alter Junge.« Ich umarme ihn ganz fest. Ich habe ihn wirklich sehr lieb, meinen Opa: seine knorrigen braunen Hände, seine gelassenen Augen, sein warmes Herz.

»Noch eine Tasse Tee?«

»Warum nicht?«

»Wie geht's deiner Mutter?«, fragt er, als wir wieder in der Küche sind.

»Ich weiß nicht. Irgendwas bedrückt sie, glaube ich.« Was ihn nicht zu überraschen scheint. Er zieht lediglich die Augenbrauen hoch und wartet geduldig, dass ich weiterspreche. »Die Arbeit stresst sie, außerdem macht sie sich Sorgen um Joy und Kevin.«

»Deine Mutter hat sich schon immer wegen allem Möglichen Sorgen gemacht. Susan war das wilde Kind, Joy die gute, stille Seele und Anna diejenige, die immer versucht hat zu vermitteln und die Wogen zu glätten.«

»Ja, ich weiß, aber davon wird sie selbst ganz unglücklich. Sie macht sich meinen Kopf anstatt mich einfach in Ruhe zu lassen, grübelt über Joys und Kevins Probleme nach, als wären es ihre eigenen. Dabei kommt sie mit ihrem eigenen Leben nicht richtig klar. Seit Papa gestorben ist, hatte sie keinen Freund mehr. Ist nicht mal groß ausgegangen.«

»Tja, zu dem Thema hab ich meine eigenen Ansichten.« Er gießt den Rest des dunklen Gebräus in seine Tasse.

»Was meinst du damit?«

»Ach, darüber sollte ich nicht groß reden, das wär nicht richtig. Eins sage ich allerdings: Es tut nie gut, wenn man jemanden auf den Sockel stellt.«

Ich habe keine Ahnung, worauf er da anspielt, spüre aber, dass sich etwas Wichtiges dahinter verbirgt, und würde gern mehr erfahren. Doch er steht auf, räumt die Teekanne und die Tassen weg, wirft einen Blick auf die Uhr. Kurz vor sechs, Zeit für die Nachrichten. Die Sechs-Uhr-Nachrichten verpasst er nie.

»Ich gehe dann mal. Mama hat gesagt, ich soll dich fragen, ob du irgendwas brauchst.«

»Nein, alles in Ordnung. Bring mir mal was Leckeres aus deiner Bäckerei mit, wenn du das nächste Mal kommst. Übrigens, ich hab noch was für dich.« Er holt einen säuberlich zusammengefalteten Fünfdollarschein aus der Schublade und reicht ihn mir.

»Danke, Opa, aber das ist wirklich nicht nötig.«

»Ich weiß. Aber Kleinvieh macht auch Mist. Und wenn du wirklich auf dieses Konzert willst, wo die zwei merkwürdigen Mädchen auftreten und dieser junge Kerl, der so schauderhaft Gitarre spielt . . .«

Wir müssen beide lachen. Einmal habe ich ihm *Board*

vorgespielt, meinen Lieblingssong von *Natural Affinity*. Zuerst hat er höflich zugehört, aber dann tat er, als wäre etwas mit seinem Hörgerät nicht in Ordnung, und fummelte daran herum. Ich bin mir sicher, er hat die Lautstärke runtergedreht oder das Ding vielleicht sogar ganz ausgeschaltet.

»Sie sind die Größten, Opa.«

»Die Größten? Dass ich nicht lache.«

»Du hast keine Ahnung, bei dir hört Musik ja mit den *Everly Brothers* auf«, sage ich. »Aber auf die Art entgehen dir ein paar wirklich gute Songs.«

»Ein bisschen Beethoven, ein bisschen Brahms, und schon bin ich glücklich.« Er bringt mich noch bis zur Gartentür und gibt mir zum Abschied einen Kuss. Ich lächele ihn an und winke beim Fortradeln, bis ich um die nächste Ecke biege.

Vorbei an dem blauen Haus mit dem sonnengebleichten Anstrich. An dem hässlichen Wohnblock, dem Imbiss an der Ecke. Ich nehme die Abkürzung durch die kleine Gasse bis zur Hauptstraße und trete so fest in die Pedale, wie ich kann. Mein Lächeln ist fest auf mein Gesicht gekleistert – eine dämlich grinsende Vollidiotin. Als ich in unsere Straße einbiege, hört das Grinsen auf. Ich bin durcheinander, fühle mich mies und schmutzig.

Und dann ist Mama auch noch früher zu Hause als sonst. Ausgerechnet. Eigentlich wollte ich mich gleich in mein Zimmer verkrümeln und erst mal runterkommen, mich entspannen. Aber da steht sie, mitten in der Küche, und packt Tüten mit Lebensmitteln aus.

»Ich habe mir ein paar Stunden freigenommen, damit ich in Ruhe die Einkäufe erledigen kann.« Als sie aufblickt, um mich zu begrüßen, spürt sie sofort, dass ich nicht gut drauf bin.

»Was ist los, mein Schatz?«

»Nichts«, murmele ich und steuere auf die Treppe zu.

»Tja ... na dann. Willst du eine Tasse Tee?« Dass sie so liebevoll ist, macht es nur noch schlimmer. Ich schäme mich, weil ich mit viel zu vielem nicht zurechtkomme, und habe das Gefühl, unfair zu sein ihr gegenüber, weil ich innerlich so ein Drama mache um das, was Opa gesagt hat. Noch so ein beschissenes Geheimnis.

»Von mir aus. Bin gleich wieder da.«

Ich pfeffere meine verschwitzten Klamotten in den Wäschekorb und drehe das Wasser in der Dusche bis zum Anschlag auf. In Strömen stürzt es auf mich herab, auf meine staubigen Haare, meinen unförmigen Körper. Wäscht alles weg, Schweiß, Gestank, Kummer. Ich wasche mir die Haare mit irgendeinem neuen Zeug, das nach Wald riecht, und komme erst aus der Dusche, als ich schrumpelig wie eine Walnuss bin. Eine Walnuss, die in der Lage ist, sich dem Leben zu stellen.

Mama hat Chai gekocht, meinen Lieblingstee: Schwarztee, der mit Milch, Ingwer, Zimt und Zucker aufgekocht wird, so wie in Indien. Der Chai ist süß und heiß und dampft – wir müssen entweder vorsichtig trinken oder warten, bis er ein wenig abgekühlt ist. Ausnahmsweise stürzt sie sich diesmal nicht gleich auf mich mit der Frage, was denn los ist. Stattdessen fange ich an mit Reden, wobei ich mich vorsichtig an das Thema rantaste, das mich umtreibt.

»Opa zu besuchen macht mich jedes Mal traurig«, sage ich.

Warum, fragen ihre Augen. Dabei kennen sie die Antwort.

»Erstens hat ihm seine Arthritis heute mal wieder ziemlich zugesetzt. Und zweitens ist er so lieb, aber so allein. Omi fehlt ihm. Und eines Tages wird er sterben und dann werden wir ihn genauso vermissen wie er Omi.«

»Ja. Alles ist vergänglich.« Jetzt bin ich dran mit Schweigen. »Es klingt hart, aber erst, als ich das akzeptiert habe, kam ich mit meiner eigenen Trauer zurecht. Weißt du noch, dass du mit fünf mal eine Weile bei Penny warst?«

»Ja klar, das war toll. Wir haben Karten gespielt, sie hat mir die Fußnägel grün lackiert und wir haben zusammen in der Badewanne Erdbeeren gegessen.«

»Genau. Das war etwa ungefähr sechs Monate nach Michaels Tod. Ich war ein Wrack und kam mit gar nichts mehr klar. Schließlich kam jemand auf die Idee, ich könnte für eine Weile in ein Meditationszentrum gehen. Ich habe dort fast ununterbrochen geweint und den Rest der Zeit war ich wütend auf alles und jeden. Das alles in völligem Schweigen, wie es üblich ist in dem tibetischen Zentrum oben in den Hügeln vor der Stadt. Der Mönch, der die Meditationen anleitete, lächelte viel, konnte aber schlecht Englisch. Er saß zwischen gelben Chrysanthemen vorn auf einem vergoldeten Podest wie ein stämmiger Buddha. Einer seiner Schüler übersetzte die Unterweisungen, in denen es um die Vergänglichkeit ging. Ich bekam nicht allzu viel davon mit, aber was zwischen Schluchzen und Wutanfällen bei mir angekommen ist, hat mir weitergeholfen.«

»Okay, alles verändert sich, nichts bleibt, wie es ist, und am Ende sterben wir. So weit habe ich das auch kapiert. Weh tut's trotzdem.«

»Ja, das stimmt.«

Ich betrachte meine Mutter aufmerksam. Sie ist schön, auch in ihrer Erschöpfung. Sie hat ein interessantes Gesicht. Es gleicht einer Landkarte und ihre Haare wirken wie ein sanfter Wasserfall. Es kommt mir selbst eigenartig vor, diese Dinge zu denken, während wir uns über den Tod unterhalten. Trotzdem muntert es mich ein wenig auf. Vielleicht sehe ich eines Tages ja wie meine Mutter aus. Schön, interessant, mit superschönen Haaren.

»Der Tod darf dich nicht davon abhalten, jemanden zu lieben. Wenn du Angst davor hast, deinen Großvater zu lieben, weil du weißt, dass er eines Tages sterben wird, dann könnte er genauso gut auch schon tot sein.«

»Mag sein, aber ...«

»Was?«

»Nichts.« Dabei möchte ich am liebsten sagen: Aber du hast doch selbst Angst zu lieben. Möchte ihr erklären, dass ihre Wahrheiten vielleicht richtig sind, dass sie für mich aber belehrend klingen. Und vor allem möchte ich sie nach meinem Vater fragen, möchte herauskriegen, was es mit Opas Andeutung auf sich hat. Aber ich weiß nicht, wie ich das anstellen soll.

»Gibt es irgendwas Leckeres zu essen?«, frage ich stattdessen.

»Was meinst du mit lecker?«

»Eis mit Macadamianüssen. Schokoladenkuchen.«

»Ich fürchte nein.«

Auf einmal wirkt sie gereizt. Das Gefühl der Verbundenheit zwischen uns ist verflogen. Ich hab mich gedrückt vor etwas, über das zu reden nötig wäre, das spüren wir beide. Aber jetzt ist es zu spät, der Moment ist vorbei. Meine Mutter schnappt sich eine Zeitschrift und blättert lustlos darin rum. Vielleicht ist sie auch bloß müde. Trotzdem sehe ich zu, dass ich verschwinde. Sonst muss ich mir am Ende noch eine Predigt darüber anhören, dass Essen keine Probleme löst. Und das ist so ziemlich das Letzte, was ich in diesem Moment brauchen kann.

WAS MIR SCHON ALLES PEINLICH WAR

Einmal habe ich im Supermarkt Smarties geklaut und in meiner Unterhose versteckt; die Schachtel ist aufgegangen und die runden kleinen Dinger sind überall herumgekullert. Als meine Mutter die regenbogenbunte Spur bemerkte, wollte sie losschimpfen, musste aber stattdessen lachen. Bis heute erzählt sie diese Geschichte bei jeder Gelegenheit. Dabei ist das ewig her, ich war gerade mal fünf Jahre alt.

Dass Jackie Wilkins und Sandra Chan mich nicht gefragt haben, ob ich Mitglied in ihrem Barbie-Club sein wollte. Wenn man sieben ist, macht einen so was echt fertig. Damals habe ich beschlossen die Farbe Pink zu hassen.

Als ich zehn war und schon ziemlich dick, verkündete die Schulkrankenschwester vor der ganzen Klasse, ich hätte Übergewicht.

Letztes Schuljahr habe ich in Chemie gefurzt. Alle wussten, dass ich es gewesen bin. Immerhin war es bloß ein lauter Furz und kein stinkender, aber das war ein schwacher Trost.

Meine blassblaue Uniform mit der ätzenden Mütze.

Meinen Bäckerei-Job zu verlieren.

Und das kam so: Freitag war ein heißer Tag. Schwitzig, schmorend, triefig, juckend, brütend heiß. Ich hatte schon fünf Tage am Stück gearbeitet, Lee dummerweise auch. Jude musste sich ein paar Hautkrebsflecken weglasern lassen und Lee vertrat sie, was er natürlich großartig fand. Die ganze Arbeitszeit über hörte ich nichts als »Georgia, tu dies, Georgia, tu das« oder »Doch nicht so, Georgia«. Denn ich konnte Mister Oberarsch nichts, aber auch gar nichts recht machen. Angeblich drückte ich die Brotlaibe zu sehr, wenn ich sie mit der Zange anfasste. Ich fegte die Regale nicht ordentlich genug. Meine Uniform hatte einen Fleck. Blablabla, Rhabarberhabarberhabarber. Ich fragte Kate, ob ich womöglich schon Verfolgungswahn hätte, aber sie fand auch, dass er auf mir herumhackte. Wobei der faule Mistkerl die Hälfte der Zeit in seinem Auto vor sich hinschnarchte und mich und Kate die ganze Arbeit im Laden allein erledigen ließ. Aber wenn er dann doch mal auftauchte, spielte er den Kontrollfreak.

Viereinhalb Tage lang befolgte ich Mamas Rat, hielt den Mund und tat so, als wäre alles easy. Machte brav, was Lee mir sagte, und versuchte so gut wie möglich mit der ätzenden Situation klarzukommen. Aber dann ging es doch schief.

Freitagnachmittag, fünf Uhr. Lee und ich sind allein in der Bäckerei. Kate ist nur über Mittag zur Stoßzeit eingeteilt gewesen und danach sofort zum Strand gedüst, die Glückliche. Bevor sie abgehauen ist, hat sie noch wie verrückt mit den Augen gerollt, als wären sie blaue Murmeln, und mir alles Gute gewünscht. Ich habe gerade hinten gefegt und mache meine Pause, wofür mir bis dahin die Zeit gefehlt hat, weil im Laden auch nach dem Mittagstrubel noch ziemlich viel los war. Aber an Freitagen herrscht oft viel Betrieb, weil die Leute frisches Brot für Abendesseneinladungen oder Croissants für ein gemütliches Frühstück am Samstagmorgen kaufen. Zu unserem Pausenkaffee dürfen wir uns immer eine Kleinigkeit aussuchen, und an diesem Freitag hole ich mir eins meiner Lieblingsteilchen aus der Theke, Aprikosen in Blätterteig. Ich hocke also auf einem umgedrehten Eimer vor dem Lieferanteneingang der Bäckerei, unserem inoffiziellen Pausenraum, und denke an nichts Böses, als Lee seinen Kopf durch die Tür steckt.

»Was machst du da?«, fragt er in rotzigem Ton.

»Pause«, antworte ich mit vollem Mund.

»Du musst mich vorher fragen, ob das okay ist. Und wir haben nicht mehr viele von den Aprikosenteilchen, du hättest dir was anderes aussuchen sollen.«

»Tut mir Leid, Lee. Ist es okay, wenn ich jetzt Pause mache?«

Es sollte gar nicht so sarkastisch klingen. Nein, gelogen, es sollte eben doch sarkastisch klingen, denn ich bin stinkwütend auf ihn. Darauf rumzureiten, dass wir kaum noch Aprikosenteilchen hätten, wo wir sowieso bald schließen und die übrig gebliebenen Backwaren verschenken, das ist typisch für diesen Oberidioten.

»Nein, ist es nicht. Du kommst sofort rein und putzt die Regale.«

»Okay«, antworte ich, allerdings ins Leere, denn er ist schon wieder verschwunden. Ich stürze meinen Kaffee runter, gehe wieder rein und beginne Brot in die großen Plastikbehälter zu packen, in denen das Zeug zum Frauenhaus gekarrt wird. Lee steht mit dem Rücken zu mir an der Kasse und zählt Geld.

»Ich werde Jude über dein Benehmen in Kenntnis setzen müssen«, sagt er großspurig, aber ohne mich dabei anzusehen.

»Wie bitte?«

»Jude. Schließlich muss sie wissen, was in ihrer Abwesenheit gelaufen ist. Ich werde ihr sagen, dass deine Haltung zu wünschen übrig lässt. Du bist alles in allem sehr nachlässig.«

»Ach, wirklich?«

»Ich fürchte ja.«

»He, Lee?«

»Was ist?« Er dreht sich um, wirft mir einen abfälligen Blick zu. Auf seinem Ärmel prangt eine mehlige Stelle. Und auf die ziele ich nun mit einem Baguette. Ich schlage nicht sehr fest zu, aber ich verpasse ihm eine. Zwei, um genau zu sein.

»Das kommt von mir«, sage ich. »Und das da von meinem Opa.« Dann schnappe ich mir meine Tasche und dazu eine Oliven-Ciabatta und rase so schnell aus dem Laden, dass ich dabei fast Frau Dattelplätzchen umniete.

Und jetzt kommt der wirklich ätzende Teil: Während diese Szene abläuft, stehen Eva und der schöne Hunter – mir ist gar nicht klar gewesen, dass sie sich kennen – draußen vorm Schaufenster der Bäckerei und kriegen das Ganze brühwarm mit. Applaudieren, johlen, pfeifen. Lautstark. Passanten bleiben stehen und fragen sich, was los ist. Ich renne weiter. Weg hier, nur weg.

Ich laufe zu meinem Fahrrad, springe auf und fahre zu Opa, um ihm die Ciabatta zu bringen. Ich erzähle ihm nicht, was passiert ist, und bleibe auch nicht lang, weil er sich nämlich gerade zum Essen hinsetzen will. Obwohl er allein ist, hat er ordentlich den Tisch gedeckt, richtig rührend sieht das aus. Und das Menü? Salat aus dem Garten, ein einsames, hart gekochtes Ei, eine Birne und zwei Kekse als Nachtisch, um sie in den Tee zu stippen.

Am Gartentor umarmen wir uns zum Abschied; er pflückt mir einen Jasminzweig, den ich in die Tasche stecke.

»Ich habe dich lieb«, rufe ich beim Davonradeln. Wir winken einander eifrig zu, bis wir uns nicht mehr sehen.

Ich bin in einer aufgekratzten Stimmung, fast ein bisschen high, aber das hält nicht lange. Statt nach Hause fahre ich zu *Style Junkies*, wo ich Ewigkeiten rumtrödele. Ich liebe diesen Laden. Er ist wie eine Schatzhöhle, voll gestopft mit ausgefallenem Geschirr, verrücktem Nippes, alten Postkarten, glitzerndem Schmuck, und dabei ganz still. Dort ist niemand, den man lieben oder hassen müsste, es gibt nichts als angestaubte Kuriositäten. Vergessene, verlorene, verschollene Gegenstände. Trotzdem weiß ich natürlich, dass ich mich irgendwann der Wirklichkeit stellen muss. Was ich schließlich auch tue.

Als ich nach Hause komme, hat Jude längst angerufen. Mama ist stinksauer. Sie erkundigt sich gar nicht erst nach meiner Version der Geschichte, sondern keift rum, bevor ich richtig im Haus bin.

»Wie konntest du nur, Georgie? Ich weiß, dass er dir das Leben schwer gemacht hat, aber deswegen musst du ihn noch lange nicht tätlich angreifen.«

»Ich habe ihn nicht ›tätlich angegriffen‹. Ich hab ihn zweimal mit einem Baguette gestupst, das gleich umgeknickt ist, als es seinen Arm berührte. Lee hat total übertrieben, damit ich das ganze gottverdammte Donnerwetter abkriege und er wie ein Heiliger dasteht. Lee, das heilige Arschloch!«

»Nicht diese Sprache, Georgia!«

»Und warum nicht? Du redest manchmal auch so.«

»Aber selten. Es gehört sich jedenfalls nicht und du solltest es nicht tun.«

»Warum muss *ich* eigentlich immer so beschissen perfekt sein? Und für *dich* erfindest du Ausreden!« Inzwischen brülle ich auch. Heiß spüre ich die Wut in meinem Bauch. Am liebsten würde ich irgendwas kaputtschmeißen. Aber nach einem Blick in das grimmige Gesicht meiner Mutter beherrsche ich mich. Es gibt eine Grenze, die wir bisher noch nie überschritten haben, nicht mal in unseren schlimmsten Momenten. Jenseits dieser Grenze – die jetzt erreicht ist – wird's gefährlich. Ich hole tief Luft. Schweige. Halte die Stille behutsam fest, als wäre sie ein zerbrochener Papierdrachen, der vielleicht noch repariert werden kann. Ich starre auf den Boden, entdecke winzige Regenbogensprenkel unter dem Sofa. Ein ganz normaler, alltäglicher Anblick: Überreste von Weihnachtsschmuck, vermischt mit dem unvermeidlichen Staub, den es unter jedem Sofa auf dieser Welt gibt. Aus irgendeinem Grund beruhigt mich das. Zumindest ein bisschen.

»Mal abgesehen davon, dass sie dir Lees Version der Ereignisse erzählt hat – was hat Jude noch gesagt?« Ich bemühe mich meine Stimme so versöhnlich wie möglich klingen zu lassen. Mich mit Lee zu fetzen war anstrengend genug; ich habe nicht mehr die Kraft, mich auch noch mit meiner Mutter zu streiten.

»Sie meinte, sie sei sehr enttäuscht von dir, und bittet darum, dass du sie so bald wie möglich anrufst. Die Nummer liegt neben dem Telefon.«

»Okay.« Ich schnappe mir den Zettel, will schon hoch, drehe mich noch einmal um. »Opa hat gesagt, ich soll mich wehren.«

»Das hat er nicht, Georgia. Ich habe ihn angerufen, weil ich mir schon dachte, dass du vielleicht bei ihm wärst. Da warst du aber schon wieder weg. Als ich ihm sagte, was geschehen ist, erzählte er mir, ihr hättet mal über deine Schwierigkeiten in der Bäckerei gesprochen. Er meinte, er hätte dir gesagt, du sollst dich von diesem Lee nicht unterkriegen lassen. Aber nie und nimmer hat er dir ernsthaft vorgeschlagen, dass du irgendwen verprügeln sollst.«

»Wie oft soll ich es noch sagen? Ich habe ihn nicht verprügelt, nur angestupst.« Ich rausche ab, in mein Zimmer, und rufe Jude an. Sie kündigt mir, womit ich gerechnet habe. Aber auf eine nettere Weise, als ich erwartet hätte.

»Mir ist klar, dass Lee einem auf die Nerven gehen kann, aber er ist nun mal ein Verwandter von mir, deshalb muss ich dich leider entlassen, Georgia. Nach allem, was heute passiert ist, macht es einfach keinen Sinn, dass ihr weiter zusammen für mich arbeitet.«

»Okay.« Mir ist es sogar lieber so. Ich will diesen Idioten nämlich nie mehr wieder sehen.

»Komm bitte nächsten Dienstag kurz vor Ladenschluss vorbei, dann zahle ich dich aus. Ich werde darauf achten, dass Lee nicht da ist.«

»Kann ich eventuell ein Empfehlungsschreiben bekommen? Oder ist das zu viel verlangt?«

»Ich denk drüber nach, okay?«

»Danke, Jude. Bis bald.« Ich habe kaum aufgelegt, da kommt Mama herein – ohne anzuklopfen. Anscheinend hat sie vor der Zimmertür im Flur gelauert und gelauscht, aber ich verkneife mir eine bissige Bemerkung, denn sie bringt als Geste der Versöhnung Orangensaft und Schokokekse mit.

»Und?«, fragt sie erstaunlich ruhig.

»Ich bin gefeuert, logo. Aber als ich sie nach einer Empfehlung gefragt habe, meinte Jude immerhin, sie würde drüber nachdenken.«

»Ganz schön forsch von dir.«

»Finde ich nicht. Ich verdiene eine Empfehlung. Ich habe gut gearbeitet und nichts Schlimmes angestellt.«

Mama sieht mich zweifelnd an.

»Okay, Lee eine zu verpassen war vielleicht nicht das Intelligenteste, was ich je getan habe. Trotzdem bereue ich es nicht. Er hatte mich echt auf dem Kieker. Kate hat das auch gesagt. Der Typ hat den Teufel im Leib, ehrlich.«

Mama kratzt sich am Ohr. Das macht sie immer, wenn sie drauf und dran ist, ein heikles Thema anzusprechen. Vielleicht beschwört sie durch das Kratzen ja einen winzigen Ohrkobold herbei, der sie ermutigt weiterzureden.

»Ich frage mich, ob es vielleicht gut wäre, wenn du mal zu einem Therapeuten gingst.«

»Wieso das denn, Mama? Weil ich ein bisschen die Beherrschung verloren habe, nachdem ich wochenlang provoziert worden bin? Das heißt doch nicht, dass ich in die Klapse gehöre. Also wirklich!«

»Es geht nicht nur um das, was heute passiert ist, Georgie. Meiner Meinung nach täte es dir gut, wenn du mal mit jemandem über alles reden würdest. Jemand anderem außer mir. Ich mach mir nämlich Sorgen um dich. Dieser junge Mann hat es geschafft, dich völlig aus der Fassung zu bringen, was eigentlich nicht sein dürfte. Und dann dein Essproblem, ich meine, dass du bei jedem Frust im Essen Trost suchst ...« Sie bricht verunsichert ab.

»Darum geht's also? Therapie für Fette?«

»So musst du das doch nicht gleich sehen. Das Leben kann hart sein und als Mutter hat man nur begrenzte Möglichkeiten, was zu tun. Du warst noch klein, als du deinen Vater verloren hast ... Da denke ich mir, es wäre eine gute Idee, wenn du noch jemanden als Verbündeten hättest.« Meine Mutter lehnt sich zurück, versinkt fast in den Kissen auf meinem Bett. Sie wirkt bedrückt und erschöpft und sieht aus, als würde sie jeden Moment anfangen zu weinen. Wenn sie weint, weine ich auch. Und dann ertrinken wir in Tränen.

»Ich überleg's mir, okay?«

»Okay.« Ihre Stimme klingt matt, aber gleichzeitig erleichtert. »Übrigens, vorhin hat Penny angerufen und uns zum Essen eingeladen. Sie hat Pizza gebacken. Hast du Lust?«

»Klingt gut«, antworte ich. »Ich will mich nur schnell umziehen, diese verdammte Uniform loswerden. Und dann können wir feiern, dass ich nie wieder diese idiotische Mütze aufsetzen muss.«

INWIEFERN ICH MICH VON MEINER MUTTER UNTERSCHEIDE

Ich bin fett.
Ich bin sarkastisch.
Ich finde Techno gut.
Ich mag keinen Koriander.
Ich hasse Pink.
Ich liebe Jakob.
Ich bin jung.
Ich fahre Fahrrad.
Ich habe keinen Job.
Ich spreche kein Spanisch.

INWIEFERN ICH MEINER MUTTER ÄHNELE

Wir mögen beide Reggae.
Wir vertilgen Unmengen Toast.
Wir haben eine gemeinsame Vorliebe für Blumen.
Unser Lieblingsobst sind Mangos.
Wir sind beide ausdauernde Schwimmerinnen.
Wir lieben Opa.
Keine von uns beiden würde jemals was Orangefarbenes anziehen.
Wenn ein Film traurig ist, müssen wir weinen.
Wir vermissen denselben Mann.

Anfänge, Enden und triefende Hühnchen

Die Zeit ist aus Gummi. Eine Stunde kann sich endlos ausdehnen. Ein einziger Tag kann so lang dauern wie ein ganzes Leben, dahintropfen wie ein leckender Wasserhahn. Nachdem Jude mich rausgeschmissen hatte, vergingen die Tage im Schneckentempo. Alles war extrem mühsam, so als würde man durch Haferbrei schwimmen. Ich schleppte mich durch die Stunden, tat dies und das, aber am Ende kam praktisch nichts dabei raus. Mama bot mir fünf Dollar die Stunde für Hausarbeit. Also putzte ich das Bad und jätete das Unkraut in unserem Garten, lauter langweiligen Kleinkram eben. Am Ende hatte ich zwar zwanzig Mäuse verdient, war es aber gründlich leid, immer nur Drecksarbeit zu machen.

Als ich meinen Lohn von der Bäckerei abholte, gab mir Jude zu meiner Überraschung ein Empfehlungsschreiben mit. Nur ein paar Zeilen, aber immerhin stand da, ich sei fleißig und ein nettes, kooperatives Teammitglied gewesen. Den letzten Scheck – 38 Dollar – trug ich zwar brav zur Bank und zahlte ihn auf mein Sparkonto ein. Aber dann überfiel mich plötzlich die Kauflust und ich erstand in einer Boutique, die sinnigerweise *The Big Mistake* hieß, eine violette Seidenbluse. Noch bevor ich wieder zu Hause war, beschlich mich das mulmige Gefühl, die Bluse wäre tatsächlich ein Fehler, ein typischer Georgia-Fehler eben, aber Mama schwört Stein und Bein, dass sie mir blendend steht. Ich las die Zeitung von vorn bis hinten und wieder zurück, um einen anderen Job zu finden, entdeckte allerdings nichts Geeignetes. Dabei wäre es vielleicht ganz interessant gewesen, als Fahrerin bei einem Begleitservice mit dem schönen Namen *Aphrodite* zu arbeiten.

Am letzten Ferienwochenende legte die Zeit dann aber einen gewaltigen Zahn zu und verwandelte sich in einen reißenden Fluss, der in einem Höllentempo auf die Niagarafälle zurauschte, in eingeweihten Kreisen auch Schulanfang genannt. »Und wieder einmal beginnt die Zeit langsam schnell zu verfliegen«, sagte ich zu Jakob, der oft als einziger Mensch das Glück hat, meine genialen Einfällen mitzukriegen.

Kaum war Mel von ihren Ferien am Meer zurück, rief sie mich an. Wir lagen bei ihnen im Garten unter dem Birnbaum und redeten über absolut alles. Na ja, um ehrlich zu sein, ging es hauptsächlich um Toby, den wundervollsten Typen unter der Sonne, und Lee, den größten Idioten unter der Sonne. Ich hatte erwartet eifersüchtig zu sein wegen Toby, aber Mel war so glücklich, dass ich mich einfach mit ihr freuen musste. Allerdings tat ich mir selbst Leid, denn Mel sah einfach super aus. Noch nie vorher in ihrem Leben hat sie so gute, glatte Haut gehabt. Ich dagegen hatte jede Menge Zeit gehabt, um gewaltige Käsetoasts mit extra viel Butter in mich hineinzustopfen, und darum saßen meine schwarzen Jeans noch strammer als sonst – ich war schon wieder eine Runde schwabbeliger geworden. Gar nicht gut.

Den ersten Schultag nach den Ferien finde ich grauenhaft. Die Wetterhexen sorgen jedes Jahr dafür, dass es brütend heiß ist, was in Kombination mit gereizten Lehrern, Stundenplanchaos, langen Schlangen vorm Buchladen und dem summenden Getöse von tausend Stimmen, die den Klatsch eines ganzen Sommers durchhecheln, alles in allem ziemlich unerträglich ist. So auch dieses Jahr. Als ich endlich wieder zu Hause war, hatte ich stechende Kopfschmerzen und als Ausbeute einen Stundenplan, der einen Haufen Ziegenköttel wert ist. Mel und ich haben bloß einen Kurs zusammen, eine Doppelstunde Literatur, mittwochs. Und – was fast noch schlimmer ist – meine Freitage werden knallhart, wo doch jeder weiß, dass ein Freitag dazu da ist, zum Wochenausklang schön dahinzuplätschern. Ich jammerte Mama ein bisschen die Ohren voll, aber sie hörte gar nicht richtig zu, weil sie damit beschäftigt war, die Einkäufe wegzuräumen und schnell Abendessen zu machen, damit sie danach zu ihrer *Amnesty*-Gruppe verschwinden konnte. Gleich nach dem Essen stürzte sie los und ließ mich mit einem Berg schmutzigem Geschirr allein – und gab mir im Rausgehen noch die strikte Anweisung, nichts von dem Eis mit Macadamianüssen zu essen, das im Gefrierfach liegt.

»Warum denn nicht, verdammt noch mal?«

»Kein Grund zu fluchen, Georgia. Es ist für Freitagabend. Ich hab Penny zum Essen eingeladen.«

»Und warum kriegen immer nur die Gäste die guten Sachen?«

»Nimm dir einen Apfel, wenn du noch Hunger hast«,

meinte sie bissig und zog sich beim Rausrennen die Lippen nach.

»Einen Apfel. Grandiose Idee. Ich war schon immer der Meinung, ein verschrumpelter Apfel ist durch fast nichts zu toppen. Außer vielleicht durch ein großes Stück Möhrentorte mit Cremefüllung«, sagte ich zu niemand Bestimmtem. Dann inspizierte ich den Gefrierschrank. Vielleicht war ja noch anderes Eis da? Fehlanzeige.

Wenn ich Bandmitglied von *Natural Affinity* wäre, würde ich dafür sorgen, dass immer mehr als genug leckere Sachen um mich sind. Ich würde mir alles gönnen, worauf ich Lust habe, und trotzdem gertenschlank bleiben, weil ich während der Shows auf der Bühne wie eine Verrückte abtanzen und den Rest der Zeit wilden, leidenschaftlichen Sex mit Jakob haben würde. Allerdings gehöre ich nicht zu *Natural Affinity* und habe auch noch nie wilden, leidenschaftlichen Sex gehabt.

Stattdessen stehe ich einsam, allein und voll Selbstmitleid in einer Küche, die wie ein Schlachtfeld aussieht. Der Junge, der mit einer fetten Kuh wie mir auch nur Händchen halten will, ist bisher nicht geboren worden. Es leben die Schlanken und Schönen, denn sie beherrschen die Welt. Und das kotzt mich unendlich an.

Ich spüle das Geschirr, stelle es zum Abtropfen hin, gehe in den Garten und werfe Blätter in die Luft. Blätterkonfetti. Ich gehe wieder rein, laufe eine Zeit lang ziellos durchs Haus und bringe alle Willenskraft auf, zu der ich fähig bin, um mir keinen Rosinentoast zu machen und den Pickel an meinem Kinn nicht auszuquetschen. Schließlich gehe ich hoch und nehme mir mein gelbes Tagebuch vor, meinen treuen Freund in Zeiten des Trübsinns und der Düsternis.

WAS MAN ALLES MIT EINER WURST MACHEN KANN, AUSSER SIE ZU ESSEN
Sie einrahmen
Mit ihr reden
Sie als Wurfgeschoss verwenden
Sich auf sie draufsetzen
Sie an den Premierminister schicken
Sie in kleine Stücke schneiden und an die Enten verfüttern
Ein Gedicht über sie schreiben
Sie um Mitternacht vergraben
Sie im Gummistiefel eines Feindes verstecken
Einen Postkartenhalter aus ihr machen

SACHEN, DIE ICH NICHT LEIDEN KANN, DIE ABER ALLE ANDEREN MÖGEN
Reality-Shows im Fernsehen
Bier
Erdbeereis
Alles mit Erdbeergeschmack, das keine echte Erdbeere ist
Lycra
Wackelpudding
Schwarze Geleebohnen
Stöckelschuhe
Roten Lippenstift
Einkaufszentren

Nougatschokolade
Die Farbe Pink
Instant-Nudelsuppe

Ich überlege gerade, ob ich eine Liste über *Zehn beängstigende technische Neuerungen, die ich vermutlich noch erleben werde* schreiben oder mir im Fernsehen *Emergency Room* anschauen soll, da klingelt das Telefon. Ich zucke regelrecht zusammen: Wer ruft *mich* denn jetzt an? Aber als ich höre, wer am anderen Ende der Leitung ist, bin ich endgültig platt.

»Hallo, Georgia. Ich bin's, Eva. Ich hab deine Nummer von Poppy, und die hat sie von Mel. Toby hat gesagt, du suchst einen neuen Job. Ich nämlich auch, und weißt du was? Bei *New World*, in der großen Filiale beim Busbahnhof, werden dringend Leute für die Kasse gebraucht. Ich fahre morgen nach der Schule mal vorbei. Bewirb dich doch auch, wenn du Lust hast. Frag nach Mrs Jakovich, die organisiert das Ganze. Ich dachte, ich sag's dir auf jeden Fall mal.«

»Vielen Dank, Eva. Das mit der Bäckerei ist ja vorbei, deshalb suche ich tatsächlich einen neuen Job.«

»Ja, Hunter und ich waren ziemlich beeindruckt von dem, was da neulich passiert ist. Du warst so was von cool. Super. Hunter hat mal mit Lee Fußball gespielt und meint, der Typ wäre das Hinterletzte.«

»Allerdings. Äh ... mhm ... wie geht's deinem Bein?«

»Ganz gut, ist schon fast geheilt. Hunter meint, dass die Narbe richtig süß aussieht, wie ein Halbmond.«

»Hunter. Das ist der Typ, der öfters in der Bäckerei einkauft, oder? An unserer Schule habe ich ihn noch nie gesehen. Ist er neu?«

»Nö, er geht aufs Metro-College, die Schule für Asoziale, Penner und Sojasprossenfarmer. Übrigens will er auch versuchen einen Job bei *New World* zu kriegen, in derselben Filiale. Anscheinend brauchen die gerade Aushilfen ohne Ende. So, ich muss Schluss machen, bis bald.«

»Tschüs, Eva.«

Wow! Eva hat mich angerufen. Meinen Job in der Bäckerei bin ich zwar los, aber in der Achtung der Allgemeinheit anscheinend gestiegen. Mmmmh. Aber noch etwas geht mir durch den Kopf. Wie es aussieht, sind Eva und Hunter jetzt ein Paar. Kate muss also irgendwie ohne ihn überleben. Ich auch, aber das war ja sowieso klar.

Verhaltensregeln für das Kassenpersonal

Regel Nummer eins: Lächeln. *Wer nicht in der Lage ist, stets zu lächeln und freundlich zu Kunden zu sein, ist ungeeignet für diesen Posten. Höflichkeit und gutes Benehmen im Umgang mit Kunden und Kollegen sind unabdingbar.*

Die Uniform *sollte stets sauber und ordentlich sein. Haare aus dem Gesicht, Hände prinzipiell blitzsauber. Hände sofort waschen, wenn man blutiges Fleisch oder triefende Hühnchen berührt hat. Warenband und Scanner regelmäßig reinigen. Kunden mögen außerdem weder Körpergeruch noch Raucheratem.*

Namensschilder *müssen jederzeit getragen werden. Bei Verlust fallen sechs Dollar Gebühr an.*
Führungspersonal *ist bei Bedarf jederzeit ansprechbar zur Überprüfung von Preisen, bei Stornierungen und Rückerstattungen, zur Kreditkartenverifikation, bei Unsicherheiten im Umgang mit schwierigen Kunden und allen sonstigen Problemen.*
Arbeitsbeginn: *Pünktlichkeit ist absolut unerlässlich. Es wird erwartet, dass das Personal zu Beginn der Schicht bereits an der zugewiesenen Kasse sitzt. Zuspätkommen ist inakzeptabel. Wer aus schulischen Gründen ausfällt, ist verpflichtet selbst für Ersatz zu sorgen.*
Die Registrierkasse *ist bei Schichtwechsel zur sofortigen Weiterarbeit bereit. Ein neuer Münzbeutel ist erst dann zu öffnen, wenn keine einzige Münze mit diesem Wert mehr übrig ist. Alle Scheine in der Kasse gleich ausrichten, z.B. mit dem Kopf nach oben und vorn. Jede Kasse hat eine dreistellige Identifikationsnummer sowie eine dreistellige Geheimzahl, mit der sich die Schublade öffnen lässt. Jeder ist für das Geld in seiner Kasse persönlich verantwortlich und hat dafür zu sorgen, dass die Abrechnung am Ende stimmt.*
Einpacken der Waren: *In aller Regel große Tüten verwenden und diese weder zu voll packen noch halb leer lassen. Kleine Tüten sind für kleine Gegenstände vorgesehen und stehen außerdem als zusätzliche Hülle für Fleisch, Milch- oder Tiefkühlprodukte zur Verfügung. Die großen brauen Papiertüten erhalten Kunden, die ausdrücklich Verpackung ohne Plastik verlan-*

gen. Waren immer so einpacken, dass Gleiches zu Gleichem kommt, also Dosen zu Dosen etc. Zerbrechliche und empfindliche Waren wie Eier, Brot, reifes Obst, Tomaten etc. entsprechend vorsichtig behandeln.
Zahlungsmöglichkeiten: *Visa und Mastercard. Auszahlung von Bargeld bei Kreditkartenzahlung nur in Ausnahmefällen.*

Okay, okay. Ich dachte, Kassiererin zu sein wäre ein wirklich lockerer Job, aber wie man seht, stimmt das überhaupt nicht. Die Liste mit Vorschriften und Regeln war insgesamt drei Seiten lang und schüchterte mich ziemlich ein. Wie Hunter, Eva und die beiden anderen, die sich mit uns beworben hatten, wohl klarkamen mit diesem Paragrafendschungel? Die eine hieß Tammy – ein dünnes, blasses Mädchen, das mich an Gilda erinnerte. Der andere, ein Typ namens Bob, hatte keinen bleibenden Eindruck bei mir hinterlassen, außer dass er ein bisschen weggetreten wirkte. Waren sie auch k.o. von all den Informationen? Grauste es ihnen wie mir vor triefenden Hühnchen? Schnüffelten sie heimlich an ihren Achselhöhlen und überlegten, ob Körpergeruch ihre erfolgreiche Karriere im Lebensmitteleinzelhandel verhindern könnte? Nun, wir würden es noch früh genug herausfinden, alle zusammen, denn für kommenden Samstag war ein Probetraining angesetzt.

Am Samstag fuhr Mama mich bei *New World* vorbei. Weil sie zum Brunch mit ein paar von den *Wilden Frauen* verabredet war, musste sie ohnehin in die Richtung. Sehr praktisch. Als Erstes spielte Mrs Jakovich uns ein Video über den korrekten Umgang mit Kunden vor. Lächeln und höflich bleiben, lautete die Devise, selbst bei Idioten, die rumbrüllen oder einen blöd anmachen. Das war anscheinend sehr, sehr wichtig, das Allerwichtigste überhaupt. Danach verteilte Mrs J die Uniformen: weiße Poloshirts mit dem *New World*-Logo sowie Namensschilder. Das Namensschild, teilte sie uns mit, ist ordentlich über dem Logo zu befestigen. Radikale Abweichungen – es zum Beispiel auf der anderen Seite anzustecken – sind unerwünscht. Dazu konnten wir uns selbst unsinnig teure schwarze Hosen in einem speziellen Laden kaufen oder aber »untenrum«, wie Mrs J sich ausdrückte, ganz normale Klamotten tragen, Hauptsache SAUBER und ANSTÄNDIG und SCHWARZ.

Erst danach ging das eigentliche Training los.

★

Jeder von uns füllt also einen Einkaufswagen mit Waren, dann wechseln wir uns zum Üben an der Kasse ab. Mrs J schwirrt die ganze Zeit um uns herum wie eine gigantische Fliege, die ohne Punkt und Komma reden kann. Mein erster Eindruck von Bob bestätigt sich, der Typ ist wirklich gaga. Er lädt seinen Einkaufswagen mit lauter unsinnigem Zeug voll: Kondomen, Damenbinden, Glühbirnen ... Ich merke, wie Mrs J kurz überlegt, ob sie ihn anpflaumen soll für dieses alberne Theater, aber sie zieht es vor, ihn zu ignorieren. Kluge Frau. Tammy ist nett, aber nicht sonderlich selbstbewusst. Eva ist frech wie üblich und weiß bei allem schon Bescheid. Tja. Hunter hat garantiert einen ganz anderen Eindruck von ihr als ich. Wenn ich ihn bloß nicht so attraktiv fände ... Es ist schwierig, sich auf komplizierte Abläufe zu konzentrieren, wenn man in Gedanken andauernd abschweift und sich so unpassende Fragen stellt wie die nach dem Motiv des Tattoos auf einem ganz bestimmten Arm. Ein keltisches Zeichen übrigens. Gute Wahl, Hunter.

Ich finde es interessant, sich zu überlegen, was ein Mensch an einem anderen anziehend findet. Klar, Hunter sieht super aus, aber daran liegt es nicht, jedenfalls nicht nur. Ich habe einfach das Gefühl, dass er ein richtig guter Typ ist: freundlich, hilfsbereit, normal. Als Bob sich mal wieder besonders albern aufführt, grinst Hunter mich verschwörerisch an, was mir sehr gefällt.

Wir merken bald, dass Preise scannen eine ganz eigene Kunst ist. Erstaunlich, was es dabei alles zu lernen und zu üben gibt; zum Beispiel diese geschmeidige, sanfte Bewegung des Handgelenks beim Einlesen des Strichcodes.

»Nicht so ruppig, Eva, sonst zerbrechen die Kartoffelchips in der Tüte.«

Allmählich steigen wir dahinter, wie's funktioniert. Wir lernen fünf Avocados auf einmal abzukassieren: Man scannt nur die erste, gibt dann den Wiederholungscode ein. Wir bekommen gezeigt, wie man diverse Apfelsorten voneinander unterscheidet und wie man vorgeht, wenn jemand mit Kreditkarte zahlt, aber Bares als Wechselgeld haben möchte. Welche Art Schecks wir annehmen dürfen. Wo und wie man den Preis von Artikeln findet, die nicht ausgezeichnet sind: Blumen, nicht abgepackte Ware wie Nüsse oder Bonbons. Wir erfahren, dass wir niemals »Hi« sagen dürfen. Dass wir einen der Manager rufen sollen, wenn sich jemand eigenartig benimmt. Und bei alldem nicht zu vergessen: LÄCHELN!

Ein Geheimnis allerdings wird nicht gelüftet, nämlich was sich hinter dem Weihnachtsclub verbirgt. Denn Tammy fällt ohne Vorwarnung in Ohnmacht. Gerade noch hatte sie sich zu Wort gemeldet, um eine Frage über Stornierungen zu stellen. Im nächsten Augenblick bricht sie ohne einen Ton zusammen, kippt einfach um. Die Packung Schokokekse, die sie hält, gleitet ihr aus der Hand und fällt mit ihr zu Boden. Mrs J schnappt sich eine alte Zeitung, die zum Einwickeln von Gefriergut neben der Kasse liegt, und fächelt Tammy Luft zu. Bob, dieser Widerling, fragt prompt, ob er ihr die Bluse öffnen soll, aber im selben Moment schlägt Tammy – Glück gehabt, Mädchen! – die Augen auf und murmelt: »Was ist passiert?«

»Alles in Ordnung, Kleines. Du warst kurz bewusstlos. Meinst du, du kannst jetzt wieder aufstehen? Ja ... langsam ... so ist's gut.«

Tammy rappelt sich mühselig vom Boden hoch in die Vertikale und steht schließlich wie ein neugeborenes Fohlen auf langen, zittrigen Beinen da.

»Hast du heute Morgen ordentlich gefrühstückt, bevor du hergekommen bist?«, erkundigt sich Mrs J. Keine ganz abwegige Frage, denn Tammy ist bloß Haut und Knochen und sieht aus, als hätte sie im Winter 1998 ihre letzte richtige Mahlzeit zu sich genommen.

»Ja, habe ich. Ein Muffin und eine Dose Cola. Ich bin bloß ein bisschen nervös. Es kommt schon ab und zu vor, dass ich umkippe, aber nicht oft.« Tammy klingt wie eine Piepsmaus und ihr blasses Gesicht verfärbt sich ein wenig, weil sie sich so geniert.

»Also gut, ruh dich erst mal aus. Wir werden ja sehen, wie du in den nächsten Tagen zurechtkommst. Wahrscheinlich sollten wir für heute sowieso Schluss machen. Ihr habt so viel Neues gelernt, da ist der Arbeitsspeicher bestimmt überlastet.« Mrs J legt eine Kunstpause ein, damit wir ihre lässige, zeitgemäße Formulierung auch richtig würdigen können. Manchmal sind Erwachsene furchtbar leicht zu durchschauen. Sie kriegen einfach keine Zwischentöne hin. Aber auf einmal schäme ich mich für meinen Sarkasmus. Mrs J hat nur versucht nett zu sein. Kann gut sein, dass ich total verkorkst bin. Vielleicht sollte ich wirklich mal zu einem Psychologen gehen. Nicht weil ich zu dick bin, sondern weil ich ein missgünstiges, herzloses Biest bin, das in anderen immer nur das Schlechte sieht.

»Bitte lest euch eure Notizen vor der ersten Schicht noch einmal sorgfältig durch. Hier, euer Einsatzplan. Gibt es noch irgendwelche Fragen?«

Bob erkundigt sich, wann wir das erste Mal bezahlt werden. Erst zwei Wochen nach Arbeitsbeginn, erklärt Mrs J. Ab dann wird das Geld jeden Donnerstag überwiesen. Wir bekommen den Einstiegslohn für die Fünfzehn- bis Siebzehnjährigen, acht Dollar fünfzig die Stunde.

Ich werfe einen Blick auf den Schichtplan. Ich fange gleich morgen an, Sonntag, von neun bis fünf. Keine Chance auszuschlafen. Willkommen in der Realität.

In ZWEI Worten

Mrs Jakovich	★	Tüchtig. Schnell.
Eva	@	Schmollmundig. Duftend.
Bob	★	Verdreht. Idiotisch.
Hunter	@	Interessant. Attraktiv.
Tammy	★	Verträumt. Schüchtern.
Ich	@	Dusselig. Durcheinander.

Hunter war für dieselbe Schicht eingeteilt wie ich, am Sonntag tagsüber; Eva dagegen fing erst an, wenn wir aufhörten, sie arbeitete von fünf bis neun. Sie war nicht gerade begeistert davon, dass *sie nicht* mit Hunter zusammen arbeiten würde. Aber sie wusste, dass sie mit der Masche, mit der sie sonst jeden um den Finger wickelt, bei Mrs J nicht weit kommen würde. Mrs J ist auf ihre Art wirklich nett, aber sie hat auch etwas Scharfes, Entschiedenes an sich. Also versuchte Eva gar nicht erst, durch Bitten und Betteln, Schmollen oder Schmeicheln den Schichtplan zu ändern. Tammy und Bob waren nachmittags unter der Woche eingeteilt, zumindest für die kommenden zwei Wochen.

In dieser Nacht lag ich stundenlang wach und fürchtete mich vor dem nächsten Tag. Dass ich noch ewig vor der Glotze hängen geblieben war und mir mutterseelenallein

The Ring reingezogen hatte, half mir auch nicht gerade dabei, mich zu entspannen. Vor diesem Film kann ich nur warnen. Wer ihn anschaut, ist für den Rest seines Lebens gezeichnet. Und er muss nachts das Licht anlassen, bis ins hohe Alter von mindestens dreiunddreißig Jahren. Aber das Schöne ist: Der Sonntag war klasse.

Am Morgen gelingt es mir aufzustehen, zu frühstücken und das Haus zu verlassen, ohne dass Mama wach wird. So schlecht drauf wie sie ist in letzter Zeit, bin ich froh zu entwischen, ohne ihre übliche Latte an Fragen und Ermahnungen abzukriegen. Ich nehme den Bus um halb neun und komme überpünktlich beim Supermarkt an. Ich habe sogar dran gedacht, Mrs J meine Kontonummer mitzubringen. Hunter dagegen stürzt atemlos erst in letzter Minute herein. Mrs J zieht die Augenbrauen hoch, sagt jedoch nichts, sondern schickt ihn ohne weiteren Kommentar nach hinten, damit er erst einmal Kartons zerschneidet, faltet und die Stapel zusammenbindet. Schade. Er sieht nämlich klasse aus in seinen schwarzen Jeans und dem weißen T-Shirt. Nachdem Mrs J mich genauestens von oben bis unten beäugt hat, ob ich auch rundum SAUBER und ORDENTLICH bin, lässt sie mich auf die Allgemeinheit los. Im Anfang ist es noch ziemlich leer, deshalb habe ich genug Zeit, mich innerlich auf alles einzustellen. Wenn gerade keine Kunden an der Kasse warten, wische ich den Bildschirm, das Lesegerät für den Scanner und das Warenband ab oder präge mir die Codenummern für die einzelnen Artikel ein, die auf einer langen Liste aufgeführt sind.

An meiner Kasse hängt ein Schild *In Ausbildung*, was ich ziemlich ätzend finde, denn da könnte genauso *Vollidiot* stehen. Trotzdem habe ich am ersten Tag nicht allzu viel vermasselt. Mal abgesehen von dem kleinen Zwischenfall mit der alten Dame, die sich nach dem Weihnachtsclub erkundigte. Ich hab ihr mit einer Cornflakesschachtel eins übergebraten und ihren bewusstlosen Körper mit dem Fuß unter den Ladentisch geschubst. Kleiner Witz.

Mittags kaufe ich mir an der Fleischtheke ein Schinkenbrötchen und gehe damit zu einem kleinen Park in der Nähe. Nach dem Essen fallen mir beinahe die Augen zu. Das kenne ich schon, dieses Fliegengesumm im Sommer hat immer eine einschläfernde Wirkung auf mich. Und dass ich schon um halb acht aufgestanden bin, macht es natürlich nicht besser. Ich zerreibe ein paar fast verblühte Lavendelblüten zwischen meinen Handflächen, atme den Duft ein, rolle mich auf der Wiese zusammen und döse vor mich hin. Träume von einem fliegenden Wombat mit einem lästigen Husten. Dann wache ich auf. Hunter steht direkt neben mir. Er hustet diskret – so wie man hustet, wenn man jemanden unauffällig wecken will.

»Hast du was dagegen, wenn ich mich zu dir setze?«

»Natürlich nicht.« Ich richte mich auf und versuche mir

die Haare mit den Fingern zu kämmen. Hoffentlich sehe ich nicht allzu zerrupft aus. »Ist das dein erster Job?«, frage ich ihn.

»Nö, ich habe in der Videothek gearbeitet, bis ich gefeuert worden bin.«

»Und wieso?«

»Weil ich einem Freund Videos ausgeliehen habe ohne ihn zahlen zu lassen.«

»Oh.« Also war er der Typ, den Toby erwähnt hatte. Der, der rausgeschmissen wurde. Der, dessen Job ich nicht gekriegt habe.

»Ja«, fuhr Hunter fort. »War dumm von mir. Mit Ehrlichkeit fährt man meistens am besten, findest du nicht auch?« Ich werfe ihm einen scharfen Blick zu, weil ich mich frage, ob das ironisch gemeint war, aber anscheinend ist es sein voller Ernst. Da sitzt er und schaut mich an wie ein freundlicher Hund, der darum bettelt, gelobt zu werden. Hunter sieht noch viel besser aus als Logan. Beide haben blonde Locken, beide sind groß und schlank. Aber Hunter wirkt offen, locker und natürlich, während Logan so eine Ich-bin-der-Größte-Ausstrahlung hat, die mich echt abtörnt.

Außerdem hat Hunter grüne Augen. Unglaublich grüne Augen. Ich starre ihn an. Und erzähle meine eigene Wie-ich-meinen-Job-loswurde-Geschichte.

»Ich bin auch gefeuert worden, aber das weißt du ja. Schließlich warst du dabei, du und Eva, ihr wart Zeugen bei dem, was in der Bäckerei passiert ist. Überraschenderweise haben die dort was dagegen, dass ihre Angestellten das Brot als Waffe benutzen.«

»Ich fand's trotzdem superwitzig, wie du auf Lee los bist. Der Typ ist so was von daneben.«

»Mag ja sein«, murmele ich. »Meine Mutter war allerdings gar nicht begeistert. Ihrer Meinung nach beweist die Sache nur, dass ich nicht richtig im Kopf bin. Sie will unbedingt, dass ich zu einem Seelenklempner gehe.« Mist! Warum ist mir das bloß rausgerutscht? Wenn Eva das mitkriegt, weiß es bald die ganze Schule.

»Was willst du mit der vielen Kohle anstellen, die du demnächst in der Lebensmittelbranche verdienst?«, fragt Hunter. Ich erzähle ihm von meinem Plan, zu dem Mega-Event mit *Natural Affinity* zu fahren.

»Nicht schlecht, die Band. Mein Lieblingssong von denen ist *Flip*. Das fetzige Gitarrensolo.«

»Und du? Was hast du mir deinem Geld vor? Hast du's auf ein schnelles Auto abgesehen oder auf ein Ticket nach New York?«

»Ich habe überlegt, ob ich mir nicht einen Hund anschaffen soll, damit ich Gesellschaft habe, wenn das Leben mal wieder besonders beschissen ist. Außerdem schaffe ich's regelmäßig, meine Skateboards zu demolieren. Ich habe schon so viele kaputtgemacht, dass ich mir einen kleinen Tisch draus bauen konnte.«

»Echt? Ist bestimmt ein super Tisch. Übrigens, wie spät ist es?«

»Oh, wir müssen zurück. Tschüs, Blumen, tschüs, Bäume.«

Was mir an dem Kerl noch gut gefällt, ist sein schräger Sinn für Humor. Ich würde ihn gern ein paar Dinge fragen, zum Beispiel, warum sein Leben manchmal beschissen ist oder welche Art Hund er gern hätte, aber ich traue mich nicht. Schweigend gehen wir zurück zum Supermarkt. Mir ist etwas unbehaglich zumute bei diesem Schweigen, aber wer weiß, vielleicht ist es für Hunter ja völlig okay so.

Kaum sind wir durch die Tür, stürzt sich eine ziemlich saure Mrs J auf uns.

»Zehn nach! Bitte achtet in Zukunft darauf, pünktlich aus der Pause zu kommen. Ich habe Lucy und Dan bis fünf an die Kasse gesetzt. Ihr zwei könnt auspacken und Sachen einräumen. Kommt mit.« Sie bugsiert Hunter zu Gang Nummer sieben (Pasta, Reis, Fertigsaucen) und mich zu Gang Nummer zwei (Plätzchen, Cracker, Dips). Ich verbringe ein paar angenehme Stunden damit, kartonweise Kekse auszupacken und in der kalorienfreien Zone meiner Fantasie alle meine Lieblingssorten durchzuprobieren.

Kurz vor Ende der Schicht schickt Mrs J mich los, um einen Aufnehmer zu holen, denn irgendein Traumtänzer hat eine Flasche süße Chilisauce fallen lassen und ich soll die klebrige Bescherung aufwischen. Ich stelle mir vor, es wäre Dinosaurierblut, und wische alles brav weg, kein Thema. Als ich Mop und Eimer zurücktragen will, komme ich an Hunter vorbei, der sich gerade angeregt mit einer Kundin unterhält, während er Dosen mit Pastasauce aufeinander stapelt. Die Lady hat total krass gefärbtes Haar, in den unterschiedlichsten Orangetönen. Die beiden bemerken mich nicht, obwohl ich unauffällig in ihrer Nähe stehen bleibe und so tue, als müsste ich die Packungen mit Trockenfrüchten im Regal neu arrangieren. Ich will wissen, worum's geht, denn irgendwas an der Frau macht mich neugierig.

»Ich weiß, es ist nicht deine Schuld; trotzdem möchte ich dich darum bitten, meine kleine Beschwerde an die richtige Person weiterzuleiten. Sag einfach, eine empörte Kundin fühle sich in ihrer Intelligenz beleidigt.«

»Und was ... äh ... ist genau Ihr Problem?« Hunters Stimme klingt verwirrt.

»Schau doch mal hin!« Sie deutet auf das Schild *Sonderangebot*, das über einer Dosenpyramide mit Pastasauce hängt. »Da steht $ 2,99. Normalerweise kostet eine Dose $ 3,00. Also, wo bitte soll da ein Sonderangebot sein? Das ist doch absurd!«

Hunter denkt kurz nach, blickt ihr direkt in die Augen und antwortet freundlich: »Sie haben vollkommen Recht. Das Universum ist in der Tat absurd, vor allem in dieser Weltgegend. Darf ich Ihnen einen Rat geben? Beim nächsten Mal deponieren Sie Ihre Intelligenz am besten an der Tür.«

Dabei lächelt er sie so charmant an, dass die Frau gar nichts mehr sagt, sondern mit einem verdutzten Gesichtsausdruck durch Gang Nummer acht (Reinigungsmittel, Papiertaschentücher, Toilettenpapier) davongeht. Ich sehe ihr bewundernd nach. Diese Haare ... wie Orangenmarmelade.

Hunter entdeckt mich, winkt mir zu. Ich fange an zu kichern, er stimmt mit ein. Und dann haben wir zusammen einen Lachkrampf. Wenn der eine endlich aufhört, fängt der andere wieder an und umgekehrt. Der Klassiker. Ein Augenblick, der schöner nicht sein könnte.

Und dann ist es plötzlich Zeit, nach Hause zu fahren. Eva taucht auf. Natürlich, ihre Schicht beginnt. Sie sieht spitze aus, riecht nach Gardenien und Wolken. Aus verständlichen Gründen bin ich längst wieder im Ich-kann-Eva-nicht-ausstehen-Modus; sie dagegen ist aus unerfindlichen Gründen nach wie vor ultranett zu mir.

Wir stehen in der Damenumkleide. Sie zieht gerade ihr gelbes Sommerkleidchen aus und ein weißes Tanktop plus schwarzen Minirock an. Ihre langen, muskulösen Beine, ihr vorwitziger kleiner Busen – alles wird in den Klamotten aufs Schönste betont.

»Mel und Toby sind jetzt zusammen, oder? Cool«, meint Eva.

»Ja.« Schwaches Lächeln meinerseits. Mit Eva zusammen zu sein bekommt mir einfach nicht. Da mag der Spiegel im Umkleideraum noch so verkratzt sein, der Unterschied zwischen ihr und mir ist nicht zu übersehen: fett und unansehnlich neben schlank und attraktiv.

Beim Hinausgehen schaue ich mich so beiläufig wie möglich um. Leider kein Hunter in Sicht. Stattdessen entdecke ich Bob und Tammy. Sie sitzen zusammen auf einer Bank und essen Burger. Komisch, die beiden arbeiten doch heute gar nicht. Offenbar hat Lüstling Bob einen Baggerversuch gestartet und Tammy ist zu blöd oder zu ängstlich, um in Deckung zu gehen. Den Arm hat er taktisch geschickt um ihre dürren Schultern drapiert; auf seinem T-Shirt prangt der *Metallica*-Schriftzug. Ein Styling-Verbrechen, lieber Bob. Zeugt von schlechtem Geschmack und schwachem Verstand. Inzwischen haben die beiden mich ebenfalls entdeckt, und weil Tammy mir zuwinkt, gehe ich rüber und hocke mich dazu.

»Mrs J scheint ja ganz nett zu sein«, meint Tammy. Ich nicke. Bob grunzt.

»Wenn man den Dreh erst mal raus hat, ist Scannen gar nicht so schwierig«, meint Tammy. Ich nicke. Bob grunzt.

»Ich bin pappsatt. Möchte vielleicht jemand meinen Schokoshake austrinken?«, fragt Tammy. Bob grunzt.

»Gern«, antworte ich. An heißen Tagen gibt es nichts Besseres als einen eisgekühlten Schokoshake. Zu süß, zu dickflüssig, zu kalt, zu mächtig. Kurz gesagt einfach himmlisch.

Tammys Schwester taucht in einem verbeulten Mini auf, um sie abzuholen. Bob macht sich mit einem Abschiedsgrunzer Richtung Innenstadt auf. Ich muss Ewigkeiten auf meinen Bus warten. Als er endlich kommt, bin ich der einzige Fahrgast, darum komme ich mir nun noch mehr wie ein einsames Cowgirl vor. Kaum bin ich daheim, plündere ich den Kühlschrank. Ich esse einen Aprikosenjoghurt, sechs Cracker mit Käse und ein Stück Spinatquiche. Jetzt fühle ich mich nicht nur einsam, jetzt ist mir auch noch schlecht.

Ich gehe auf mein Zimmer, schnappe mir meinen Taschenrechner und mache eine Aufstellung meiner derzeitigen Finanzlage. Wenn ich einen Monat lang überhaupt kein Geld ausgebe und jedes Wochenende neunzig Dollar verdiene, müsste es für das Konzert mit allem Drum und Dran reichen. Eigentlich sollte ich mich über diese Erkenntnis freuen, aber Pustekuchen – ich fühle mich nach wie vor müde, mies, beschissen. Mir ist nach Listenschreiben. Listen sind gut. Listen sind ungefährlich. Listen haben garantiert null Kalorien. Im Land der Listen bin ich nicht die Loserin vom Dienst, sondern Georgia, Königin der Philosophen. Von allen Menschen heiß geliebt, von allen attraktiven Jungs heiß begehrt. Wobei mir *ein* attraktiver Junge eigentlich völlig genügen würde, vorausgesetzt, ich dürfte ihn mir selbst aussuchen.

WAS ICH MIR WÜNSCHE
Ein Zauberfahrrad
Zwei Eintrittskarten für das *Natural Affinity*-Konzert
Eine Daunendecke aus blauer Vietnamseide
Einem Geist zu begegnen
Eva auf einen anderen Planeten zu katapultieren
Einen Roboter, der mein Zimmer putzt
Violette Tulpen
Hunters offenes, strahlendes Lächeln

Als Mama heimkommt, fragt sie, wie's mir geht. Gut, sage ich, was gelogen ist.

»Doch, alles okay bei der Arbeit«, brummele ich vor mich hin. Und als sie mich bittet ausführlicher zu erzählen, werfe ich ihr einen grimmigen Blick zu. Warum hört sie nicht auf mich mit ihren Fragen zu löchern? Wenn ich nicht mit ihr reden will, ist sie sofort beleidigt. Was mir mittlerweile aber egal ist. Sie soll sich um ihr eigenes Leben kümmern und aufhören ihre Nase in meine Angelegenheiten zu stecken. Ich habe ihre kleinen Vorträge und ihre besorgten Nachfragen satt. Ich schalte den Fernseher ein und mein Gehirn ab, glotze einfach nur *Judge Judy*.

Beim Abendessen stochere ich lustlos auf meinem Teller herum. Ich habe keinen Hunger mehr, darf es allerdings nicht zugeben, denn dann wäre Mama beleidigt. Sie nimmt es persönlich, wenn sie extra was kocht und ich es dann nicht esse. Das Omelett kriege ich gerade so runter und den Salat lasse ich im Müll verschwinden, als zwischendurch das Telefon läutet. Einer von diesen Anrufen, wo einem jemand irgendwas verkaufen will. Mama wimmelt diese Leute zwar immer ab, aber auf eine nette Art und Weise. Sie sagt, ihr tun die armen Studenten, die in den Callcentern jobben, Leid.

Nach dem Essen macht sie sich einen Tee und fängt an irgendwelche Geschichten über Joys und Kevins Paartherapie breitzutreten. Offenbar geht es darum zu lernen, wie man aktiv zuhört und Ich-Botschaften vermittelt. Im ersten Moment kapiere ich nicht, was mit Ich-Botschaft gemeint ist. In meinen Ohren klingt das nach dem totalen Egoismus, was ja garantiert nichts Gutes ist. Doch allmählich komme ich dahinter: Durch Ich-Botschaften lernt man seine eigenen Gefühle wahrzunehmen und zu ihnen zu stehen. Es ist beispielweise besser zu sagen »Ich bin verletzt« als »Du hast mein Leben ruiniert, du Schwachkopf«. Was eine Du-Botschaft wäre. Du-Botschaften sind anscheinend nicht empfehlenswert.

Auch aktives Zuhören scheint eine faszinierende Angelegenheit zu sein. Wenn jemand rumjammert, soll man mit dem Herzen lauschen und der betreffenden Person anschließend zeigen, dass man aufmerksam zugehört hat. »Du bist anscheinend sehr aufgebracht«, lautet der angemessene Kommentar und nicht etwa: »Ich habe die Schnauze voll von deinem ewigen Genöle.« Man muss keine Intelligenzbestie sein, um zu erkennen, dass Joys und Kevins Ehe besser liefe, wenn die beiden solche vernünftigen Ratschläge beherzigen würden. Wer weiß, vielleicht würden sie sogar glatt zu Heiligen werden. Der heilige Kevin, Schutzpatron aller aktiven Zuhörer, und die heilige Joy, Schutzpatronin der anerkannten Gefühle.

»Klingt wahnsinnig spannend«, sage ich. Prompt wirkt Mama verschnupft. Ich sollte mehr Mitgefühl mit ihr haben, aber ich empfinde nur Mitleid mit mir selbst, weil ich mit einer lästigen Mutter in einem langweiligen Leben eingesperrt bin. Gereizt stürme ich die Treppe hoch. Dort wartet schon Jakob auf mich. Mein Privattherapeut, jederzeit für mich da, ohne Terminabsprache. Schade, dass seine Methoden so gar nichts bringen. Alles, was ich von ihm bekomme, sind leere Blicke. Ätzend. Ich spüre, wie die Wut in mir brodelt, eine starke Energie, die durch meine Brust, meinen Bauch, meine Beine pulsiert.

»Sag mal, Jakob, wieso erzählt mir Mel eigentlich nichts mehr? Und warum mag der erste Junge, auf den ich abfahre, ausgerechnet Eva lieber als mich? Sie ist nichts weiter als ein hübsches, manchmal etwas fieses Mädchen mit dünnen Beinen. Außerdem finde ich, ihre Narbe sieht überhaupt nicht wie ein Halbmond aus, sondern eben wie eine verschrumpelte kleine Narbe, basta. Warum werden manche Menschen schön geboren und andere fett? Und wo wir gerade dabei sind: Wieso habe ich eine depressive Mutter, zwei durchgeknallte Tanten und keinen einzigen verfluchten Vater?«

Mittlerweile koche ich vor Wut, doch Jakob starrt mich bloß aus leeren Augen an. »Du Idiot«, zische ich leise, damit Mama nicht am Ende noch raufgestürzt kommt. »Du bist bloß aus Papier. Ich habe die Schnauze voll von dir. Nicht mal Fifi und Hayley können dich mehr leiden. Sie werden dich fallen lassen und ihre eigene Band gründen, *Juicy Flowers*, während du am Ende ganz allein vor dich hinklimperst. Aber nicht mehr deine eigenen Songs, o nein, mein Lieber, sondern irgendwelche schmalzigen Schlager in irgendwelchen drittklassigen Kneipen, wo alte Männer rumhängen, Bier trinken, dummes Zeug quatschen und wo dir niemand mehr richtig zuhört.«

Ich schnappe mir meinen Lieblingskerzenständer und werfe ihn mit voller Wucht auf Jakob. Der Kerzenständer zerschellt an der Wand, winzige blaue Glassplitter rieseln auf mein Bett. Dann sacke ich, von Trauer überwältigt, auf den Boden und bleibe liegen, bis ich mich irgendwann dazu durchringen kann, wieder aufzustehen. Ich wickele einen Schal um meine Hand, damit ich mich nicht schneide, und schubse die Glassplitter von der Bettdecke in den Papierkorb. Hänge mein *BITTE NICHT STÖREN*-Schild an die Tür, nehme eine halbe Schlaftablette – ich habe mir eine von Tante Sooze geklaut bei ihrem letzten Besuch – und schlafe traumlos tausend Jahre lang.

Noch ein Tag wie jeder andere

In der Mittagspause treffe ich mich mit Mel unter »unserem« Baum. Ich habe tierisch schlechte Laune, bin auf alles und jeden sauer. So ist es. Und so bleibt es auch. Wortlos muffelnd stopfe ich Studentenfutter in mich rein, ohne ihr etwas davon anzubieten.

»Was ist los?«

»Willst du das wirklich wissen?«

»Sonst hätte ich wohl nicht gefragt.«

»Okay. Ich dachte, du wärst meine beste Freundin, Mel. Früher haben wir uns mal alles erzählt. Also, was hat Toby für ein Geheimnis, das du mir nicht verraten kannst? Du hast angedeutet, er hätte Probleme, aber du willst mir nicht erzählen, was für welche.«

Mel sitzt mit gekreuzten Beinen vor mir, sehr ruhig, sehr friedlich. Sie gleicht einem weiblichen Buddha, bis auf die Tatsache, dass sie nicht auf einer weißen Lotosblüte, sondern auf einem ausgedörrten Rasenstück hockt. Und ich kann einen Zipfel ihrer schwarzen Unterhose sehen, obwohl ich mich bemühe nicht so genau hinzuschauen. »Ich hab nicht das Recht, darüber zu reden.«

»Wieso?«

»Das ist nun mal Tobys Sache, nicht meine.«

»Schon gut. Auch egal.« Das Studentenfutter hat seine besten Tage hinter sich. Zwei Mandeln, zu viele ranzige Erdnüsse, ein paar schrumpelige Sultaninen und ein antikes Stück getrocknete Banane.

»Weißt du was, Georgia? Es stinkt mir, dass du dich für

den einzigen Menschen auf der Welt hältst, der sich mit seinem Aussehen herumquält. Das stimmt nämlich nicht.«

»Ich quäle mich nicht.«

»Na dann.« Sie schneidet eine Grimasse. Ich muss grinsen.

»Also, was macht Toby so unglücklich?«

»Ich finde es nicht richtig, hinter seinem Rücken über ihn zu reden, deshalb musst du es für dich behalten, okay? Er findet sich zu dünn. Und er hat Angst vor Sport. Er hasst Sport und tut immer nur so, als fände er alles toll. Er hat Angst, dass er sonst zum totalen Außenseiter würde. Aber er hat's einfach nicht drauf. Inlineskating zum Beispiel. Alle seine Freunde sind voll die Cracks, während er nicht mal richtig geradeaus fahren kann. Zelten macht ihn auch fertig, weil er einen verkrüppelten Zeh hat und nicht möchte, dass ihn jemand barfuß sieht.«

»Oh, ein verkrüppelter Zeh. Armer Toby.« Ich verkneife mir das Lachen, weil ich verhindern will, dass Mel sich gleich wieder aufregt.

»Da ist noch was«, fügt Mel zögernd hinzu. Sie wirkt blass und plötzlich fällt mir auf, dass sie wieder Pickel und unreine Stellen hat. Trotzdem ist ihre Haut immer noch viel besser als früher.

»Ach ja?«

»Du musst mir versprechen, dass du es nicht weitererzählst, Georgia. Großes Ehrenwort.«

»Absolutes Freundinnenehrenwort.«

»Tobys Vater ist gerade ausgezogen. Und zwar zu seinem Freund.«

»Waaas?«

»Ich weiß. Bei ihnen daheim geht's ganz schön dramatisch zu. Tobys Mutter dreht fast durch, redet bloß noch von Anwälten und Rache, aber im nächsten Augenblick bricht sie heulend zusammen und fleht seinen Vater an nach Hause zurückzukommen.«

»Krass. Woran hat sie gemerkt, dass er schwul ist?«

»Mark, so heißt der Freund, hat aus heiterem Himmel angerufen und ihn geoutet. Hatte keine Lust mehr, immer durch die Hintertür verschwinden zu müssen, wie er sagte. Tobys Mutter ist total ausgeflippt. Hat die Sachen von seinem Vater in den Pool geschmissen, Klamotten, sein Handy, ein superteures Seidenhemd ... Als sie sich den Laptop gekrallt hat, mussten Toby und sein Vater sie mit Gewalt zurückhalten. Nachdem sie sich einigermaßen beruhigt hatte, warf sie ihm eine ganze Latte Gemeinheiten an den Kopf, zwang ihn seine Sachen zu packen und auf der Stelle zu verschwinden.«

»Wahnsinn. Armer Toby.«

»Die sind alle ziemlich arm, finde ich.«

Ich bin geplättet. »Einfach Wahnsinn!« Ich suche nach einem weniger belastenden Thema und frage: »Wie war's am Wochenende?«

»Okay. Bis auf Samstag ... da sind wir ans Meer gefahren und ich hab was gemacht, das sich im Nachhinein komisch angefühlt hat.«

»Was denn?« Obwohl ich weiß, was jetzt kommt, bemühe ich mich um einen möglichst lockeren, verständnisvollen Ton. Sie wird mir erzählen, dass sie miteinander geschlafen haben. Was mir peinlich ist, aber das soll Mel nicht merken. Wenn ich schon am Ufer zurückbleibe, während meine beste Freundin zu Abenteuern im Reich von Lust und Liebe entschwindet, möchte ich wenigstens lässig und souverän rüberkommen.

»Versprich mir, dass du mich deswegen nicht hassen wirst.«

»Jetzt hör aber auf, Mello. Du müsstest schon was wirklich Grässliches tun, damit ich dich hasse. Hast du 'ne nette kleine Omi umgebracht oder was?«

»Mach dich nicht lustig über mich, sonst erzähle ich dir überhaupt nichts mehr ... Okay, also: Ich habe Fisch gegessen.«

»Wirklich?« Ich überspiele meine Erleichterung und schlage einen möglichst neutralen Ton an. Uff. Ich bin also nicht die letzte Jungfrau von Golden Bay. Aber Mel wirkt so ernsthaft, ich muss aufpassen, dass ich jetzt keinen Fehler mache.

»Ich habe nicht mal groß drüber nachgedacht. Ich wollte es einfach und dann hab ich's getan. Wir sind stundenlang am Strand entlanggelaufen und haben Muscheln gesammelt. Als wir wieder an der Bushaltestelle waren, hatte ich riesigen Hunger. Vom Imbiss nebenan wehte ein Duft nach frittierten Zwiebelringen herüber. Toby meinte, er würde sich einen Cheeseburger holen. Und ob ich einen Salat wollte oder einen Saft? Und da hab ich gesagt: ›Nö, bring mir einen Fischburger mit.‹«

»Und?«

»Er hat super geschmeckt.« Mel fängt an zu lachen. Also darf ich auch.

»Anscheinend braucht dein Körper das Eiweiß oder die

Omega-3-Säuren oder was auch immer. Mama redet ständig davon, dass gerade Vegetarier auf eine ausgewogene Ernährung achten müssen.«

»Kann sein. Trotzdem – warum habe ich das bloß gemacht? Ich meine, ich finde mich selbst nicht gerade toll deswegen. Zwei Jahre lang habe ich streng veganisch gelebt, kein Honig, keine Milch, kein Käse, kein gar nichts. Und dann esse ich auf einmal Fisch?!«

»Das ist doch kein Weltuntergang, Mel. Wenn es dir falsch oder schlecht vorkommt, sei einfach wieder Veganerin.«

Sie lächelt mich erleichtert an: »Ja, du hast Recht. Ich werde mal ausführlich drüber nachdenken. So, und jetzt lass mal hören, wie man sich als Kassiererin fühlt.«

Ich erzähle Mel alles über meinen neuen Job. Fast alles. Ich erwähne auch den Lachanfall, den Hunter und ich über die Absurdität des Universums hatten. Dass ich ihn scharf finde, erwähne ich nicht. Ich will Mels Mitleid nicht; und sie würde mich garantiert bemitleiden, denn ich habe ganz klar überhaupt keine Chance, mir einen so phänomenalen Typen zu angeln. Schon gar nicht, wenn der mit Eva was am Laufen hat. Das wird nichts, nicht in einer Million Jahren.

»Mist, es klingelt. Was hast du jetzt?«

»Französisch. Und du?«

»Medienkunde. Au revoir, Baby. Viel Spaß!«

»Ich rufe dich heute Abend an, okay?«

»Okay, bis später.«

Normalerweise finde ich Medienkunde okay, vor allem weil unser Lehrer, Mr Colgan, von seinem Fach selbst so begeistert ist. Das steckt an. Aber an diesem Nachmittag schien die Zeit sich bis ins Unendliche zu dehnen. Vielleicht weil es eine Doppelstunde war und wir eine kniffelige Textanalyse machen mussten. Oder es lag an der Hitze. Ich hatte das Gefühl, der Nachmittag würde sich schwer auf mich legen, wie eine dicke Daunendecke. Kann sein, dass ich auch bloß müde war. Normalerweise schlafe ich an den Wochenenden immer ewig lang. Inzwischen arbeitete ich samstags und sonntags, was sich allmählich bemerkbar machte. Mr Colgans Sätze summten wie nasse Bienen in meinen Ohren, schlaff und träge. Meine Augen juckten, meine Gedanken schwebten durchs Fenster ins Nirgendwo. Ich versuchte mich zu konzentrieren, dämmerte aber immer wieder weg.

Daheim warf ich mich auf mein Bett und döste sofort ein. Ich träumte von einem dunklen Haus mit viel zu vielen Zimmern, als in meinem Traum unvermittelt das Telefon zu klingeln begann. Es klingelte auch außerhalb des Traums, nämlich bei uns auf dem Flur. Völlig verpennt angelte ich mir den Hörer. Ich wusste ja, wer anrief.

»Hey, Mello, alles klar?«

Ich hörte ein Räuspern und dann eine energische, mir wohl bekannte Stimme.

»Entschuldige, Georgia, hier ist Mrs Jakovich. Von *New World.*«

»Hallo. Tut mir Leid, ich dachte, es sei eine Freundin von mir, sie wollte ungefähr um die Zeit anrufen.«

»Kein Problem. Jedenfalls ist *das* nicht das Problem. Ich rufe an, weil wir dramatisch unterbesetzt sind. Bob ist schlicht nicht erschienen und Tammy hat gerade angerufen, dass sie krank ist und heute Nachmittag nicht kommen kann. Hättest du eventuell Zeit, von fünf bis neun zu arbeiten?«

»Äh ... ja ... also, ich glaube schon. Wie spät ist es denn?«

»Moment – zwanzig nach vier.«

»Der Bus fährt alle Viertelstunde. Aber selbst wenn ich den um Viertel vor fünf kriege – bis fünf schaffe ich es nicht mehr. Kurz nach könnte ich da sein, denke ich.«

»Nicht so tragisch, Hauptsache, du kommst. Natürlich bezahlen wir dir trotzdem die ganze Schicht. Wirklich sehr nett von dir, so kurzfristig einzuspringen, Georgia. Vielen Dank für deine Hilfe, ich weiß das zu schätzen. Wenn du kommst, bin ich vermutlich nicht mehr da, aber Otto, der Verantwortliche für die Spätschicht, wird dich einweisen und dir alles genau erklären.«

Hastig schreibe ich Mama einen Zettel, schnappe mir meine Arbeitsklamotten und eine Banane, kratze fieberhaft aus sämtlichen Taschen Kleingeld für die Fahrkarte zusammen. Rase zur Bushaltestelle. Ich bin immer noch nicht richtig wach und ziemlich matschig in der Birne, doch das bessert sich im Lauf der Fahrt, und als der Bus fast da ist, bin auch ich fast da – in der Welt der Wachen. Ich steige aus. Gleichzeitig klettert auch Hunter aus einem zerbeulten alten Kombi, an dessen Steuer ein großer, vierschrötiger Typ mit Sonnenbrille sitzt.

»Du hier?«

»Hallo, Georgia. Ich vertrete Bob. Wobei vertreten anscheinend nicht ganz das richtige Wort ist. Er hat nämlich gekündigt.«

»Gekündigt? Er hatte doch noch gar nicht richtig angefangen.«

»So ist Bob eben, meine Süße. Ein Mysterium durch und durch. Und was treibt dich her?«

»Ich vertrete Tammy. Sie ist krank. War das dein Vater? Ich meine den Mann, der dich gerade abgesetzt hat?«

»Nö, mein Stiefvater.«

»Aha«, murmele ich. »Und wie ist er so?«

»Ganz in Ordnung. Mein leiblicher Vater wohnt in Brisbane.«

»Meine Großeltern leben an der Goldküste.«

»Wirklich?«

Unsicher stehen wir voreinander und wissen nicht weiter. Ich würde zu gern mehr über Hunter wissen, über sein Leben, seine Gefühle, Gedanken ... Aber es ist nicht der richtige Zeitpunkt und auch nicht der richtige Ort dafür.

»Auf geht's«, meint er schließlich. »Komm, lassen wir die Kassen klingeln.«

Otto begrüßt uns mit einem erfreuten Lächeln. »Danke fürs Einspringen«, sagt er, nachdem er sich uns vorgestellt hat. Er ist Mitte vierzig, hat den Schädel im gleichen Stil rasiert wie alle Typen, die sowieso schon fast kahl sind. Otto erklärt uns umständlich, dass er aus Österreich stammt und nicht aus Deutschland. Dann setzt er mich an Kasse zwei und Hunter ans entgegengesetzte Ende, an Kasse neun. Auch gut, dann kann ich mich besser konzentrieren, denn es ist ziemlich viel los – Leute, die ihren wöchentlichen Großeinkauf erledigen, und andere, die in letzter Minute noch was fürs Abendessen brauchen. An der Art, wie und was jemand einkauft, kann man ziemlich genau erkennen, was für ein Mensch er ist.

Inzwischen bin ich echt hundemüde. Meine Füße tun mir weh. Und als mir zu allem Überfluss auch noch die Hausaufgabe für Medienkunde einfällt, die Mr Colgan uns kurz vorm Klingeln aufgebrummt hat, wird mir beinahe schlecht. Wir sollen zwar nicht mehr als siebenhundertundfünfzig Wörter schreiben, aber selbst das werde ich heute Abend nicht mehr schaffen. Wenn die Arbeit vorbei ist, schaffe ich ganz klar nur noch eins: zusammenbrechen. Die Musik aus den Lautsprechern dreht eine Endlosschleife. Ununterbrochen werden dieselben drei Songs – *Bridge Over Troubled Water, A Whiter Shade of Pale, Moondance* – wiederholt. Ich kann sie nicht mehr hören. Ich *will* sie nicht mehr hören, nie mehr, keinen der drei, vor allem nicht in dieser ätzenden Einkaufszentrumsplastikversion. Um Viertel vor acht löst Otto mich ab, damit ich eine kleine Pause einlegen kann. Da sitze ich nun, ganz allein in dem Raum fürs Personal, auf einem harten braunen Plastikstuhl an einem weißen Plastiktisch, und mümmele meine Banane. Ich mache mir nicht mal Kaffee – zu anstrengend. Was bedeutet, dass ich wirklich *ultramüde* sein muss, denn normalerweise hält mich nichts davon ab, mir eine kleine Koffeindröhnung zu genehmigen. Ich sehne mich nach meinem gemütlichen, kuscheligen, weichen Bett und wage nicht die Augen zu schließen, denn dann wäre ich sofort weg. Die tragische Geschichte eines jungen Mädchens, das in einen tiefen Schlummer fiel und über Nacht im Supermarkt eingeschlossen wurde – ihre einzigen Gefährten in der Not waren neunundsiebzig unterschiedliche Schokoladensorten.

»Otto sagt, ich soll dir was ausrichten. Deine Mutter hat angerufen, sie holt dich nach der Arbeit ab.« Hunter hat also auch Pause, steht mit einer Tüte Mais-Chips und einer Dose mit irgendeinem Fitnessdrink in der Hand vor mir.

»Ein Glück, ich kann nämlich nicht behaupten, dass ich mich auf die Heimfahrt im Bus gefreut hätte. Ich bin so was von erledigt.«

»Ich auch. Ganz schön anstrengend, nach einem Schultag auch noch zu arbeiten.«

»Da sagst du was. Vor allem, nachdem man auch schon am Wochenende malocht hat. Wenn ich es mir aussuchen dürfte, würde ich lieber nur an den Wochenenden arbeiten.«

»Geht mir genauso. Chips?«

»Danke, gern. Wie ist es eigentlich so am Metro-College?«

»Mir gefällt's. Die Atmosphäre ist ziemlich lässig, aber

es muss sich jeder zusammenreißen und seinen Kram in eigener Regie auf die Reihe kriegen. Außerdem finde ich es cool, keine Schuluniform mehr anziehen zu müssen. Die Studenten haben Mitspracherecht in allen wichtigen Entscheidungen, was manchmal zu ziemlich verdrehten Diskussionen führt. Die Anarchisten lehnen jede Art von Regeln ab, deshalb ...«

In dem Moment steckt eine Rothaarige den Kopf durch die Tür. »Georgia? Otto möchte wissen, ob du die Nachricht von deiner Mutter bekommen hast. Und er sagt, du sollst wieder rauskommen. Übrigens, ich heiße Leah.«

»Hallo, Leah. Ja, ich hab die Nachricht gekriegt, danke. Okay, dann leg ich mal wieder los. Bis später, Hunter.« Wieder einmal schenkt er mir sein umwerfendes Lächeln. Kein Junge hat das Recht, so schön zu sein. Was nicht heißt, dass ich mich beklagen will.

Die letzte Stunde meiner Schicht verbringe ich im Halbschlaf. Die Kunden tröpfeln nur noch an meiner Kasse vorbei. Ein paar Nachteulen, die ihren Nikotinschub brauchen; ein pummeliges Mädchen mit tätowierten Fingern und wild glitzernden Augen, das sich wie in Zeitlupe bewegt. Sie kauft Sahne, Schokoladenstreusel, Puderzucker. Anscheinend hat sie vor die Nacht mit Backen zuzubringen. Ich sehe es förmlich vor mir. Vier Uhr morgens. Wo habe ich bloß die Eier hingeräumt?, fragt sich Hannah und nimmt einen tiefen Zug von ihrem Joint.

In einem Supermarkt zu sein, wenn er schließt, ist eine

Erfahrung der besonderen Art. Ich komme mir vor wie in einem europäischen Kunstfilm. Musik und Licht werden ausgeblendet. Wie Roboter laufen die Menschen durch die Gänge Richtung Ausgang. Leah, Flüchtlingsfrau aus Polen, sammelt die Geldschubladen ein und schüttelt ihr Haar, so dass es ihr wie ein Wasserfall den Rücken hinunterrinnt. Heute Nacht wird er stattfinden, der finale Angriff der Außerirdischen …

Zurück in die Realität. Es ist Zeit zu gehen. Ich habe keinen Bock, mich umzuziehen, deshalb schnappe ich mir meinen Rucksack und steuere ohne Umweg den Ausgang an. Otto arbeitet noch bis Mitternacht, denn er weist auch die Leute ein, die nach Ladenschluss Lieferungen auspacken und Regale auffüllen. Alle anderen gehen jetzt heim. Otto sieht total erschöpft aus. Die Haut um seine Augen ist blasser als der Rest seines Gesichts und er bewegt sich so langsam, als wären seine Arme und Beine aus Blei. Wie sein Leben wohl aussieht? Ich meine, außerhalb der Arbeit im Supermarkt. Womöglich hat er eine kranke Frau und jede Menge Kinder und muss zwei Jobs machen, um alle ernähren zu können. Aber vielleicht ist er auch ein einsamer Junggeselle, der abends in eine leere Wohnung kommt und kalte Dosenspaghetti isst. Eine deprimierende Vorstellung. Da lasse ich meine Fantasie doch lieber zu einer ganz anderen Szene schweifen, die ich mir vor meinem inneren Auge üppig ausmale: Um Punkt Mitternacht wird der Supermarkt von steppenden, neonblauen Papageien übernommen, die ausgelassen durch die leeren Gänge tanzen.

Draußen auf der dunklen Straße ist es sehr still. Mama,

die vor dem Supermarkt parkt, winkt mir zu. Hunter und Leah unterhalten sich beim Rauskommen angeregt. Was kann er schon dafür, dass er die Mädels wie magisch anzieht?

MEINE ABSOLUTEN LIEBLINGS-T-SHIRT-SPRÜCHE
Bier – mehr als nur ein Frühstücksgetränk!
Ein wahrer Freund verhindert, dass man sich einen Irokesenschnitt zulegt.
ICH war's nicht.
Ohne Gras kein Spaß.
Esst mehr Kirschen!
51 % süßes Mädel, 49 % Biest. Reiz mich nicht …
Schräg drauf sein ist nicht genug.
Ich bin zwar nicht besonders helle, aber ich kann gut schwere Sachen heben.
LAUF UM DEIN LEBEN!
Mothersucker (auf einem Babystrampler)
Ich war eine Flasche.

Mein Leben pendelt sich auf einen angenehmen Rhythmus ein. Schule, daheim sein, arbeiten. Arbeiten, daheim sein, Schule. So in etwa.

Weder Tammy noch Bob tauchen je wieder im Supermarkt auf. Um sie zu ersetzen, engagiert Mrs J Zwillinge namens Zoe und Lucy, die eindeutig in die Kategorie »ziemlich seltsam« fallen und sich nur durch ihre Piercings unterscheiden lassen. Lucy hat eine gepiercte Nase und Zoe eine gepiercte Zunge. Ihre Frisuren sind identisch – stoppelkurzer Kampflesbenschnitt – und sie fahren auf Frauenpower, Fantasy und gleichgeschlechtliche Liebe ab. Die beiden haben einen wirklich außergewöhnlichen Kleidungsstil. Wenn sie ankommen, tragen sie orange karierte Miniröcke, dunkelrote Häkeltops und schwarze Springerstiefel oder irgendwas in der Art; doch aus der Umkleide kommen dann zwei ganz normale, adrette Kassiererinnen in schwarzen Hosen und weißen T-Shirts, alles wie aus dem Ei gepellt. Es grenzt an ein Wunder.

Hunter arbeitet auch an den Wochenenden, genau wie ich, doch blöderweise haben wir nie zur selben Zeit Pause. Dieser Junge hat einfach was. So wie er immer reinschlendert, zurückhaltend und selbstbewusst zugleich. Ich versuche mir einzureden, dass ich *nicht* total heiß auf ihn wäre, aber das gelingt mir nicht.

Nach der Arbeit wartet unweigerlich Eva auf ihn. Sitzt rauchend draußen auf einer Bank, in irgendeinem Sommerfummel, der total sexy aussieht. In der Schule redet sie pausenlos über Hunter, in jedem dritten Satz fällt sein Name. Vielleicht auch in jedem. Neulich, im Literaturkurs, bekam ich zufällig ein Gespräch zwischen Poppy und ihr mit.

»Wir gehen selten zu ihm nach Hause wegen Jack, seinem Stiefvater. Der arbeitet abends in einer Kneipe, darum ist er tagsüber daheim.«

»Und wie ist der so drauf?«, fragt Poppy.

»Hunter kommt nicht so gut mit ihm klar. Als wir das letzte Mal bei ihm daheim waren, wollte Jack unbedingt, dass Hunter den Müll rausbringt. Hunter hat sich geweigert, weil es hauptsächlich um Jacks leere Bierflaschen ging. Da ist Jack stinkig geworden und wir haben uns verzogen.«

Jetzt hatte ich also eine Ahnung davon, warum Hunter sein Leben manchmal beschissen fand. Was wieder mal zeigt, dass man einem Menschen nicht unbedingt gleich anmerkt, wie sein Leben aussieht. Man sieht ein umwerfendes Lächeln, eine anscheinend sorglose Art und kommt nicht auf die Idee, dass so jemand auch Probleme haben kann. Ich hab mir oft genug Leid getan, weil ich keinen Vater habe, aber immerhin muss ich nicht mit einem Stiefvater zusammenwohnen, der alles andere als toll ist. Mittlerweile geht mir Hunter Tag und Nacht im Kopf herum. Ich ertappe mich sogar dabei, wie ich ein großes, geschwungenes H male und Herzchen mit Flügelchen drum herum, wo ich doch eigentlich einen Aufsatz über Motive und Wertvorstellungen in einem Gegenwartsroman meiner Wahl schreiben sollte. Kein gutes Zeichen. Ich werde noch zum Liebes-Junkie. Hilfe! Ich ermahne mich selbst streng dazu, vernünftig zu sein, zerknülle das Blatt, forme einen kleinen Ball daraus und ziele auf meinen Papierkorb. Man muss sich schließlich nicht mit vollem Bewusstsein ins Unglück stürzen.

Warum habe ich mich ausgerechnet in Hunter verliebt und nicht in irgendeinen anderen Jungen, den ich kenne? Warum nicht in Finn, der geheimnisvoll und ein bisschen gefährlich wirkt und mich dazu auch noch an Jakob erinnert? Finn, der im Augenblick weder mit Hannah noch mit Emma zusammen ist, was zur Folge hat, dass Emma in letzter Zeit nur noch als Trauerkloß mit fettigem Haar und schmuddeligen Jeans durch die Gegend läuft. Oder warum stehe ich nicht auf Adrian, den gar nicht mal so üblen Typen, mit dem ich Medienkunde habe? Es liegt vermutlich an dem mysteriösen X-Faktor. An dem unbenennbaren Etwas, einem magischen Funken. Oder an dem, was die Leute die Chemie nennen. Blöd ist nur, dass diese Gefühle manchmal komplett einseitig sind – total intensiv für die eine Person und in der anderen nicht mal ansatzweise vorhanden. Amor kann ganz schön grausam sein.

Verknallt sein ist in diesem Fall nichts Schönes, sondern ein komplettes Desaster. Irgendwie steckt das schon in dem Wort, das für mich plötzlich klingt wie »abgeknallt« oder »zerknallt«. Plötzlich bin ich wütend über mich selbst und mein unsinniges Gegrübel. Hastig hole ich das zusammengeknüllte Blatt wieder aus dem Papierkorb und zerreiße es in tausend winzige Fetzen. Nur für den Fall, dass meine Mutter in meinem Zimmer rumschnüffelt.

In der Schule wird von nichts anderem mehr geredet als von dem Zeltlager unserer Jahrgangsstufe; es soll über Ostern in der Hibiscus Bay stattfinden, ein paar Stunden südlich von hier. Am Freitag bekommen Mel und ich extra die letzte Stunde frei, denn wir gehören zu dem Team, das fürs Essen zuständig ist. Wir haben schon eine ungefähre Vorstellung davon, was es geben soll, jetzt müssen wir uns überlegen, wie viel wir wovon brauchen, und Einkaufslisten machen. Wir geben uns große Mühe, damit es nicht den gleichen Fraß gibt, unter dem wir schon bei den Zeltlagern in unserer Grundschulzeit gelitten haben: labbriges Weißbrot, billige Wurst, Dosenravioli. Andererseits haben wir bloß ein kleines Budget, Haute Cuisine ist also nicht drin. Und dass Mel Veganerin ist, macht die Sache nicht gerade leichter.

Wir durchforsten Kochbücher und Zeitschriften nach geeigneten Rezepten. Zum Essensteam gehören außer uns beiden noch Adrian, Caris und Logan. Caris und Logan engagieren sich nicht weiter, aber Adrian dabeizuhaben bringt uns wirklich weiter. Seinen Eltern gehört ein Café, das *Chocolate Fish* heißt, deshalb kennt er sich mit Essen ganz gut aus und macht brauchbare Vorschläge, zum Beispiel Pasta mit Kräutern und Oliven oder Spanische Tortilla. Er hat Mel und mich eingeladen mal im *Chocolate Fish* vorbeizukommen und die Speisekarte durchzuprobieren. Allerdings soll die Aktion am Wochenende stattfinden, was für mich einigermaßen kompliziert werden wird. Es sei denn, ich kann im Supermarkt mal früher Schluss machen.

COOLE KNEIPENNAMEN
Goldener Lotus – Rubinstern – Pasta & Paradies – Stadt der Liebesengel – Oregano – Silberdollar – Meerjungfrau – Zum heiligen Bauchnabel – Pfirsichblüte – Leckerladen – Naked Lunch – Zimt & Rosen

TRÖSTLICHE SPEISEN
Kartoffelbrei
Nudelauflauf mit Käse
Möhrentorte mit Cremefüllung

WIRKLICH WIDERLICHES ZEUG ZUM ESSEN
Altbackenes Marmeladenbrötchen mit lauwarmem Nescafé und Dosenmilch
Kerzensalat: eine halbe Banane in einer Ananasscheibe aus der Dose, mit einer Maraschinokirsche obendrauf
Gebratene Ratte an Schuppenflocken

Aber Listen bringen's heute auch nicht. Auf die Vorderseite meines Tagebuchs schreibe ich mit Glitzerstift: DIE WUNDERBARE WELT DER PHILOSOPHENKÖNIGIN GEORGIA ALIAS PRINZESSIN KOSTBARE GOLDLILIE. Dann lege ich mich aufs Bett, um über die wirklich wichtigen Dinge des Lebens nachzudenken. Am Ende komme ich zu dem Schluss, dass das Leben nun einmal ein Rätsel ist, aber dass ich es mit so viel Schwung und Enthusiasmus wie möglich leben will. Ich wühle unter meinem Bett herum, bis ich das kaputte Jakob-Poster finde. In letzter Zeit bin ich ihm aus dem Weg gegangen; schließlich habe ich ihn angegriffen und seine Nase zerrissen, worauf ich nicht gerade stolz bin. Ich versuche den Riss mit Tesafilm zu reparieren, aber das Papier zerknittert immer mehr, bis er am Ende noch ramponierter aussieht als vorher.

Tut mir Leid, Jakob. Ich hab's nicht so gemeint, als ich gesagt habe, dir würde keiner mehr zuhören. Du bist der beste Komponist und der beste Gitarrist, den ich kenne.

Ich war in dem Moment nur so irre wütend. Und du warst zufällig da und hast es eben abgekriegt. Meine Mutter kann ich nicht anbrüllen, wenn ich sauer bin, die geht ein wie eine Primel. Und bei Mel darf ich auch nicht ausrasten, sonst lässt sie mich womöglich fallen; schließlich hat sie jetzt Toby. Einen Vater habe ich nicht. Meine Tanten leben entweder zu weit weg oder sind total neurotisch. Und Opa will ich meine Probleme nicht zumuten. Also gibt es manchmal wirklich überhaupt niemanden, mit dem ich reden könnte.

Papierpoesie

Der Sommer neigt sich dem Ende entgegen. Das Gras verdorrt in Schattierungen von Braun und abends wird es zunehmend kühler. Eine melancholische Jahreszeit. Verlust und Abschied liegen in der Luft, die Dinge entgleiten einem. In unserem Garten blühen gelbe Rosen. Unmengen von Rosen, die ihre beste Zeit hinter sich haben und nun ihre Blütenblätter fallen lassen, so dass am Ende nur welke Stängel übrig bleiben.

Und mittendrin ich, Georgia. Die Zeiten könnten kaum trübseliger sein. Meine Mutter hat nur noch schlechte Laune, schlägt um sich, faucht mich an, ist dauersauer. Dann wieder tut es ihr Leid, dass sie sich nicht wie eine gute Mutter benimmt, und sie bemüht sich. Sie braucht Urlaub. Ich brauche ein Leben.

Eigentlich müsste ich einen Aufsatz für Medienkunde schreiben, aber ich kann mit dem Thema nichts anfangen. Eigentlich hätte ich schon am Freitag abgeben sollen, aber ich habe Verlängerung bis Montag bekommen. Das ist morgen. Shit!

Welche Themen prägen das Werk Pedro Almodóvars? Hat sich die Behandlung dieser Themen im Lauf seiner Arbeit verändert?

Ehrlich gesagt, ich habe keine Ahnung und es ist mir auch egal. Das ist das dümmste Thema, das man sich vorstellen kann, und das Allerdümmste daran ist: Ich hab's mir selbst ausgesucht.

Mama kommt rein, erkundigt sich, wie es läuft. Ich

käme gut voran, behaupte ich, aber sie weiß, dass ich bloß so daherrede.

Sie macht noch eine launige Bemerkung, dann verzieht sie sich. Ich gähne. Lalaladida. Was soll ich mit meinem einzigartigen Leben bloß anfangen?

Ich sortiere meine Buntstifte um, feile mir einen abgebrochenen Nagel. Surfe ein wenig durchs Internet und entdecke eine total abgefahrene Website: *www.ausgeflipptimfreienfall.com.* Das ist ein Forum für ein paar Wahnsinnige, die kreuz und quer durch die Welt reisen, auf der Suche nach möglichst hohen Klippen, Türmen, Brücken, von denen aus sie sich in die Tiefe stürzen können. Krass. Und anstrengend. Ich werde schon bei der Vorstellung müde. Ein paar von den Typen sind echt scharf. Vor allem ein junger Österreicher namens Dirk, der auf dem Foto nichts trägt als ein Paar Shorts und ein breites Grinsen. Ich schaue kurz bei der Rockbräute-Homepage vorbei und bedenke Hayley and Fifi mit ein paar finsteren Gedanken, als ich ihre wohlgeformten Körper dort abgebildet sehe. Wenn ich nicht mit Jakob zusammen sein kann, gönne ich es ihnen auch nicht.

Mein schlechtes Gewissen treibt mich zurück zu dem Aufsatz.

Ich schreibe: *Man merkt Almodóvars Filmen an, dass er seine Figuren liebt.* Dann kratze ich ein paar Alleskleberreste von der Schreibtischkante und bewundere durchs Fenster den Sonnenuntergang – der Himmel sieht aus wie mit einem silbrigen Schleier geschmückt. Aber dann sehe ich, wie der Cockerspaniel unseres Nachbarn gerade einen Haufen mitten auf unsere Wiese macht. Ich stecke meinen Kopf durchs Fenster und brülle den Hund an. Doch der wirft mir nur einen kurzen, zufriedenen Blick zu und verschwindet durch ein Loch in der Hecke. Sein Haufen bleibt da.

Das Telefon klingelt. Adrian ist dran. Er hat sein Aufgabenheft verlegt und weiß nicht mehr, wie viele Wörter der Aufsatz haben soll.

»Siebenhundertundfünfzig.«

»So ein Mist, ich hatte gehofft, es wären bloß fünfhundert.«

Ich erinnere ihn daran, dass der Aufsatz am Freitag fällig gewesen wäre, wodurch er gleich noch bessere Laune bekommt. Wir reden über die Filme, die wir uns ausgesucht haben. Er schreibt über *High Fidelity*, hauptsächlich, weil Jack Black sein Lieblingsschauspieler ist. Wir quatschen noch Weile über Kino im Allgemeinen, dann geht uns der Gesprächsstoff aus.

»Tja, dann mache ich wohl am besten mal weiter.«

»Ja, ich auch.«

»Wir sehen uns in der Schule.«

»Tschüs.«

Ein immer wiederkehrendes, wesentliches Thema bei Pedro Almodóvar ist sexuelle Identität. Schon witzig. Ich bin fünfzehn Jahre alt und schreibe einen Aufsatz über etwas, wovon ich überhaupt keine Ahnung habe. Keinerlei Erfahrung. Dennoch gelingt es mir – o Wunder –, ein paar brauchbare Thesen zu Papier zu bringen. Drei Minuten nach Mitternacht bin ich so weit fertig. Gesicht waschen. Zähne putzen. Klamotten ausziehen und auf den Boden fallen lassen. Ins Bett kriechen. Erde an Traumplanet, hier kommt Georgia.

Die Mittagspause am nächsten Tag verbringe ich ohne Mel, weil sie Orchesterprobe hat. Ich fläze mich in den Schatten und esse mein Tomatenbrot in einsamer Abgeschiedenheit. In die auf einmal eine Stimme von der anderen Seite der Hecke dringt. Poppy. Weil ich nichts Besseres zu tun habe, höre ich zu.

»Mann, bin ich froh, dass endlich Pause ist. Ich hatte gerade Sport. Marilyn Erlich ist in Ohnmacht gefallen. Mrs Ryan musste sie zur Schulschwester bringen; in der Zwischenzeit sollten wir um den Platz laufen. Aber sie ist Ewigkeiten lang nicht wieder aufgetaucht. Also sind wir immer im Kreis vor uns hingejoggt. Ich bin vielleicht kaputt. Wenigstens hab ich dabei jede Menge Kalorien verbraucht. Und, Eva, weißt du, was Lauren mir gerade erzählt hat? Du weißt doch, dass sie mal mit Rick Sturgess zusammen war, bis der sie abserviert hat? Jedenfalls ist sie jetzt mit seinem älteren Bruder Dylan liiert. Das ist der Typ, der auf dem Wochenmarkt immer Windspiele und Mobiles verkauft.«

Ich warte. Eigentlich müsste Eva bis jetzt schon mindestens drei Mal »Ist nicht wahr!« gesagt oder in höchsten Tönen gequietscht haben. Aber von ihr kommt gar nichts. Sie schweigt.

»Alles okay, Eva? Was ist denn los?« Auch Poppy ist offenbar erstaunt, dass Eva gar nicht auf ihre weltbewegenden Neuigkeiten reagiert.

»Hunter hat sich von mir getrennt.«

»Nein! Das ist nicht dein Ernst, oder?«

»Klar, Poppy, toller Witz.«

»Ist nicht wahr! Warum?«

»Ich will nicht drüber reden.«

»Warum nicht? Vielleicht hilft's ja.«

»Nichts hilft. Es ist vorbei, okay? Und das ist alles.«

»Ist ja gut. Wie du willst.«

Erneutes Schweigen. Dann überlegt Eva es sich anders. Ihre Stimme klingt brüchig, leise, zittrig.

»Gestern haben wir uns nach der Schule getroffen, wie jeden Tag. Hunter wollte einen Kaffee trinken, also sind wir ins *Star Fish* gegangen. Gleich nachdem wir bestellt hatten, hat er gesagt, dass es aus ist mit uns. Ohne Erklärung.«

»Und du?«

»Was hätte ich denn sagen sollen? Wir haben stumm dagehockt und auf unseren Kaffee gewartet. Blöde Situation. Hunter war so nervös, dass er sich den Kaffee übers Hemd gekippt hat. Dann ist er einfach abgehauen.«

»Mensch, Eva, das schien doch super zu laufen mit euch.«

»So super kann's ja wohl nicht gewesen sein. Ehrlich gesagt bin ich ziemlich sauer auf ihn. Aber jetzt will ich wirklich nicht mehr darüber reden.«

Ist nicht wahr! Ist nicht wahr!! Ist nicht wahr!!!

Ich sitze kerzengerade da. In meinem Kopf herrscht das totale Chaos.

Was ich empfinden sollte, ist: *Arme Eva.*

Was ich empfinde, ist: *Jipijeee-dudelijooo-yeaaaaah*! Hunter und Georgia. Der Film. Vorspann: goldene Lettern auf schwarzem Hintergrund, umsäumt von Sternen und Herzen. Schnitt auf mich, Hand in Hand mit einem knackig braun gebrannten Hunter in blau glänzenden Boxershorts. Aber ich sehe genauso fabelhaft aus! Wir sitzen auf der Veranda unseres Strandhäuschens und hören *White Dove Love* von *Natural Affinity*. Der Sommerwind streicht um uns herum, während die Band den Song laut und kraftvoll über uns, den Sand, das Meer fetzt.

Doch auf meine kühne Hoffnung, dass ich bei Hunter vielleicht doch eine Chance haben könnte, folgt rasch eine Woge von Zweifeln. Ich bin fett, ich bin schlaff, ich bin ein träger Sack. Mit meinem Mondgesicht sehe ich aus wie das letzte Landei. Dass er sich in mich verliebt, ist ungefähr so wahrscheinlich wie weiße Weihnacht auf Bora Bora. Trotzdem verbringe ich den Nachmittagsunterricht damit, die letzte Seite meines Hefts mit niedlichen kleinen Rosen voll zu malen. Und? Es gibt Schlimmeres.

Auf dem Weg aus dem Schulgebäude bin ich immer noch ganz benommen vor Glück. Am Tor laufe ich Adrian in die Arme.

»Hallo, Georgia, ich hab auf dich gewartet. Mel

meinte, du wärst bestimmt noch nicht weg. Ich wollte fragen, ob ihr nicht am Sonntagnachmittag mit in den *Chocolate Fish* kommen wollt, das Essen probieren?«

»Ich muss am Sonntag arbeiten, allerdings nur bis drei. Was ist mit Mel? Kann sie denn?«

»Ja, sie ist dabei. Toby kommt auch mit.«

Obwohl ich nach der Arbeit meistens derart kaputt bin, dass ich mich nur noch daheim aufs Bett fallen lassen will, fühlt es sich verkehrt an, Nein zu sagen. Deshalb schenke ich Adrian ein schwaches Lächeln, das er als Ja auffasst.

»Ich jobbe bei dem *New World* in der Stadt, du weißt schon, in der Filiale beim Busbahnhof. Welchen Bus soll ich nehmen?«

»Das Büro von meinem Vater ist ganz in der Nähe. Er arbeitet oft auch sonntags und fährt nachmittags ins Bistro, um sich eine Ladung Koffein zu genehmigen. Wir könnten dich um drei abholen.«

»Sagen wir lieber zehn nach; ich brauch noch ein bisschen, um mich umzuziehen und so.«

Adrian geht mit einem Strahlen auf dem Gesicht davon. Ich strahle auch, aber aus einem ganz anderen Grund. Ich bin so high, dass ich über meine eigenen Füße stolpere. Aber das ist mir total egal. Hunter ist nicht mehr mit Eva zusammen. Schubidubidu juchhu!

JOBS, DIE ES (NOCH) NICHT GIBT
Blattpolierer im Botanischen Garten
Jemand, der Menschen schonend beibringt, dass ihre Katze überfahren wurde

Reiseagent, der mit Absicht grässliche Urlaube organisiert, damit den Leuten ihr Leben zu Hause schöner vorkommt
Betreuer eines Entzugsprogramms für alternde Rockstars, die nicht von jungen blonden Mädchen lassen können

GUTE AUSREDEN, WARUM MAN DIE HAUSAUFGABEN NICHT GEMACHT HAT
Mein Onkel ist gestorben.
Mein Hund ist gestorben.
Ich bin gestorben.
Ich konnte sie aus religiösen Gründen nicht machen.
Nichtstun geht schnell. Wunder dauern länger.

AUSREDEN, MIT DENEN ICH DAS TREFFEN MIT ADRIAN HÄTTE ABBIEGEN KÖNNEN
Nach der Arbeit bin ich zu müde.
Lieber esse ich Ameisen.
Ich habe einen Termin beim Psychiater.
Ich fahre niemals in Autos mit, nur in Heißluftballons.
Ich kann aus religiösen Gründen nicht.
Mein Onkel ist gestorben.
Mein Hund ist gestorben.
Ich bin gestorben.
Ich will nicht.

Shit. Auch egal. Jetzt, wo ich schon mal Ja gesagt habe – warum nicht?

★

Am Sonntag gebe ich mir besondere Mühe, gut auszusehen. Ich weiß zwar immer noch nicht, ob ich überhaupt Lust habe, aber ich will jedenfalls nicht wie der letzte Trampel dort auftauchen. Ich durchwühle Mamas Kosmetikzeug, stibitze ein bisschen Bräunungscreme und Terrakotta-Lidschatten, stecke mir mit meiner Schildpattspange die Haare hoch und packe die violette Seidenbluse ein, um sie nach der Arbeit anzuziehen. Mit den schwarzen Hosen sieht das wahrscheinlich ganz okay aus. Ich brauche an diesem Morgen im Bad so lang, dass ich den Bus verpasse. Aber zum Glück kann Mama mich mitnehmen, sie fährt nämlich zu einer ihrer wilden Chorproben.

»Du hast also eine Verabredung mit Adrian«, meint Mama unterwegs.

»Überhaupt nicht. Ich hab's dir doch gesagt, wir wollen das Essen im *Chocolate Fish* probieren, um uns fürs Zeltlager inspirieren zu lassen.«

Darauf antwortet sie nicht, sondern wirft mir einen Blick zu, wohl in der Hoffnung, sie könnte mir irgendwas von der Nasenspitze ablesen. Ich drehe den Kopf, schaue aus dem Fenster und spiele ein kleines Spiel, das ich als Kind gemocht habe: Sachen zählen. Zum Beispiel ausgefallene Briefkästen oder weiße Katzen. Sorgfältig verberge ich das Lächeln, das sich irgendwie auf mein Gesicht geschlichen hat, vor meiner Mutter. Manche Dinge behält ein kluges Mädchen lieber für sich. Komisch. Dabei will ich eigentlich gar nicht in den *Chocolate Fish* und so richtig toll finde ich Adrian auch nicht. Zumindest glaubte ich, ich hätte keine Lust darauf. Aber inzwischen vielleicht ja doch? Adrian ist zwar bloß ein Klassenkamerad. Aber er ist männlich und anscheinend gern mit mir zusammen. Oder geht es ihm womöglich doch nur um das Essen fürs Zeltlager? Ich bin ein bisschen durcheinander, aber was soll's.

»Bis später, mein Schatz.«

»Ciao, Mama. Viel Spaß.«

»Bist du denn sicher, dass du irgendwie nach Hause kommst?«

»Logo, mach dir keinen Kopf. Wenn mich niemand heimfährt, nehme ich den Bus. Oder ich rufe dich an.«

»In Ordnung, tu das. Viel Spaß.«

Vormittags passiert nicht viel. Es sind kaum Kunden da, also hocke ich an meiner Kasse und denke mir eine Liste aus, die ich später unbedingt aufschreiben will. Ich finde, es ist eine meiner besten Listen überhaupt.

DINGE, DIE MAN NICHT SEHEN KANN
Den Hochzeitstag der eigenen Mutter
Die eigenen Knochen
Einen Wunsch, der tief aus dem Herzen kommt
Das Wort, das man als Nächstes niederschreibt
Schnee, bevor er fällt
Die Zahnfee
Einen Pinguin, der unter dem ewigen Eis der Antarktis begraben liegt

Später wird es voller. In Supermärkten kann man bestens Leute beobachten. Heute ist meine interessanteste Entdeckung eine Mutter mit ihrer Tochter. Beide haben sonnengebleichtes Haar und identische Klamotten an: Oberteile aus Spitze, dazu Jeans. Wer die Mutter und wer die Tochter ist, merkt man nur an der Haut. Die Mutter ist um ihre Augen und an ihrem Hals faltig und runzelig, wie ein Krokodil oder eine getrockneten Tomate. Als wäre die Frau in der Sonne zum Trocknen ausgebreitet worden.

Weil ich so beschäftigt mit meinem Outfit war, hatte ich keine Gelegenheit zu frühstücken und habe mittags einen Bärenhunger. Ich hole mir Kartoffelsalat von der Feinschmeckertheke, dazu sechs große, saftige Erdbeeren sowie einen Saft und gehe zu Kasse sieben. Die Schale mit den Beeren hält Zoe nicht unter den Scanner, sondern schiebt sie mir mit einem Augenzwinkern rüber. Mir wäre lieber gewesen, sie hätte das nicht gemacht; aber es kommt mir blöd vor, irgendwas in diese Richtung zu sagen, deshalb halte ich meinen Mund. Ich verschwende meine kostbare Pausenzeit doch nicht damit, den Moralapostel zu spielen. Im Personalraum ist außer mir nur noch eine andere Person: Hunter. Füße hoch, Kopfhörer auf, Discman an, DIN-A4-Blatt vor sich, auf das er konzentriert etwas schreibt. Seinen Pausensnack, Fleischpastete und kalte Schokomilch, nimmt er nebenbei auch noch irgendwie zu sich. Als er mich bemerkt, setzt er die Kopfhörer ab und schenkt mir ein Lächeln – eins von der Sorte, die jedes Herz zum Schmelzen bringt. (Meins sowieso.)

»Hi, Georgia.«

»Hi, Hunter.«

Einen grässlichen Moment lang kriege ich plötzlich Schiss, ich hätte die Echokrankheit. Was, wenn ich nicht mehr damit aufhören kann, alles zu wiederholen, was er sagt?

Wie geht's dir? Wie geht's dir?

Mir geht's gut. Mir geht's gut.

Hör auf damit. Hör auf damit.

Ich sehe zu, dass ich aus dieser Spirale des Wahnsinns schnell wieder rauskomme.

»Was hörst du da?«

»*Bored Gordon,* 'ne neue Band aus Neuseeland, auf die ich gerade voll abfahre. Die grunzen so rum, dass es richtig dreckig klingt.«

»Auf was für Musik stehst du überhaupt so?«

»House, gemäßigteren Techno ... und mein Stiefvater hat ein paar Sachen aus den Sechzigern, die ziemlich okay sind. Jimmy Hendrix, Janis Joplin, *The Doors.*«

»Und was schreibst du da?«

»Ein Gedicht.«

»Echt? Darf ich es lesen?«

Er wirft mir einen zweifelnden Blick zu. »Ist aber ziemlich schräg.«

»Schräg passt zu mir. Schräg ist klasse. Ich würd's echt gern lesen.«

»Ich weiß nicht, ob du meine Schrift überhaupt entziffern kannst. Ist alles bloß so dahingekritzelt.«

»Dann lies es mir doch vor.«

»Nö.«

Nach dieser Silbe entsteht eine Pause. Schweigen — ein

sehr verlegenes Schweigen. Wir wissen beide nicht, wie's jetzt weitergehen soll, deshalb konzentrieren wir uns aufs Essen. Mein Kartoffelsalat schmeckt nicht. Hunter schnipst ein paar Krümel von seinem T-Shirt.

Schließlich sagt er zögernd: »Falls du wirklich Lust auf was Schräges hast – okay. Ich lese gerade ein Buch mit dem Titel *Die unerträgliche Leichtigkeit des Seins*. Gestern Abend kam ich an eine Stelle, in der es um das Verhältnis der Menschen zum Scheißen ging. Außerdem habe ich gerade einen geschlagenen Vormittag damit verbracht, Klopapier auszupacken und zu stapeln. Ich allein in einem Gang mit tonnenweise weichem, flauschigem Papier. Und plötzlich hat's mich gerissen. So viele verschiedene Produkte, Macharten, Muster. Irgendwie hat mich das ins Grübeln gebracht, in was für einer eigenartigen Kultur wir leben und was für seltsame Beziehungen wir zu den Dingen haben, die wir täglich kaufen. Darüber habe ich versucht ein Gedicht zu schreiben. Ist allerdings noch nicht fertig.«

Ich fasse es nicht. Vor mir sitzt ein wunderschöner Junge und wird mir gleich ein Gedicht vorlesen. Beim Zuhören schließe ich die Augen.

Ich entscheide mich für
Sanften, puren Luxus, seidiges Papier,
Hypoallergen und reißfest
Mit kunstvollen Mustern bedruckt:
Blütenblätter, blutrot auf Blassrosa,
Und vierlagig dazu.

Sonnen und Monde in cremefarbenen Konstellationen
Symphonie aus weißem Heidekraut und Silbersternen
Sträuße aus gelben Margeriten und zartlila Tulpen
Kleine blaue Pinguine, grellgrüne Seesterne
Ultrafest, ultraweich
Dazu Frischeduft nach Lavendel, nach Gardenie,
Nach Pfirsichblüte und Rose.

Die Auswahl so groß,
Dass ich in meiner Unentschlossenheit
Verstopfung kriege,
Durch den Toilettenpapiergang wanke
Und mich frage, ob vielleicht
Als eine Laune der Natur oder der Evolution
Mein Arsch jetzt Augen hat und eine eigene Nase?

Grinsend blickt er auf.

»Hintern wäre vielleicht besser als Arsch, oder?«

»Auf gar keinen Fall. Das ist genial, lass es so.«

Freudestrahlend sehen wir uns an. Eins zu null für Lyrik. Und eins zu null für dieses unglaubliche Gefühl von Zufriedenheit, das in mir hochsteigt: Ich bin am richtigen Ort zur richtigen Zeit, und zwar zusammen mit dem absolut richtigen Menschen.

Ich nehme mir eine Erdbeere, zögere allerdings sie in den Mund zu stecken. Schon als Zoe sie mir vorhin gab, hatte ich ein ungutes Gefühl. Und das ist inzwischen nicht besser geworden, eher im Gegenteil.

»Diese Erdbeeren sind Diebesgut«, sage ich. Hunter hebt fragend die Augenbrauen.

»Als ich bei Zoe bezahlen wollte, hat sie die Erdbeeren einfach nicht mitberechnet. Es kommt mir komisch vor, sie jetzt zu essen.«

»Geht schnell, was? Du hast nichts Böses im Sinn und stehst trotzdem plötzlich auf der falschen Seite.« Hunter scheint zum Glück nachvollziehen zu können, was ich meine. Ich hatte schon Angst, er würde mich seltsam finden.

»Ja. Meine Mutter sagt, Stehlen ist schlecht fürs Karma. Allerdings muss ich zugeben, ab und zu klaue ich Blumen.«

»Jaja, die Gemeine Bürgersteigpflanze.«

»Wie bitte?«

»So nennt meine Tante Blumen oder blühende Sträucher, die vom Garten auf die Straße ragen und einen in Versuchung führen, sie im Vorbeigehen abzupflücken und mitzunehmen. Aber was das Klauen in Läden angeht, kann ich dich voll verstehen. Alles Schlechte, was wir tun, kommt irgendwann zu uns zurück.«

»Mhm.« Bedrückt schaue ich auf meine schönen Erdbeeren.

»Wir könnten sie zurückbringen«, meint Hunter. »Umgekehrtes Stehlen. Ja, komm, wir legen sie wieder hin.«

»Super Idee.« Wie zwei Verschwörer gehen wir nach vorn durch den Supermarkt, vorbei an Michprodukten, Säften und einem verlockenden Sortiment diverser Schokoladenplätzchen.

Auf unserem Weg zu den Erdbeeren fängt Hunter plötzlich an rumzuspinnen. Er macht Faxen, schlenkert mit Armen und Beinen, läuft wie ein Bekloppter. Ich habe Mühe, mir das Lachen zu verkneifen. Als er das merkt, setzt er absichtlich noch eins drauf, wird immer alberner und übermütiger. Weil er so lang und schlaksig ist, sieht das einfach zum Totlachen aus. Hunter fällt beim Gehen beinahe über seine eigenen Füße und ich über seine. Ich kann riechen, wie er riecht, so nah ist er mir. Riecht gut. Nach Junge und sauberem Schweiß.

In der Obst- und Gemüseabteilung ist nur eine einzige Kundin. Sie füllt eine von den durchsichtigen kleinen Plastiktüten mit Pilzen und beachtet uns nicht weiter; wahrscheinlich denkt sie gerade über das Pilzsoufflé nach, das sie zum Abendessen zubereiten will. Jedenfalls dreht sie uns den Rücken zu. Auf Zehenspitzen schleichen wir zu den Erdbeeren, doch in dem Moment, als Hunter die letzte wieder hinlegt, fegt Mrs J um die Ecke, bleibt abrupt stehen und bedenkt uns mit einem argwöhnischen Blick. »Was treibt ihr da? Ihr wisst doch, ihr dürft nicht an die Erdbeeren. Das ist Exportware.«

»Ehrlich, wir haben nichts genommen.« Meine Stimme klingt schuldbewusst, obwohl wir nichts Böses getan haben.

»Das stimmt«, ergänzt Hunter. »Schauen Sie, keine Spur von Erdbeere.« Mit weit geöffnetem Mund dreht er den Kopf von einer Seite auf die andere, damit Mrs J sich davon überzeugen kann, dass er nicht lügt. Sein sonderbares Verhalten irritiert sie so sehr, dass sie sich abwendet und davoneilt, allerdings nicht ohne vorher noch mit scharfer Stimme zu sagen: »Was auch immer ihr vorhattet, lasst es bleiben!«

»Jaja, machen Sie sich mal keine Sorgen«, erwidert Hunter halblaut. Dann sieht er mich an und fragt: »Was machst du nach der Arbeit?«

Ich traue meinen Ohren kaum.

»Mel und ich sind eingeteilt uns ums Essen für das Zeltlager zu kümmern. Deswegen wollen wir heute Nachmittag zum *Chocolate Fish*, uns Anregungen von der Speisekarte holen.«

»Ach so. Okay, also bis dann.« Hunter lächelt mich an. Aber sein Lächeln strahlt nicht so wie sonst. Bevor ich etwas hinzufügen kann, schlendert er davon.

Warte mal. Warum fragst du? Ich würde viel lieber was mit dir unternehmen. Falls es das ist, worauf du hinauswolltest.

Zoe wirft mir grimmige Blicke zu. Sie will endlich Pause machen, also setze ich mich widerwillig zurück an die Kasse.

Nimm mich mit zum Chocolate Fish

Der Kerl hat noch nicht den Mund aufgemacht, da weiß ich schon, dass ich ihn nicht ausstehen kann. Er ist um die vierzig, hat sandfarbenes Haar, bleiche, fleckige Haut, trägt ein graues Hemd und Polyesterhose mit Bügelfalte, an seinem Gürtel baumelt ein gigantischer Schlüsselbund. Angriffslustig marschiert er auf mich zu und hält mir herausfordernd einen Werbeflyer unter die Nase. Sehr dicht unter die Nase.

»Hier steht *Schaumwein im Sonderangebot*! *Acht Dollar fünfundneunzig*. Ist aber keiner da. Ich bin extra quer durch die Stadt gefahren. Was soll das? Eine Unverschämtheit!«

»Tut mir Leid, das Sonderangebot ist bei unseren Kunden sehr gut angekommen, deshalb ist der Schaumwein momentan ausverkauft. Aber morgen kommt bestimmt wieder welcher rein.«

»Was nützt mir das? Ich habe doch gerade gesagt, ich bin nur deshalb hergekommen.« Vor lauter Wut kneift er die Äuglein zusammen. Warum führt der sich so auf? Er kann mich anbrüllen, so viel er will, davon bekommt er seinen Schaumwein auch nicht.

»Wie gesagt, es tut mir wirklich sehr Leid, aber ich kann auch nichts daran ändern. Wenn Sie möchten, können Sie gern mit meiner Vorgesetzten sprechen. Sie steht dort drüben an der Servicetheke.«

»Dummes Stück«, brummt er vor sich hin. Und rauscht ab.

Jetzt bleib mal auf dem Teppich, du Idiot. Es gibt Millionen Menschen auf diesem Planeten, die nicht mal genug Trinkwasser haben. Und weißt du was? Nur Typen mit kleinen Schwänzen haben es nötig, mit riesigen Schlüsselbunden durch die Gegend zu rennen.

Nachdem ich das losgeworden bin, zumindest innerlich, geht's mir ein bisschen besser, aber leider nicht lang. Denn als eine ältliche Kundin in ihrer Handtasche rumwühlt, um ihre Geldbörse zu finden, schmeißt sie einen Karton mit Eiern um. Und ein Ei geht kaputt.

»Kein Problem«, sage ich. Doch als ich den klebrigen, schleimigen Glibber vom Warenband wischen will, gelingt mir das Kunststück, das Zeug praktisch überall zu verteilen. Am Ende bleibt mir nichts anderes übrig, als über die Lautsprecheranlage um Hilfe zu rufen, woraufhin Mrs J mit ihrer Zauberspraydose auftaucht und mein Warenband einsprüht. Eine sehr gereizte Mrs J übrigens. Am anderen Ende der Kassenreihe kann ich Hunter erkennen. Seinen langen, schlanken Rücken, seine Engelslocken. Weit, weit weg von mir.

Seit der Mittagspause ist es nur noch bergab gegangen. Als es endlich drei Uhr ist, bin ich heilfroh, endlich abhauen zu können. Ich verziehe mich kurz ins Damenklo, ziehe die violette Bluse an, checke meine Frisur. Ein Blick in den Spiegel – gar nicht schlecht, zumindest für einen hoffnungslosen Fall wie mich. Draußen wartet Adrian auf mich.

»Hi.«

»Hallo, Georgia. Papa meinte, wir sollen zu ihm ins Büro kommen, dann fahren wir sofort los. Ist gleich um die Ecke.«

»Okay.« Wir setzen uns in Bewegung, doch aus irgendeinem Grund drehe ich mich noch einmal um. Nein! Das darf nicht wahr sein. Hunter steht vor dem Supermarkt und schaut uns nach. Zieht die Augenbrauen hoch, wirft mir einen fragenden Blick zu. Du hast also noch was vor, mit Mel ...? Klar, logo, was sonst? Achselzuckend geht er davon – in die andere Richtung.

»Shit!«, verkünde ich laut.

»Bitte?«

»Nichts, ich habe nur einen ätzenden Tag hinter mir.« Auf gar keinen Fall kann ich Adrian erzählen, was wirklich los ist. »Frag nicht weiter, bitte. Ich hab keine Lust, drüber zu reden.«

»So, da sind wir schon. Hier ist sein Büro.«

»Sehr gut.«

Weil außer uns noch ein Kunde von Adrians Vater mitkommt, steigen Adrian und ich hinten ein. Schickes Auto – das neueste und größte Volkswagenmodell. Obwohl mir hundeelend ist, rattere ich jede Menge Fragen runter, denn Flucht nach vorn ist vermutlich die einzige Möglichkeit, das hier zu überleben. Und als der Volkswagen vor dem *Chocolate Fish* anhält, weiß ich eine Menge über Adrian:

Sternzeichen: Schütze
Lieblingsserie: *Dark Angel*
Lieblingscomputerspiel: *Half-Life*

Geschwister: keine
Eltern: Zelda und Nigel. Sie ist Managerin vom *Chocolate Fish*, er Börsenmakler.
Länder, in denen er schon gewohnt hat: Australien, Neuseeland, Schweiz, Hongkong
Beste Freunde: Ben und Martin
Lieblingssport: Basketball
Lieblingsband: *The White Stripes*

Adrian macht es offensichtlich Spaß, von sich zu erzählen, deshalb verlege ich mich aufs Zuhören. Aber ich bin nicht wirklich bei der Sache. Ich kann an nichts anderes denken als an Hunter. Und es macht mich fix und fertig, wie er da stand, mutterseelenallein, und uns beobachtete. So zu tun versuchte, als wäre es ihm egal. Aber das war es nicht. Ich habe es in seinen Augen gesehen. Es hat ihm etwas ausgemacht, jede Menge.

Als wir beim *Chocolate Fish* ankommen, weiß ich nicht nur über Adrians halbes Leben Bescheid, sondern spüre auch genau, was ich von ihm zu halten habe. Er ist nett, könnte aber nie die Liebe meines Lebens werden. Na gut, darum hat er sich auch nicht beworben. Er ist freundlich, sieht nicht schlecht aus, aber ihm fehlt das gewisse Etwas. Das, was einen schwelgen lässt. Gib's zu, Mädchen, Hunter ist derjenige, um den's dir geht.

WAS ICH AN HUNTER MAG
Er ist einer, der Erdbeeren zurückbringt.
Seine Goldlocken – ich würde gern mit beiden Händen sein Haar durchwühlen.

Ich kann mich super mit ihm unterhalten.
Wir finden dieselben Dinge komisch.
Er riecht nach sauberem Schweiß und Äpfeln.
Er schreibt durchgeknallte Gedichte.
Wenn ich mit ihm zusammen bin, mag ich mich selbst.

Alles wird gut, sage ich mir. Und noch mal: Alles wird gut. Wenn ich Hunter nächsten Samstag bei der Arbeit wiedersehe, werde ich ihm erzählen, dass er den falschen Eindruck bekommen hat. Dass es ein Missverständnis war. Dass ich wirklich nur wegen der Vorbereitungen fürs Zeltlager mit Mel zum *Chocolate Fish* wollte. Und sonst gar nichts.

Mel und Toby warten schon auf uns und winken wild, als wir vorfahren: »Hallo, ihr!« Das Bistro selbst ist auf der einen Straßenseite und die Tische gleich gegenüber an der Strandpromenade. Die Bedienung trägt Rollschuhe, flitzt mit voll beladenen Tabletts hin und her über die Straße.

Adrian stellt uns Zelda vor. Für eine Mutter ist sie ganz schön flippig: knallroter Lippenstift, stoppelkurze silbergraue Haare, enge Jeans, schwarzes T-Shirt, tonnenweise Silberschmuck.

»Nenn mich Zee, okay? Freut mich, euch kennen zu lernen. Adrian hat mir schon viel von euch erzählt, vor allem von dir, Georgia. Kommt mit, ich zeige euch die Küche.«

Keine Ahnung, ob die Frau eine Überdosis Kaffee erwischt hat oder ob sie immer so drauf ist; jedenfalls redet sie ohne Punkt und Komma, ist keine Sekunde lang still, jedenfalls nicht, solange wir da sind. Sie bittet die Küchenhilfe uns sämtliche Gerichte vorzuführen, lässt uns von allem Möglichen kosten, gibt uns eine Liste von Läden, wo man gut und günstig Lebensmittel einkaufen kann, spendiert uns eine Runde Milchkaffee, Cappuccino, Latte macchiato, was immer wir wollen, stellt im Schnellfeuergewehrtempo eine Frage nach der anderen, gibt einem allerdings keine Chance zu antworten. Das Fragezeichen ist noch nicht verklungen, da prescht sie schon weiter. Glücklicherweise klingelt irgendwann ihr Handy. Wir vier setzen uns an einen Tisch direkt am Wasser, trinken unsere diversen Kaffees und erholen uns.

»Tut mir Leid, meine Mutter ist ziemlich intensiv.«

»Sie ist doch okay«, sage ich. »Obwohl es bestimmt manchmal anstrengend ist mit ihr.«

»Da sagst du was. Egal. Ich wollte fragen, ob ihr vielleicht noch mit zu mir kommen wollt.«

»Mel und ich verkrümeln uns jetzt, wenn du nichts dagegen hast«, meint Toby schnell. »Wir würden gern noch ein bisschen in der Bucht spazieren gehen und dann mit dem Bus heimfahren.«

»Kein Problem. Und du, Georgia? Mein Vater will allmählich los. Aber er würde mich daheim absetzen, bevor er wieder ins Büro fährt.«

Am liebsten würde ich nach Hause fahren und alle viere von mir strecken, aber...

»Okay, ich komme mit, aber um sechs muss ich daheim sein. Hab noch jede Menge Hausaufgaben zu erledigen.«

»Abgemacht.«

Es passt mir nicht, dass Mel und Toby sich verkrümeln. Mit ihnen und Adrian zusammen das Bistro auszutesten war okay; mit Adrian allein zu sein fühlt sich komisch an. Zu spät, jetzt komme ich da nicht mehr raus. Der Mutterwirbelwind hat mich ausgepowert, darum fallen mir keine Fragen mehr ein. So sitzen wir diesmal schweigend nebeneinander auf der Rückbank. Aus den Lautsprechern – der Wagen hat eine total coole Anlage – ertönt David Gray. Auch das Haus, in dem Adrian wohnt, ist cool: eine moderne Villa hoch auf einer Klippe. Schwer beeindruckend. Nigel hält kurz neben einem BMW (silbermetallic) an, lässt uns aussteigen, winkt, wendet und düst wie ein Irrer die Auffahrt runter. Adrian geht vor mir her. Samtig grüner Rasen, ein Swimmingpool in olympischer Wettkampfgröße, eine überdimensionale Holzterrasse, von dort ein grandioser Blick über die Stadt: Gebäudeminiaturen, sich schlängelnde Straßen. Dann betreten wir einen riesigen Raum, der bis auf drei schwarze Ledersofas, einen Konzertflügel und einen Kristallleuchter leer ist.

»Wow. Edel.«

»Ja, das stimmt wohl. Aber ich mag dieses Haus nicht wirklich. Das in Hongkong hat mir besser gefallen, es war schlichter. Hier ist alles so übertrieben.«

»Tja, ich bin trotzdem beeindruckt.«

»Möchtest du was trinken? Saft? Cola?«

»Gern einen Saft.«

Wir gehen mit unseren Gläsern in Adrians Zimmer. Es ist sauberer und ordentlicher, als meines jemals war oder sein wird. Ich mache eine entsprechende Bemerkung.

»Das liegt bloß daran, dass unsere Putzfrau samstags kommt. Wobei mir lieber wäre, wir hätten gar keine. Ich mag es nicht, wenn jemand meinen Krempel aufräumt. Wenn sie hier war, finde ich anschließend nichts mehr.« Er sieht mich an, als wollte er sich entschuldigen.

Keine Angst. Es macht mir nichts aus, dass du reich bist. Aber dann erscheint es mir doch zu krass, den Gedanken laut auszusprechen.

Adrian hat es zwar geschafft, mich mit zu sich zu lotsen. Doch nun scheint ihn der Mut verlassen zu haben, denn auf einmal wirkt er ziemlich schüchtern. Mir geht's ähnlich. Ich setze mich aufs Bett. Viel mehr Sitzgelegenheiten gibt es sowieso nicht, nur noch den Schreibtischstuhl und einen von diesen unvermeidlichen Knautschsesseln. In Rot. Auf den setze ich mich bestimmt nicht. Wenn ich mich aus einem von diesen Dingern hochrappeln muss, komme mir nämlich immer ganz besonders fett vor. Adrian führt mir ein paar seiner Lieblingscomputerspiele vor und legt die neue CD von *The White Stripes* auf. Ich werde allmählich unruhig. Am liebsten würde ich fragen: »Wann fährt der nächste

Bus in meine Richtung?« Aber wir sind schließlich gerade erst angekommen. Fieberhaft suchen wir nach einem Gesprächsthema, was sich als gar nicht so einfach herausstellt, bis wir endlich sicheres Terrain betreten: das Essen fürs Zeltlager.

»Ich weiß immer noch nicht, was Mel eigentlich essen will. Das gefüllte Fladenbrot ist wahrscheinlich okay, den Thunfisch lässt sie eben weg. Das Leben als Veganerin ist ganz schön kompliziert. Das Käseomelett war so superlecker, auf so was wollte ich nie im Leben verzichten ... Aber Mel hat nun mal strenge Prinzipien. Ich fand's übrigens auch klasse von deiner Mutter, uns das Rezept für dieses Obstdingsda zu geben.«

»Ja, das klappt immer und kommt gut an. Außerdem geht's schnell. Ich habe es für unser letztes Basketballfest gemacht.«

»Kochst du gern?«

»Ja. Das Essen in Hongkong war einfach phänomenal. Unsere Köchin hat mir ein paar kantonesische Spezialitäten beigebracht.«

»War bestimmt abgefahren, da zu leben.«

»Ja, ich fand's super.«

»Und in der Schweiz?«

»Daran kann ich mich kaum erinnern. Ich war erst zwei, als wir von dort weg sind.«

»Warum seid ihr eigentlich wieder nach Australien gezogen?«

»Mein Vater hat bloß noch gearbeitet. Zu viel Stress. Und meiner Mutter war dieses typische Ehefrauenleben im Ausland zu langweilig. Du hast sie ja kennen gelernt, sie ist eine echte Powerfrau.« Ich grinse. Adrian nimmt eine kleine geschnitzte Statue vom Regal, um sie mir zu zeigen.

»Die meisten glauben, das fette Kerlchen wäre Buddha, aber das stimmt nicht. Angeblich war das ein glücklicher Mönch, den alle Kinder liebten, weil er Pflaumengeleebonbons an sie verteilte. Es bringt Glück, seinen Bauch zu streicheln. Jedenfalls wird das behauptet.«

»Cool.«

Ein wenig unbequem sitzt Adrian neben mir auf der Bettkante. Sein Atem riecht nach Coca-Cola und mir dämmert plötzlich, dass er als Nächstes versuchen wird mich zu küssen. Und das tut er tatsächlich.

Unwillkürlich wende ich mich etwas ab, so dass Adrians Lippen nicht auf meinem Mund landen, sondern daneben. Trotzdem gibt er nicht gleich auf, sondern legt schwungvoll den Arm um meine Schultern und zieht mich an sich. Dann presst er seine Lippen auf meine und gibt mir einen Sabberkuss. Den ich nicht erwidere. Deshalb hört er auf. Keiner von uns beiden sagt ein Wort. Rückwärts stolpert er auf den Schreibtisch zu, weicht meinem Blick aus.

»Tut mir Leid, Georgia, aber ich stehe auf dich. Schon lange. Und ich dachte, dir ginge es ähnlich ...«

»Wieso?«

»Du bist immer nett zu mir, heute bist du mit zum *Chocolate Fish* gekommen und dann sogar mit hierher ...«

»Tut mir Leid, wenn ich dich auf eine falsche Fährte gelockt habe, das wollte ich nicht. Ich bin eigentlich meistens nett zu den Leuten um mich rum. Was nicht heißt, dass ich von ihnen geküsst werden will.«

»Das habe ich jetzt kapiert.«

»Ich sollte allmählich los.«

»Du musst aber nicht.«

»Doch, wirklich, ist besser so.«

Schweigend warten wir an der Bushaltestelle. Erst als der Bus sich nähert, findet Adrian den Mut, noch etwas zu sagen.

»Sei bitte nicht sauer auf mich, Georgia.«

»Ist doch nichts passiert. Wir sehen uns in der Schule. Tschüs.«

★

Ich bin der einzige Passagier. Und fühle mich krank vor lauter Erschöpfung. Die Sache mit Hunter bricht mir das Herz. Und das mit Adrian macht mich auch ziemlich fertig. Heute war ein echter Katastrophentag.

Endlich bin ich zu Hause. Mama und Penny sitzen am Küchentisch, spielen Scrabble und sind schon ziemlich betrunken. Die Flasche Rotwein zwischen ihnen ist fast leer, aber in der großen Faltschachtel vom Lieferservice liegen noch zwei Stücke Pizza.

»Hallo, mein Schatz. Wir war dein Tag?«

»Gut.«

»Wir haben dir was von der Pizza übrig gelassen. Im Kühlschrank gibt es noch mehr zu essen, Rucola, Tomaten, alles Mögliche.«

»Nicht nötig, ich habe im *Chocolate Fish* was gegessen. Außerdem fühle ich mich ein bisschen komisch. Ich glaube, ich hüpfe nur noch schnell unter die Dusche und dann ins Bett.«

»Was meinst du mit komisch? Bauchweh?« Mama sieht mich besorgt an.

»Ja, Bauchweh und ein bisschen Kopfschmerzen.« Eine glatte Lüge. »Ist nicht schlimm, mach dir deshalb keinen Kopf. Wer von euch beiden gewinnt?«

»Penny, aber das wird sich gleich ändern.«

»Und wovon träumst du nachts, Weib?« Penny wirft mir ebenfalls einen aufmerksamen Blick zu. »Du siehst tatsächlich etwas blass aus, Georgia. Willst du was Heißes zu trinken oder so?«

»Eine Tasse Tee wäre nicht schlecht, aber nur, wenn ihr sowieso welchen kocht.« Ich will weitere Fragen vermeiden und steuere daher zielstrebig die Treppe an. Erst als ich warm und gemütlich unter meiner Bettdecke liege, merke ich, dass ich gar nicht gelogen habe. Ich fühle mich wirklich krank. Mir ist schlecht, mir ist heiß, mein Kopf tut weh, meine Augen ebenfalls. Als Penny mit dem Tee hochkommt, bin ich derart schläfrig, dass ich nur ein paar wenige Schlucke trinke, bevor ich tief und fest einschlafe.

Ich habe ein gutes Immunsystem und werde nicht schnell krank. Wenn ich mich ein bisschen mau fühle, läuft es normalerweise so, dass ich abends ins Bett gehe, eine Nacht durchschlafe und am nächsten Morgen beim Aufwachen bin ich wieder fit. Aber dieses Mal nicht. Ich weiß nicht mal, ob ich wach bin oder noch schlafe, beschließe dann aber, dass ich wohl wach sein muss, weil ich höre, wie Mama zu mir sagt: »Steh auf, Georgia, komm endlich in die Gänge. Ist dir klar, wie spät es ist? Hast du den Wecker nicht gehört?«

Nein, habe ich nicht. Ich habe eine Ewigkeit geschlafen. Bin fast abgesoffen in seltsamen Träumen. Ich versuche aufzustehen, aber es geht nicht, meine Arme und Beine bewegen sich nicht so, wie sie sollen. Ich komme mir vor, als hätte man mir K.-o.-Tropfen verpasst.

»Mama«, rufe ich, bringe aber nicht viel mehr als ein Krächzen zustande. Als sie an meiner Tür vorbeiläuft, unternehme ich einen zweiten Anlauf.

»Mama, ich bin krank.« Zuerst glaubt sie mir nicht.

»Los, Georgia, steh auf, komm mir bitte nicht mit deiner üblichen Montagitis.«

»Das ist kein Trick, um zu schwänzen, Mama, ich schwör's. Meine Augen tun weh, mein Hals brennt, ich fühle mich total schwach und wackelig.«

»Vielleicht hast du ja die Grippe. Einen Moment, ich ziehe mich rasch an, dann messen wir Fieber.«

Nachdem ich mich im Bett aufgesetzt habe, habe ich immerhin einen Hauch mehr Mumm, fühle mich nicht mehr ganz und gar wie eine ausgestopfte Stoffpuppe.

»Du hast tatsächlich leichtes Fieber. Ich habe heute Morgen ein wichtiges Meeting, also kann ich nicht bei dir bleiben, tut mir Leid. Leg dich ins Bett, ich rufe heute Mittag an, um zu hören, wie's dir geht.« Auf einmal sieht meine Mutter auch ziemlich übel aus. Erschöpft, beunruhigt. Prompt habe ich ein schlechtes Gewissen, so, als wäre ich einfach eins von den Problemen, von denen sie sowieso schon genug hat. »Mach dir keine Sorgen, Mama.«

Ich sitze in meinem verwaschenen Schlafanzug im Bett, ein Kissen im Rücken, und fühle mich lausig. Mir ist heiß und kalt zugleich und alles tut mir weh: Hals, Kopf, Knochen. Außerdem habe ich nicht den geringsten Hunger, was man von mir sonst gar nicht kennt. Ich rolle mich wieder zusammen, dämmere vor mich hin. Als Mama anruft, erzähle ich ihr wahrheitsgemäß, dass es mir sauschlecht geht. Daraufhin beschließt sie einen Termin beim Arzt für mich zu machen. Am frühen Nachmittag will sie mich abholen, sagt sie. Gegen Mittag raffe ich mich auf. Ich bin schwach. Ich bin verschwitzt. Ich dusche, ziehe meinen alten Bademantel an und schleppe mich nach unten. Ich esse etwas Joghurt. Er fühlt sich kühl und weich an in meinem Mund, in meiner Kehle. Ich nehme ein paar Kopfschmerztabletten, spüle sie mit dünnem schwarzen Tee runter. Setze mich in den Garten und schreibe.

DINGE, DIE MAN ENTWEDER TOLL FINDET ODER NICHT AUSSTEHEN KANN
Sardellen – die Simpsons – die Olsen-Zwillinge – Bier – süße kleine knuffige wuschelige Pudel – rosa Nelken – Britney Spears – Koriander – Socken – Regentage

WICHTIGE FRAGEN
Habe ich bei Hunter noch eine Chance? Oder besser gesagt: Bekomme ich noch eine?
Warum ist die Welt so beschissen-mies-ätzend?
Ist die Ehe von meiner Tante und meinem Onkel noch zu retten?
Ist es normal, wenn man dauernd über die Probleme anderer Menschen nachgrübelt?
Wird meine Mutter je über den Tod meines Vater hinwegkommen und einen neuen Mann finden?
Was, wenn der Neue ein ganz schrecklicher Typ ist?
Wird Gott mich dafür bestrafen, dass ich Eva hasse? (Bitte, bitte, es darf auf gar keinen Fall passieren, dass sie Hunter zurückerobert mit ihren schwingenden blonden Haaren!)

SACHEN, DIE RAUF & RUNTER GEHEN
Stelzen
Aufzüge
Schirme
Treppen
Rollteppen
Der Dow-Jones-Index
Meine Zufriedenheit
Die Augen eines Jungen, wenn er die Figur eines Mädchens checkt

WAS ICH AN MIR SELBST GUT LEIDEN KANN
Meine Ehrlichkeit
Meine Haare (manchmal)

Ich bin zu krank, um weiterzuschreiben, deshalb lege ich mich aufs Sofa, schalte die Glotze ein und schaue Oprah. Da hocken vier ungepflegte Vorstadtmütter in Jogginganzügen und unterziehen sich einer Vorher-Nachher-Prozedur. Ergebnis: Stöckelschuhe und Miniröcke, schichtweise Make-up, hochtoupiertes Haar. Ich finde, sie sehen aus, als wären sie aus Plastik, aber vielleicht liegt das auch nur daran, dass mir schon wieder übel ist. Mein Gesicht ist aufgedunsen, mein ganzer Körper tut weh und auf meinem Ärmel entdecke ich einen angetrockneten Joghurtfleck. Ich mache den Fernseher aus. Kratze lustlos an dem Joghurtfleck herum. Wäre am liebsten tot.

Um Punkt drei stürzt Mama rein, um mich abzuholen und zum Arzt zu fahren. Dr. Stephen ist jung, glatzköpfig, lächelt ununterbrochen und kommt mir eher vor wie ein netter großer Bruder als wie eine Respektsperson. Er hört mich ab, klopft an mir rum, stellt eine Frage nach der anderen und bittet schließlich meine Mutter mit herein.

»Was hast du in letzter Zeit so getrieben, Georgia? Vielleicht nette Jungs geküsst? Ich werde dir noch Blut abnehmen und es im Labor untersuchen lassen, aber ich vermute, du hast Pfeiffersches Drüsenfieber.«

Entgeistert starre ich ihn an. Und breche in Tränen aus, weil Adrian mich mit Pfeifferschem Drüsenfieber angesteckt hat.

Die nächsten zehn Minuten sind das reinste Chaos und für uns alle drei ziemlich verwirrend. Um das Ganze abzukürzen: Ich beichte das mit Adrian. Mama regt sich ziemlich auf, aber hauptsächlich darüber, dass ich nicht aufhören kann zu flennen. Meine Tränen stürzen aus meinen Augen wie eine salzige Sturmflut. Prompt ist wieder von Therapie die Rede – Mama kann's einfach nicht lassen mit ihrer Psychomasche. Ich werde richtig stinkig. Darf ich nicht mal mehr weinen, ohne gleich als verrückt abgestempelt zu werden? Dr. Stephen versucht uns ernst zu nehmen, kann sich aber ein gelegentliches Lächeln nicht verkneifen. Er erklärt, dass die Inkubationszeit bei Pfeifferschem Drüsenfieber etwa sechs Wochen beträgt, daher könnte meine Krankheit nicht mit dem zu tun haben, was gestern passiert ist. Er erkundigt sich, ob ich vor etwa sechs Wochen vielleicht irgendwen geküsst habe oder von jemandem geküsst wurde? Ich antworte Nein. Nein, nein, nein, definitiv nicht. Dann schluchze ich aus lauter Selbstmitleid gleich noch eine Runde vor mich hin – weil ich nämlich, außer von Adrian, bisher überhaupt von niemandem geküsst worden bin. Dr. Stephen reicht mir ein Tempotaschentuch und erkundigt sich, ob irgendwer von meinen Freunden in letzter Zeit krank gewesen sei. Ja, denke ich, nicht nur einer, aber nicht in dem Sinn krank, den Sie meinen.

»Nein, jedenfalls nicht, dass ich wüsste«, antworte ich.

»Okay, denk trotzdem mal scharf nach: Hast du vielleicht in den letzten Wochen mit irgendwem aus einem Glas getrunken? Vom selben Teller oder mit demselben

Besteck gegessen? In der Schulcafeteria, im Restaurant, wenn du irgendwo auf Besuch warst?«

»Äh ... bloß mit Mel und sie hat nichts.«

Dr. Stephen schaut mich ratlos an. Wartet geduldig, dass ich aufhöre zu heulen oder dass ihm eine intelligente Frage einfällt, die er mir noch stellen könnte. Und plötzlich habe ich eine Eingebung. Ein Aha-Erlebnis, vielmehr ein O-nein-Erlebnis. Mein erster Arbeitstag im Supermarkt. Tammy kippt um. Ein Schokomilchshake an einem brütend heißen Tag. Zu süß, zu kalt, zu dickflüssig, zu mächtig. So habe ich mir das Pfeiffersche Drüsenfieber eingefangen.

»Ja, das wird's sein. Um sicherzugehen, machen wir einen Bluttest. Und jetzt habe ich leider noch eine nicht so gute Nachricht für dich. In der Regel beginnt Pfeiffersches Drüsenfieber schleichend. Das heißt, die Anfangsbeschwerden sind am schwächsten, was wiederum bedeutet, dass es dir eine Zeit lang schlechter gehen könnte, bevor du dich allmählich von der Krankheit erholst. Andererseits ist sie in deinem Fall ungewöhnlich heftig ausgebrochen. Es kann also sein, dass es von jetzt an bergauf geht und du dich in den nächsten Tagen nicht noch elender fühlen wirst.«

»Was kann ich tun, um gesund zu werden?«

»Leider nicht viel. Gegen Pfeiffersches Drüsenfieber gibt es kein Medikament. Man muss die Krankheit schlicht und einfach auskurieren, es dauert so lang, wie es dauert. Viel Ruhe ist wichtig, genug Flüssigkeit. Sonne tut auch gut, also geh jeden Tag ein bisschen nach draußen. Bewegung in Maßen ist nicht schlecht, aber du darfst dich auf keinen Fall überanstrengen. Entspann dich, nimm's leicht, mach dir keinen Stress und höre auf deinen Körper. Vor allem kommt es jetzt darauf an, dass du alles tust, was du kannst, um dein Immunsystem wieder aufzubauen. Wenn du Schmerzen hast, nimm Codeintabletten. Vitaminpillen können auch nicht schaden. Ich lasse auf jeden Fall noch ein großes Blutbild machen, um sicherzugehen, dass bei dir kein Eisenmangel besteht.«

»Wann genau wird es mir besser gehen?«, jammere ich. »Wann kann ich wieder zur Schule und zur Arbeit?«

»Ein paar Wochen wird's schon dauern. Wir müssen abwarten, wie sich die Sache entwickelt, wie du dich fühlst. Bei Pfeifferschem Drüsenfieber gibt es keine exakten Prognosen, die Krankheit verläuft individuell sehr verschieden. Komm in zwei Wochen bitte noch mal vorbei, meine Sprechstundenhilfe wird dir einen Termin geben. Es sei denn, in den nächsten Tagen tritt eine drastische Verschlimmerung der Symptome ein.« Er wendet sich an Mama. »In dem Fall bringen Sie Ihre Tochter bitte sofort wieder her, in Ordnung?« Mama nickt.

»Hier, ein Informationsblatt über Pfeiffersches Drüsenfieber. Und natürlich schreibe ich dir ein Attest für die Schule. Mach nicht so ein finsteres Gesicht, Georgia, bleib tapfer. Was ist dagegen zu sagen, sich ein paar Wochen zu Hause auszuruhen?«

Erwachsene kapieren echt überhaupt nichts. Der Typ hat einfach keine Ahnung.

Es ist nämlich so, mein munterer Herr Doktor: Wenn ich nicht zur Arbeit kann, habe ich keine Chance, Hunter zu erklären, dass die Sache mit Adrian ein Missverständnis war. Ich wollte mich nicht heimlich mit ihm verkrümeln, obwohl es so ausgesehen hat. Und wenn ich Hunter dann endlich, endlich wiedersehen werde – irgendwann in ferner Zukunft –, weiß er vermutlich nicht mal mehr, wie ich heiße. Ich werde das Zeltlager und jede Menge Unterricht verpassen, mit dem Stoff ewig hinterherhinken und mich daheim zu Tode langweilen. Ich werde total allein sein, vielleicht monatelang. Und ich habe ungefähr so viel Energie wie ein zerquetschter Floh. Gott hat Eisenspäne auf das wunde Gewebe in meinem Hals gestreut, in meinem Kopf springt eine ganze Bande dicker schwarzer Männer mit klobigen Stiefeln herum. Nein, schlimmer kann das Leben gar nicht werden – ich kann's mir jedenfalls nicht vorstellen.

Auf der Heimfahrt dreht Mama beinahe durch: »Eine Katastrophe! Der Zeitpunkt ist total ungünstig. Ich werd versuchen mir freizunehmen, aber leicht wird das nicht, schließlich hat Natalie gerade Urlaub. Trotzdem werde ich meinen Chef fragen, ob ...«

»Mach dir keinen Kopf, ich komm schon klar. Du könntest mir ein paar Bücher aus der Stadtbibliothek mitbringen, das wäre nett. Außerdem habe ich immer noch mein Tagebuch und die Schule schickt mir ganz bestimmt die Hausaufgaben zu. Das läuft schon irgendwie.« Warum muss *ich* jetzt auch noch *sie* trösten? Ich bin krank und fühle mich total mies, ich habe keine Lust, auch noch für sie da zu sein.

★

Es hat ja wirklich was für sich, die Dinge positiv zu sehen. Aber wenn man Pfeiffersches Drüsenfieber hat, macht das Leben einfach keinen Spaß.

Wie Dr. Stephen prophezeit hatte, wurden die Symptome erst mal schlimmer. Meine Lymphdrüsen schwollen dermaßen an, dass ich aussah wie ein Gummikürbis. Alles tat mir weh, mein ganzer Körper, von oben bis unten, vor allem mein Hals. Ich konnte nichts mehr kauen, nichts mehr essen. Nur wenn ich Schmerztabletten nahm, ging es ein bisschen besser. Mama mischte mir Drinks aus Saft, Joghurt und Spirulina, damit ich nicht verhungerte. Besuchen durfte mich auch niemand, es sei denn, sie oder er hatte schon mal Pfeiffersches Drüsenfieber gehabt. Mrs Jakovich klang alles anderes als begeistert, als ich anrief, um zu verkünden, dass ich mindestens drei Wochen lang nicht arbeiten würde. Dennoch schickte sie mir eine Glitzerkarte mit Tulpen drauf, auf der *Gute Besserung* stand, was ich nett fand. Von meinen Lehrern dagegen bekam ich so viel Stoff aufgebrummt, dass ich vor lauter Frust erst mal gar nichts tat. Die Tage vergingen unendlich langsam. Ich schlief viel, schaute mir jeden Mist in der Glotze an, schrieb ein, zwei Listen. Aber alles fühlte sich matt, schal, fade an.

Mel rief jeden Abend an, was ich toll fand, bis sie die Bombe platzen ließ.

»Ohne dich macht Schule überhaupt keinen Spaß mehr, Georgie.«

»Mit wem treibst du dich so rum?«

»Eigentlich mit niemandem. Toby fängt an zu klammern, was mich ziemlich nervt. Deshalb habe ich die Mittagspause heute lieber allein verbracht, das heißt, mit einer Flasche Birnensaft und einem Apfel. Ich mache nämlich gerade eine Obstkur zum Entschlacken. Auf dem Heimweg saß ich im Bus neben Eva, besser gesagt, sie hat sich neben mich gesetzt. Zu ihrer Schuluniform hatte sie schwarze Netzstrümpfe an, die sie an der Bushaltestelle angezogen hatte, und dazu Sneakers. Sah schräg aus, aber gut. So rumzulaufen kann sich eben nur Eva leisten. Jedenfalls, was ich erzählen wollte: Sie hat ununterbrochen von diesem Jungen gequasselt, der aufs Metro-College geht. Du weißt schon, der mit dir zusammen im Supermarkt jobbt. Hunter heißt er, oder? Anscheinend kommen die beiden gerade wieder zusammen. Sie ist total besessen von dem Typ. Kann überhaupt nicht aufhören von ihm zu reden.«

Ich kam mir vor, als wäre ich gestorben und direkt zur Hölle gefahren. Dennoch fragte ich so beiläufig wie möglich nach: »Bist du sicher?« Ich hatte Mel nie wirklich von meiner unsinnigen Schwärmerei für Hunter erzählt.

»Ja, doch. Offenbar hatte er sie abserviert ohne ihr zu sagen, warum. Gestern Abend hat sie ihn dann angerufen und ihn gefragt, ob er sich's nicht noch mal überlegen will. Er sagte wohl weder Ja noch Nein, aber sie treffen sich morgen nach der Schule, um zu reden. Klingt eigentlich ganz positiv, finde ich. Eva ist jedenfalls hin und weg.«

»F*ck!«, murmele ich in mich hinein.

»Was hast du gesagt?«

Ich wechselte rasch das Thema, indem ich ihr eine banale Frage wegen der Hausaufgaben stellte. Nachdem wir aufgelegt hatten, machte ich mir einen Kakao mit Sahne. Aber nichts half, nicht mal was Süßes, Schaumiges, Schokoladiges. Falls ich überhaupt jemals eine Chance mit Hunter gehabt hatte – jetzt war sie endgültig dahin.

Ich dachte, ich wäre am absoluten Tiefpunkt angelangt, aber da irrte ich mich gewaltig. Auch wenn das hier unerträglich grauenhaft war – die eigentliche Katastrophe sollte erst noch kommen.

Am Freitagabend meinte Mama, sie hätte eine Überraschung für mich.

»Was denn?«, fragte ich erwartungsvoll.

»Gilda ist wieder da und sie darf dich zum Glück besuchen. Obwohl sie nie Pfeiffersches Drüsenfieber hatte, wurden bei einem Test in ihrem Blut Antikörper gefunden. Anscheinend gibt es Infektionen, ohne dass die Krankheit ausbricht, und dadurch entsteht eine natürliche Immunität.«

»Eins a.«

Ich freue mich Gilda zu sehen. Die Zeit mit Sooze hat sie verändert. Ihre langen blonden Haare sind kürzer und zu einem fetzigen Bob gestylt. Sie sieht sexy aus in dem

Kleid, das Sooze ihr vermacht hat: Rosen auf türkisfarbenem Untergrund. Gilda erzählt, sie war schnorcheln, hat Mangos gepflückt, Salsa tanzen gelernt. Sogar ihre Stimme klingt anders als vorher. Lebhafter. Sie wirkt insgesamt nicht mehr so blass.

Tante Joy hat ihr einen Korb mit Kleinigkeiten für mich mitgegeben: Mangosaft, Jasminseife, ein paar Hochglanzmagazine. Wir schauen uns die Wiederholung einer alten Folge von *Friends* an und amüsieren uns königlich, weil Joey versucht Ross beizubringen, wie man im Bett redet.

»Erzähl mir noch was aus der Welt der Tropen. Ich brauche ein paar exotische Geschichten, bitte«, sage ich, als die Sendung vorbei ist.

»Was soll ich erzählen? Es war schön. Sooze ist zwar ein bisschen verrückt, aber nett. Witzig.«

»Ja, nicht wie meine Mutter. Ich fürchte, die hat komplett vergessen, was das ist – witzig.«

»So was in der Art meinte Sooze auch. Wir haben uns unterhalten, über Familien und darüber, wie Menschen sich so entwickeln, und in dem Zusammenhang hat Sooze mir erzählt ...«

Gilda unterbricht sich. Plötzlich macht sie ein ganz seltsames Gesicht. Schuldbewusst oder so.

»Was wolltest du sagen?«

»Nichts. Ich sollte wirklich besser die Klappe halten.«

»Ach komm, jetzt hast du mich total neugierig gemacht. Wenn meine Mutter irgendein spannendes Geheimnis hat, möchte ich das wissen.«

»Na gut«, meint Gilda zögernd. »Eigentlich geht es gar

nicht um deine Mutter, sondern um deinen Vater, aber – ehrlich, Georgia, ich würde lieber den Mund halten. Das ist nichts, was man so einfach weitertratscht, ich hab kein gutes Gefühl dabei.«

»Aber ich habe ein Recht zu wissen, was los ist. Egal, worum's geht. Ich war vier, als mein Vater gestorben ist. Da darf ich doch wohl so viel wie möglich über ihn in Erfahrung bringen, oder etwa nicht?«

»Schon. Trotzdem. Erstens möchte ich nichts sagen, was dich traurig macht. Und zweitens will ich keinen Ärger bekommen.«

»Bitte, Gilda, jetzt sag endlich, was Sache ist.«

»Okay, wie du willst. Deine Mutter stellt deinen Vater ja immer als vollkommenen Menschen dar, aber das stimmt nicht. Er ist spielsüchtig gewesen. Hatte Wahnsinnsschulden.«

»Spielschulden? Nie im Leben!«

»Doch. Anscheinend ist er viel zu oft ins Wettbüro oder zu Pferderennen gegangen. Jedenfalls hat er irrsinnig viel Geld durch Pferdewetten verloren. Nach und nach wurde es immer mehr, er hatte sich einfach nicht im Griff. Am Anfang haben seine Eltern ihn noch unterstützt, sie sind finanziell sogar für ihn eingesprungen. Aber irgendwann haben sie aufgehört damit. Es gab einen Punkt, da wollte Opa deine Mutter sogar dazu überreden, ihn zu verlassen, weil sie mit der Situation einfach nicht mehr klargekommen ist. So, wie Sooze es darstellt, war dein Vater ein netter Kerl, aber er hatte einen schwachen Charakter. Ihrer Meinung nach hat deine Mutter seine Fehler verdrängt und kommt deshalb nicht über die Vergangenheit weg. Sie ist quasi darin stecken geblieben.«

»Wahnsinn«, sage ich perplex. Weiß nicht, was ich sonst noch sagen soll. Gilda wird nervös. Sie hätte Kopfschmerzen, meint sie plötzlich. Und ob es mir was ausmachen würde, wenn sie demnächst heimginge?

»Kein Problem. Mir ist auch ein bisschen schwummrig. Ich ruhe mich besser aus und lese die Zeitschriften, die du mir mitgebracht hast. Danke, dass du mich besucht hast, Gilda.«

Was ich da erfahren habe, haut mich um, aber ich bringe es nicht fertig, darüber nachzudenken. Erst mal wegschieben und später weitersehen, beschließe ich. Ich kuschele mich in meine Kissen und blättere die Zeitschriften durch, eine nach der anderen. Bin ganz versunken in marokkanische Kochrezepte und phänomenale Fotos aus Südindien. Penny hat mir schon oft und viel von Indien erzählt. Zwischen zwanzig und dreißig hat sie eine Weile lang dort gelebt, trägt bis heute gern Armreifen oder Fußkettchen und klebt sich gelegentlich ein Bindi auf die Stirn. Ich lese mein Horoskop, das mir prophezeit, demnächst werde etwas ganz Entscheidendes passieren, das mein Leben komplett verändert. Klar, logo, sonst noch was? Als Nächstes nehme ich mir den *Rolling Stone* vor. *The White Stripes, The Brunettes* und die *Sugarcubes* haben neue Alben rausgebracht. Lauter Musik, bei der man gut versumpfen kann, schreibt der Rezensent. Ich blättere um und entdecke einen Artikel über *Natural Affinity.*

TOURNEE ABGESAGT
Der Preis für ein Leben als Star

Enttäuscht werden viele Musikfans zur Kenntnis nehmen, dass sich die Funkband *Natural Affinity* aufgelöst hat. Zwei Mitglieder, Jakob Larsen und Fifi Tarrant, wurden mittlerweile in die Betty-Ford-Klinik eingewiesen; an dem schon seit längerem schwelenden Gerücht, dass beide mit ihrer Heroinabhängigkeit zu kämpfen haben, war also definitiv etwas dran. Das dritte Bandmitglied, Hayley Tarrant, hat sich offenbar in ein südkalifornisches Yogazentrum zurückgezogen, lebt jetzt im Ashram. »Mein Leben war Musik und Musik war mein Leben – aber genug ist genug. Ich muss erst mal wieder ins Gleichgewicht kommen«, äußerte sich Tarrant angeblich gegenüber ihrer guten Freundin Sheena Lena, Leadsängerin der Girlgroup *Jittery*. John Gilbert, Sprecher der Plattenfirma von *Natural Affinity*: »Ob die Gruppe sich neu formiert, steht momentan in den Sternen. Alle drei Bandmitglieder machen schwierige Zeiten durch, müssen sich um ihre Gesundheit kümmern, ihre kreativen Batterien aufladen.« Gilbert entschuldigt sich ausdrücklich bei den zahlreichen Fans, die sich bereits auf das Konzert Anfang Mai in Melbourne gefreut haben, bei dem *Natural Affinity* als Haupt-Act auftreten sollten. Als Ersatz wird derzeit *Salmonella Dub* gehandelt, doch dies wurde vom Veranstalter bislang nicht bestätigt. John Gilbert ermutigt die Fans trotzdem weiter Platten von *Natural Affinity* zu kaufen: »Wir wissen alle, dass manchmal Wunder geschehen. Vielleicht kommen die Mitglieder der Band ja wieder auf die Beine und zusammen. Doch bis dahin hört euch ihre CDs weiter an. Und, ganz wichtig, bleibt auf dem Teppich, Leute, und verliert die Bodenhaftung nicht.«

Shit. Shit. Shit. Und noch mal Shit. Das gibt's doch nicht! Kein Wunder, dass die so dünn waren. Ich bin stinksauer. Schnappe mir das Poster, zerfetze es endgültig und schmeiße die Schnipsel in den Papierkorb. Wie konntest du nur, Jakob? Was bist du bloß für ein elender Loser?! Geschlagene zehn Minuten lang mache ich ihn fertig. Okay, Jakob, sage ich, reiß dich zusammen. Find raus, wer du bist und wie sich das Leben ohne Nadel im Arm anfühlt. Und dann schreib gefälligst einen Song für mich.

Was ich über meinen Vater erfahren habe, verstaue ich im hintersten Winkel meines Hirns. Es ist mir einfach zu viel. Ich komme damit nicht klar. Mama scheint zu ahnen, dass mich irgendwas bedrückt. Dauernd fragt sie, was los wäre mit mir.

»Verdammt, ich bin krank«, antworte ich. »Kannst du mich nicht in Ruhe lassen?«

Ich falle in ein tiefes Loch. Es kommt mir vor, als hätte das Leben überhaupt keinen Sinn mehr. Eva und Hunter sind wieder zusammen. Jakob outet sich als Junkie, als Loser, als gnadenloser Verlierer. Es gibt kein Konzert mehr, auf das ich mich freuen könnte. Ins Zeltlager fahre ich auch nicht mit. Ich schlafe, schlafe, schlafe. Viel lesen kann ich nicht, denn dann tun mir die Augen weh. Essen mag ich auch nicht, zum einen, weil mein Hals immer noch brennt wie Feuer, zum anderen, weil es mir zu lästig ist. Mama serviert mir ein Mixgetränk nach dem anderen, aber irgendwann weigere ich mich das Zeug zu trinken, weil sie Weizenkeime und Bierhefe reinmischt. Viel zu gesund. Schließlich gibt sie auf, lässt den Kram für Immunsystem und Energieaufbau weg. Manchmal esse ich einen Teller Gemüsesuppe, aber nur, damit ich endlich meine Ruhe habe. Außerdem liegt sie mir ständig in den Ohren, ich sollte rausgehen, die frische Luft täte mir gut. Also hocke ich mich im Pyjama in den Garten und bade in Selbstmitleid. Ich komme mir vor wie ein schrumpeliger alter Luftballon, die Luft ist raus. Listen schreiben? Viel zu anstrengend. Mel ruft an. Sie hat große Neuigkeiten: Trennung von Toby. Sie fand ihn zu anhänglich, zu schwach. Ich bin ein bisschen überrascht, aber nicht sehr. Armer Toby. Der ist unter Garantie fix und fertig. Nach Eva und Hunter frage ich nicht. Dazu bin ich zu stolz. Mel soll nicht wissen, dass Hunter mir mal was bedeutet hat.

Ein paar Tage später ruft Mel wieder an mit Neuigkeiten.

»Stell dir vor …«

O nein, bitte nicht noch ein Hammer.

»Du bist wieder mit Toby zusammen.«

»Spinn nicht rum. Er ruft zwar dauernd an, aber für mich ist das absolut vorbei.«

»Also, was gibt's dann?«

»Ich gehe mit wem anders ins Kino.«

»Ach ja? Mit wem denn?«

»Mit Hunter. Er und Eva sind doch nicht wieder zusammengekommen. Sie wollte, er nicht. Hatte ich dir das eigentlich erzählt? Jedenfalls ist sie am Boden zerstört. Und er hat *mich* gefragt, ob ich mit ihm ins Kino gehen will.«

Mein Herz verwandelt sich in Eis, in Blei, in Feuer. Mein Kopf wird explodieren, jeden Augenblick wird er explodieren! Wie konnte er nur? Und ganz abgesehen von allem anderen – die beiden kennen sich doch gar nicht. Zumindest dachte ich das.

»In meinem Japanischkurs sind ein paar vom Metro. Ich dachte, das hätte ich schon mal erwähnt. Jedenfalls fingen Hunter und ich irgendwann an zu quatschen. Wir wollen in *Lost in Translation*. Der Film spielt in Tokio und soll super sein.«

»Wow!«

»Ja, ich bin ziemlich aufgeregt. Der Typ ist echt süß.«

»Das stimmt.«

»Georgia? Was ist los? Deine Stimme klingt irgendwie merkwürdig.«

»Nö, alles klar.«

»Mach mir nichts vor. Du hast doch irgendwas.«

»Okay, wenn du's unbedingt wissen willst: Ich fand ihn auch ziemlich klasse.«

»Wen? Hunter? Ist ja irre. Warum hast du denn nie was davon gesagt?«

»Warum hätte ich das tun sollen? Außerdem war er da noch mit Eva zusammen.«

»Echt, das ist doch gaga. Natürlich hättest du's mir sagen sollen. Ich dachte, wir haben keine Geheimnisse voreinander. Eins steht auf jeden Fall fest: Ich werde nicht mit ihm ins Kino gehen.«

»Jetzt hör aber auf. Natürlich gehst du mit ihm ins Kino. Ich hab sowieso nur ein bisschen rumgesponnen, was Hunter angeht. Da wär nie was draus geworden. Nee, Mel, lass dich von mir nicht abhalten.«

»Wirklich nicht?«

»Natürlich nicht. Viel Spaß.«

Obwohl ich Mel selbst gesagt habe, sie könnte ruhig mit Hunter ins Kino gehen, tut es mir weh, dass sie das einfach so angenommen hat. Das Wichtigste bei einer Freundschaft ist doch, dass man sich loyal verhält, oder etwa nicht? Tiefer und tiefer steige ich in eine Welt hinab, die aus lauter Ecken und Kanten besteht. Begleitet werde ich dabei von sieben Zwergen: Schleimbeutel, Fetti, Reizker, Giftspritze, Solitär, Scheißkerl, Trauerkloß. Ich bleibe nur noch im Bett. Ich dusche nicht mehr. Meine Haare werden strähnig und fettig. Ich sehe abstoßend aus. Mama regt sich tödlich drüber auf. Was ich spitze finde.

EINS-A E-MAIL-ADRESSEN
WeissesFrettchen@hotmail.com
GuteFee@...
kannstdumalebenmeinetaschehaltendamitichdirdeinen-freundausspannenkann@hotmail.com

Langeweile. Langeweile. Langeweile. Meine Listen kotzen mich an. Meine Haare kotzen mich an, mein Zimmer kotzt mich an. Der Fußboden ist übersät mit schmutzigen Klamotten; die Blumen, die Penny mir mitgebracht hat, sind verwelkt. Tot. Sie stehen in einer Glasvase. Das Wasser darin ist grünlich trüb. Es stinkt. Das Leben stinkt. Ich habe von allem die Schnauze voll. Von mir selbst, meinem versifften Zimmer, meinem versifften Leben. Ich bin stinksauer wegen Mel und Hunter, aber was nützt es, wenn ich mich weiter darüber aufrege und leide? Er steht auf sie, nicht auf mich. So einfach ist das. Mir bleibt gar nichts anderes übrig, als irgendwie damit fertig zu werden. Na klar ist es ätzend, aber so was passiert eben. Das Leben geht weiter.

Eines Abends kommt Mama in mein Zimmer und macht mich total an, weil ich die Wäsche nicht in die Maschine gesteckt habe. Allerdings beschwert sie sich nicht nur kurz und verschwindet dann wieder aus meinem Zimmer, sondern sie hört überhaupt nicht mehr auf zu meckern.

»Jetzt komm mal wieder runter! Ich hab's vergessen. Tut mir Leid. Ich mach die blöde Wäsche ja, okay? Morgen. Was ist daran so tragisch?« In der Hoffnung, dass sie endlich abzischt, beginne ich in meinem Tagebuch rumzukritzeln.

Aber sie fährt noch eine Attacke: »Ich mache mir ernsthaft Sorgen um dich, Georgia. Meiner Meinung nach müsstest du wirklich dringend zu einem Therapeuten. Oder wenigstens mal mit eurer Schulpsychologin reden.«

»Ich mach mir auch Sorgen um mich. Seit ich krank bin, geht mein Leben komplett den Bach runter. Aber ich brauche keine Therapie. Ich bin nicht verrückt, ich komm da schon allein durch.«

»Ich hab nie behauptet, dass du verrückt wärst.«

»Aber gemeint hast du's. Jedes Mal, wenn du von der Therapie anfängst, lässt du mich das spüren. Du traust mir nämlich nicht zu, dass ich meinen eigenen Weg finde, *meine* Lösungen für *meine* Probleme. Und mach dir bloß keinen Kopf mehr, dass ich aus lauter Frust zu viel esse. Ich war heute Morgen nämlich auf der Waage. Und weißt du was? Ich wiege vier Kilo weniger als vorher. Guck mal.«

Ich ziehe mein Schlafanzugoberteil hoch, damit sie meinen Bauch begutachten kann. Meinen wundersam flacher gewordenen Bauch.

»Das ist ja großartig«, meint Mama. »Braves Mädchen.«

Aus meinen tiefsten Tiefen steigt Wut in mir auf, unvermittelt und mit Macht. *Braves Mädchen.* Ich fasse es nicht. Ich bin doch keine sechs mehr! Ich habe die Schnauze voll davon, wie ein Kleinkind behandelt zu werden. Und ich habe keinen Bock mehr, ihre Erwartungen zu erfüllen. Immerzu muss ich mich darum bemühen, alles richtig zu machen. Es reicht! Ich ertrage das nicht mehr. Ständig versucht sie mich in einen Menschen zu verwandeln, der ich nicht bin.

»Ja. Wieder was, womit du Eindruck schinden kannst«, sage ich sarkastisch.

»Ich wollte dich bloß unterstützen. Dich ermutigen. Da musst du nicht gleich sauer werden.«

»O nein, sauer dürfen wir auf keinen Fall werden, nicht wahr? Immer schön lieb und artig sein und uns gegenseitig was vormachen – so läuft das bei uns.«

»Georgia! Was ist eigentlich in dich gefahren?«

»Was in mich gefahren ist? Ständig nervst du mich mit diesem Therapiescheiß, dabei bist du diejenige, die endlich ihr Leben geregelt kriegen müsste. Ich weiß Bescheid über Papa. Dass er ein Spieler war. Warum hast du mir das nie erzählt? Ich kann dir sagen, warum: Weil du die Wahrheit nicht erträgst. Stattdessen lebst du lieber in deiner verlogenen kleinen Welt, da fühlst du dich sicher. Aber ich mach das nicht länger mit.«

Entsetzt schaut meine Mutter mich an. Und beginnt zu weinen. Ich weiß nicht, was ich tun soll. Meine Wut versickert so schnell, wie sie gekommen ist; auf einmal fühle ich mich nur noch unsicher und tollpatschig. Verkrampft lege ich einen Arm um ihre Schulter.

»Schon okay, Mama, heul ein bisschen, das tut gut.«

»Dann hol mir eine Packung Taschentücher, ja?«

»Klar. Und wie wär's mit einer Tasse Tee?«

»Ja, Tee. Gute Idee, den kann ich brauchen.« Ihr gelingt ein Lächeln. Es ist zögerlich und schwach, aber immerhin ein Lächeln. »Ich wusste nicht, wie ich es dir beibringen sollte. Zuerst warst du einfach noch zu klein. Und je älter du wurdest – ich meine, je mehr Zeit verging, umso stärker hatte ich das Gefühl, es wäre zu spät. Was sollte es überhaupt bringen, dich im Nachhinein damit zu belasten? Ich wollte, dass du ihn in guter Erinnerung behältst. Warum dir die ganze, harte Wahrheit sagen?«

»Wie schlimm war seine Spielsucht denn?«

»Am Anfang hatten wir es noch irgendwie im Griff. Er ging zum Pferderennen und gewann oder verlor, je nachdem, aber es handelte sich bloß um kleinere Summen. Aber im Laufe der Zeit wurde es immer schlimmer. Wir hatten gewaltige finanzielle Probleme. Immer wieder hat er mir versprochen aufzuhören, aber er schaffte es nicht.«

»Trotzdem hast du ihn geliebt, oder?«

»Ja, immer. Aber es ist nicht leicht, jemanden zu lieben, auf den man sich nicht verlassen kann. Einmal – nachdem er bei einem angeblich todsicheren Einsatz fünftausend Dollar verloren hatte – habe ich ihn beinahe verlassen.«

»Und warum hast du's nicht getan?«

»Weil er endlich zugab, dass er Hilfe bräuchte, und sie sich auch geholt hat. Eine Zeit lang hörte er tatsächlich mit den Pferdewetten auf, aber so richtig stabil war er nie. Außerdem kamen dazu ja noch die Probleme mit unseren Familien. Andauernd gab es Streit und irgendwann war eine regelrechte Kluft entstanden. Dein Großvater wollte unbedingt, dass ich ihn verlasse. Die Reeves haben sich endgültig von uns abgewandt. Sie wurden einfach nicht damit fertig, dass ihr Sohn ein Spieler war.«

»Klingt grauenhaft, Mama.«

»Ja. Aber von dieser einen unseligen Sache abgesehen war er ein wunderbarer Mensch. Trotz aller Probleme fehlt er mir immer noch. Sehr.«

»Ich weiß. Mir auch.«

»Bist du wütend auf mich?«

»Nein, nicht mehr. Ich verstehe jetzt, warum es dir schwer gefallen ist, mir die Wahrheit zu sagen. Trotzdem bin ich froh, dass ich Bescheid weiß. Dadurch wird er irgendwie realer.«

An diesem Abend sind meine Mutter und ich einen entscheidenden Schritt weiter gekommen. Von da an waren wir ehrlicher miteinander.

Es geht voran

Als ich anfange Tagträume übers Essen zu haben, weiß ich, dass es mir allmählich besser geht. Bitte keine Mixgetränke mehr. Ich will Sachen, die ich kauen kann. Zunächst nur ganz einfache Mahlzeiten: Vollkorntoast mit Honig oder knackige Salate. Fühlt sich gut an, endlich wieder Hunger zu haben.

WEN ICH GERN ZUM ESSEN EINLADEN WÜRDE
Frida Kahlo – Amelia Earhart – Emily Pankhurst – Georgia O'Keefe – Buddha – Janis Joplin – Ho Chi Minh – Hunter – Mel – Mama – meinen Vater

DAS FESTLICHE MENÜ
Champagner. Frisches, klares Quellwasser
Gefüllte Eier. Spargelröllchen
Lachs mit cremig-köstlichem Kartoffelbrei
Tofu für Mel
Salat mit Oliven, Avocado und Schafskäse
Himbeeren mit Sahne
Schokoladenwolken

Ich erhole mich. Mir geht es schon fast wieder gut. Zeit zu leben. Mein Leben zu leben.

An meinem ersten Tag in der Schule ist Mel nicht da. Erkältung. Ich bin erleichtert, weil ich einfach ich sein kann und nicht so tun muss, als würde ich mich freuen sie zu sehen. Was mir zurzeit nicht so leicht fiele. In der Mittagspause kriege ich mit, wie Poppy, Caris und Emma übers Zeltlager reden.

»Die Borkenaktion war witzig, findet ihr nicht?«

»Doch, absolut.«

»Aber das mit dem Schweinekopf auch, oder?«

Die Geschichte mit der Borke hatte Mel mir schon am Telefon erzählt. Die anderen haben ein Stück Baumrinde so präpariert, dass es aussah und roch wie Trockenfleisch. Bei der Auserwählten, die ahnungslos reinbeißen sollte, handelte es sich um Carly, doch sie hatte Glück: Mr Colgan ließ ihre lieben Klassenkameraden vorher auffliegen. Den Schweinekopf fand Finn unter einem Baum. Niemand wusste, ob er vom Laster eines Metzgers gefallen oder mit irgendeinem abwegigen satanischen Ritual zu tun hatte; auf jeden Fall entwickelte sich dieser Fund zum absoluten Knaller. Die Jungs spielten mit dem Teil Fußball, schmückten es liebevoll, erschreckten Leute damit und bauten schließlich eine Art Bestattungsfloß, auf dem sie den Schweinekopf aufs Meer hinaussegeln ließen.

Um ein Haar gehe ich zu den dreien rüber und quatsche eine Runde mit, doch mittlerweile reden sie über Selbstbräuner. Ich zögere kurz – und dann ist der Moment, an dem ich wie selbstverständlich hätte dazustoßen können, vorbei. Bisher fanden Mel und ich die drei oberflächlich, banal, langweilig. Doch was ich heute sehe, sind ein paar Freundinnen, die in der Sonne sitzen und sich unterhalten. Unvermittelt frage ich mich, wie es sich wohl anfühlen würde dazuzugehören, Teil ihrer Clique zu sein. Über sie abzulästern ist einfach; mir einzugestehen, wie verkrampft und schüchtern *ich* bin, schon viel schwieriger. Ich trotte ins Klassenzimmer zurück. Allein.

Das Beste an dem Tag: Mr Colgan hat mein Aufsatz über Almodóvar offenbar gefallen. *Thema intelligent aufbereitet, was zu lohnenden Einsichten führt. Eins.* Ich bin doch ein kluges Kerlchen. Um drei, als der Unterricht vorbei ist, habe ich keine Lust, direkt heimzufahren, deshalb besuche ich Opa. Er brüht uns Tee auf und holt die Kekse aus dem Küchenschrank.

»War er anstrengend, dein Tag?«

»Ja.«

»Möchtest du mir's erzählen?«

»Momentan ist alles Mist. Ein Junge, den ich mag, hat Mel gefragt, ob sie mit ihm ausgeht.«

»Kacke«, sagt Opa. Ich muss lachen.

»Allerdings, Kacke.«

»Möchtest du noch was anderes zu essen? Ich könnte dir ein Butterbrot schmieren.«

»Nein, schon okay.« Ich tunke einen Keks in meinen Tee und versuche nicht an Mel und Hunter zu denken. Doch Opa kommt von sich aus noch mal auf das Thema zurück.

»Also, Georgia Reeves, was ist das nun für eine Geschichte mit dem Jungen, den du magst? Wie geht's weiter?«

»Gar nicht. Er hat sich mit Mel verabredet, also steht er auf sie, nicht auf mich. Ende.«

»Was für ein Dummkopf! Sollen wir einen Killer auf ihn ansetzen? Die Leiche könnte ich im Garten verscharren. Exzellenter Kompost.«

»Lieber nicht. Ich komm schon drüber weg, irgendwann. Aber manchmal ist das Leben ätzend, findest du nicht?«

»Doch, manchmal schon.«

♥

Am Donnerstag ging Mel mit Hunter in *Lost in Translation.*

»Wie war's?«, frage ich, als ich sie das nächste Mal sehe.

»Ganz okay, teilweise richtig gut. Aber irgendwie ist es nicht so richtig abgegangen.«

»Okay, damit wär der Film abgehakt. Aber mit Hunter – wie war das?« Ich bemühe mich so beiläufig wie möglich zu klingen.

»Ganz okay, teilweise richtig gut. Aber irgendwie ist es nicht so richtig abgegangen.«

»Was soll das heißen?«

»Das heißt, Hunter ist ein interessanter Typ, aber ich weiß nicht, ob ich eine Beziehung mit ihm will. Mal sehen, wie sich's entwickelt. Übrigens, für Samstagabend hat er ein paar Leute eingeladen. Dich auch.«

»Keinen Bock. Auf Partys kann ich echt verzichten.«

»Das wird keine Party. Bloß ein paar Leute und wir wollen Videos anschauen. Hunter hat mich extra gebeten, ich soll dir Bescheid sagen. Du könntest ein paar Typen vom Metro-College kennen lernen und überhaupt. Bitte, komm doch mit. Und wenn's nur mir zuliebe ist.«

»Meine Güte, Mel, warum ist dir das so wichtig?«

»Wir haben bestimmt unseren Spaß. Ich will einfach, dass du dabei bist.«

»Okay«, meine ich schließlich mürrisch. »Ich bezweifle zwar, dass es eine gute Idee ist, aber ich komme mit.«

»Mama hat schon gesagt, sie fährt uns hin. Wir holen dich gegen acht ab, einverstanden?«

Ich will nicht auf einen Videoabend. Ich will nirgendwohin, höchstens vielleicht nach Italien. Ich will mich mit einem heißen Kakao und meinem Matisse-Bildband ins Bett verkriechen. Aber wenn ich nicht hingehe, ist das das Eingeständnis einer kompletten Niederlage, vor allem vor mir selbst. Ich stehe vor einer grundsätzlichen Entscheidung und schließlich wird mir klar: Ich muss hin. Schließlich kann ich nicht für immer daheim bleiben und mir selbst Leid tun.

Ich durchwühle meinen Kleiderschrank. Was soll ich bloß anziehen? Ich probiere alles an, was ich besitze, in jeder erdenklichen Kombination. Meine Klamotten von früher, als ich ein fettes Monster war, sind mir zu groß. Und das Wenige, was mir passt, sieht auch unmöglich aus. Als Mama reinkommt, liege ich neben einem Berg nutzloser Klamotten auf meinem Bett.

»Was ist los, Schatz?«

»Ich weiß nicht, was ich für den blöden Videoabend bei Hunter anziehen soll. Eigentlich will ich nicht mal hin. Bisher habe ich so getan, als würde es mir nichts ausmachen, dass er und Mel jetzt zusammen sind, mehr oder weniger. Was soll ich bloß machen? Auf jeden Fall will ich nicht wie der letzte Penner aussehen, wenn ich schon hinmuss.«

»Ich weiß, was du brauchst, Georgia Reeves. Shopping-Therapie. Komm, wir gehen einkaufen.«

Manchmal nervt Klamottenkaufen total, aber heute nicht. Heute macht es Spaß. Bei *Florentino* entdecken wir das ideale Kleid für mich: schwarze Kreppseide mit weißen Blumen und einem schräg angeschnittenen Rock. Sogar ich muss zugeben, dass ich super darin aussehe. Die Verkäuferin schlägt es in Papier ein und verstaut es in einer eleganten Einkaufstüte.

»Die Rechnung übernehme ich«, sagt Mama. »Jede Frau braucht mindestens *ein* Traumkleid. Und jetzt lass uns irgendwo schick Tee trinken gehen, solange meine Kreditkarte noch zuckt.«

Das *Savoy* ist ein Café im alten Stil: Wandvertäfelung aus dunklem Holz, Teppichboden mit Blumenmuster, als Deko große Lilien- und Gladiolensträuße. Die Kellnerinnen sehen aus wie nette, ältere Tanten und tragen blassgrüne Uniformen. Unter runden Glashauben warten höchst appetitliche Kuchen und Torten auf zuckergierige Menschen. Wir bestellen Vanilletee und ein gigantisches Stück Möhrenwalnusstorte mit Cremefüllung. Mit zwei Gabeln, bitte. Zur Torte bekommen wir zwei elegante kleine Silbergabeln plus eine großzügige Portion Schlagsahne serviert. Wir reden darüber, was bei Mama im Büro gerade so abgeht. Eine Frau aus der Buchhaltung hat vor kurzem Drillinge bekommen, von denen zwei nun andauernd Koliken haben.

»Ha, siehst du, zum Glück geh ich nicht mehr babysitten!«, spotte ich.

»Du und deine spitze Zunge ...« Aber Mama lächelt und fährt fort: »Ich liebe so eine Teestunde am Nachmittag. Sollte man als Pflichtveranstaltung einführen.«

Dem kann ich nur zustimmen und kratze zur Bestätigung die letzten Tortenkrümel und Sahnespuren vom Teller. »Ja, das ist köstlich, ungefähr so gut wie eine Sternschnuppe oder ein *Natural Affinity*-Song.« Wir bleiben noch gemütlich hocken, lesen die Zeitschriften, die für die Gäste ausliegen. Bis Mama schließlich meint, sie müsste jetzt zum Supermarkt, ihren wöchentlichen Großeinkauf erledigen.

»Treffen wir uns in einer halben Stunde am Auto?«, fragt sie.

»Gebongt.«

Der einzige Laden, der mich in der Gegend interessiert, heißt *Magazino*. Da gibt's Zeitschriften, Briefpapier und ausgefallene Schreibwaren. Mein gelbes Tagebuch ist beinahe voll, deshalb kaufe ich mir ein neues. Große Seiten, unliniert. Dunkelgrüner Einband. Ein schwarzes Band als Lesezeichen. Kostenpunkt 29 Dollar 95. Na und? Jetzt, wo ich das Geld nicht mehr brauche, um zu dem Konzert zu fahren, kann ich es genauso gut auf den Kopf hauen.

»Hallo, Georgia.«

Hunter, in einem blauen Hemd und weiten Shorts. Steht direkt vor mir auf dem Parkplatz, eine braune Papiertüte in der Hand.

»Pestobrötchen?«, frage ich. Superleistung. Intelligenter kann man ein Gespräch nicht anfangen.

»Käsestange. In der Bäckerei um die Ecke gibt's keine Pestobrötchen. Aber die Käsestangen dort sind auch nicht übel.«

»Und, wie läuft's so?« Du lieber Himmel, es wird ja immer schlimmer. Meine Lippen bewegen sich, doch mein Hirn liegt im Koma.

»Okay. Kommst du heute Abend?«

»Klar.«

Schweigend sehen wir einander an. Und plötzlich legt mein Mund gleich noch mal ohne mich los.

»Der Typ, mit dem du mich gesehen hast, du weißt schon, vorm Supermarkt, das war anders, als es ausgesehen hat. Ich wollte wirklich bloß mit Mel zum *Chocolate Fish*, um das Essen zu probieren. Adrian hat mich nur abgeholt, weil das Bistro seinen Eltern gehört. Er ist nicht mein Freund oder so, ganz im Gegenteil.«

»Und warum erzählst du mir das?«

»Ich hab verdammt noch mal keine Ahnung, warum!« Ich drehe mich um, stürze davon. Schaffe es gerade so bis zum Auto, bevor ich in Tränen ausbreche. Doch als Mama kommt, habe ich mich wieder halbwegs im Griff; außerdem ist sie in heller Aufregung, weil sie ihre Kreditkarte verlegt hat. Sie merkt also gar nicht, wie verheult ich bin. Zum Glück, denn so was Sterbenspeinliches ist mir noch nie passiert. Warum konnte ich nicht einfach meine Klappe halten? Warum musste ich mit diesem Blödsinn rausplatzen? Auf keinen Fall werde ich das jemals irgendwem erzählen, nie im Leben.

♥

Kaum sind wir zur Tür rein, rufe ich Mel an, um abzusagen. Ich erzähle allerdings kein Wort von dem, was auf dem Parkplatz passiert ist. Jedes Mal, wenn ich daran denke, tut mir mein Kopf weh und mein Herz sinkt ins Bodenlose.

»Ich kann heute Abend doch nicht, Mello.«

»Ich hab genau gewusst, dass du versuchen wirst dich zu drücken, Georgia. Aber das kannst du vergessen! Du kommst mit, und basta.«

Den wahren Grund will ich ihr nicht verraten. Eine überzeugende Ausrede fällt mir nicht ein. Wie ein Papagei wiederhole ich immer wieder, ich würde nicht mitkommen, doch Mel hält so hartnäckig dagegen, dass ich schließlich einknicke.

»Okay, wenn du unbedingt willst.« Ich lege auf. Die Aktion wird ein Desaster. Aber daran bin ich bei mir ja gewöhnt.

»Du siehst großartig aus«, sagt Mama, als ich um kurz vor acht in meinem neuen Kleid nach unten komme. Mit meiner Schildpattspange habe ich mir die Haare hochgesteckt und ein paar Strähnen rausgezupft.

»Danke. Gehst du heute Abend auch aus, Mama?«

»Weiß ich noch nicht. Penny will in den Folkclub, vielleicht geh ich mit.«

»Ja, tu das. Du solltest öfter mal was unternehmen, neue Leute kennen lernen.«

»Du hast ja Recht«, antwortet sie zerstreut, weil sie gerade ein Rezept für die Quitten sucht, die Joy ihr geschenkt hat. »Mir ist allerdings mehr nach zu Hause bleiben und rumwurschteln. Vielleicht überbacke ich die Quitten mit Honig und bringe deinem Großvater ein paar vorbei.«

»Wenn du nie unter Leute gehst, triffst du auch nie deinen Traummann, Mama.«

»Danke für den guten Rat, du Schlaubergerin.«

»Kein Thema. Und kosten tut's auch nichts.« Ich gehe noch mal nach oben, bewundere mich ein letztes Mal im Spiegel, besprühe mich mit Parfüm. Nur Mut, duftende Blume.

Um Punkt acht steht Mel mit ihrer Mutter vor der Tür und es geht los. Mel trägt Schlabberhosen aus Hanf und ihr Veganer-Shirt mit drei Comic-Kühen, die ein Schild mit der Aufschrift *Esst mehr Huhn* hochhalten. Als wir bei Hunter ankommen, gerate ich in Panik, aber wir sind bereits ausgestiegen, Mels Mutter ist schon wieder losgefahren – es gibt kein Zurück mehr. Wir gehen seitlich am Haus entlang zum Gartenhaus, das quasi Hunters Zimmer ist. Sind schon ziemlich viele Leute da. Die vom Metro-College kenne ich natürlich nicht, aber ich entdecke Leah, Logan, Hunter und – was für eine Überraschung – Eva! Und noch eine Überraschung: Logan hat demonstrativ den Arm um sie gelegt. Ich muss zugeben, ich komme bei Evas schmetterlingshaftem Liebesleben nicht mehr mit. Aber wenigstens hat sie eins.

»Hi«, sagt Hunter. »Mögt ihr Bowle? Wir wollten gerade mit *Mars Attacks* anfangen.« Als er mir mein Glas reicht, sieht er mich zum Glück nicht direkt an.

»Ist da Alkohol drin?«, fragt Mel.

»Ja, aber nicht viel«, antwortet Hunter.

Mel drückt ihm das Glas wieder in die Hand. »Gibt's auch Orangensaft?«

»Klar, ich hole dir welchen.«

Die ganze Zeit blicke ich überall hin, nur nicht zu Hunter, deshalb bemerke ich Logans Gesichtsausdruck: Als Mel um O-Saft bittet, verdreht er die Augen. Logan konnte Mel noch nie leiden. Ihre Werte und Weltanschauungen sind diametral verschieden. Ökopower versus Kapitalismus.

»Film ab«, ruft Leah. Wir hocken uns gemütlich hin. Vorhandene Sitzmöbel: ein durchgesessenes Sofa, ein großes Bett, zwei Knautschsessel und diverse Kissenhaufen auf dem Fußboden. Ich hocke neben Mel auf dem Sofa, Hunter auf ihrer anderen Seite. Sie halten nicht Händchen, wofür ich sehr dankbar bin. Chips und Dips werden rumgereicht. Auch ein Joint macht die Runde. Nicht jeder nimmt einen Zug. Ich gebe den Joint direkt an Leah weiter. Den heutigen Abend zu überstehen wird schwer genug, auch ohne dass ich mich zudröhne.

Bekifft scheint der Film allerdings erträglicher zu sein; diejenigen, die high sind, fahren voll auf die explodierenden Hunde ab. Ich finde den Film eher albern und blöd und bin froh, als er endlich vorbei ist. Jemand dreht die Musik auf. Ein paar Leute verabschieden sich, weil sie noch auf eine andere Party wollen. Gleichzeitig taucht ein ziemlich flippiges Mädel auf, das zur Metro-Clique gehört. Passend zu ihren bunten Dreadlocks trägt sie eine Tunika und Pluderhosen aus orangefarbenem Saristoff. Und sie bringt zwei Schachteln Pizza mit.

»Hey, Sunflower, welche Sorte?«

»Hühnchen-Satay und Hackfleisch extrascharf. Kleine Spende von Gerald.«

»Wer ist Gerald?«, frage ich Mel im Flüsterton.

»Ich glaube, ihr Bruder«, flüstert sie zurück.

»Danke, Gerald!«, ruft Hunter begeistert.

»Vielleicht kommt er nach der Arbeit noch vorbei. Wo soll ich die hinstellen?«

Die Pizzen schmecken beide köstlich. Bis auf Mel hauen alle rein. Seit dem Zwischenfall mit dem Fischburger passt Mel noch mehr auf als früher. Sie hält sich echt eisern an ihre Prinzipien. Hat eben einen starken Willen. Klar, ich weiß auch, dass fettiges Fastfood ungesund ist – aber es riecht und schmeckt einfach zu gut. Ich nehme mir das größte Stück Pizza und beiße genüsslich hinein. Durchhalten, Georgia, bald darfst du nach Hause.

Hunter legt eine andere Videokassette ein, einen Bollywoodfilm. Keiner setzt sich extra vor den Fernseher, um richtig zuzuschauen, aber es macht trotzdem Spaß, ab und zu einen Blick auf den Bildschirm zu werfen. Die

Bilder kommen mir vor wie Süßigkeiten für die Augen und dazu dröhnt die Musik. Leah und Sunflower fangen an zu tanzen. Mel und Hunter verschwinden nach draußen. Ich gebe mir große Mühe, sie mir *nicht* beim Knutschen vorzustellen. Logan und Eva teilen sich einen Flachmann mit Whiskey, leeren ihn langsam, aber sicher Zug um Zug. Ich denke mir Methoden aus, wie ich die Zeit dazu bringen kann, schneller zu vergehen: Sammele die Gläser vom Fußboden auf, stopfe die Pizzaschachteln in den Müll und mache es mir schließlich auf dem Sofa bequem, um in ein paar Ausgaben von *Mad* rumzublättern. Als Mel und Hunter wieder reinkommen, sind wahrscheinlich gerade mal zwanzig Minuten vorbei, aber es schien mir wie eine Ewigkeit. Sie stehen locker im Türrahmen und gucken, was so läuft. Da geht plötzlich ein Sturm los.

»He, Mel, ich hab gehört, du willst einbeinige Wale retten. Wie edel von dir«, sagt Logan in aggressivem Ton. Seine Stimme ist zu laut, sein Gesicht gerötet. Im Raum wird es still. Alle warten gespannt ab, wie Mel mit der Attacke umgehen wird.

»Wie bitte?« Sie wirkt ziemlich überrumpelt. Logan wankt auf sie zu, wobei er mit den Armen fuchtelt, als wollte er die Luft verprügeln.

»Ganz ruhig, Logan.« Eva fasst ihn am Arm, doch er schüttelt sie ab.

»Spricht doch nichts dagegen, dass Mel und ich mal eine Runde diskutieren. Diese Welt geht zum Teufel. Da bringt's doch auch nichts, sich nur von Möhren zu ernähren, oder? Es lebe das Steak! Viele schöne, saftige

Steaks. Wenn ihr mich fragt, sind diese ganzen Rettet-die-Tierwelt-Aktionen gequirlte Kacke!«

»Ich habe dich aber gar nicht gefragt«, antwortet Mel.

»Ja, komm wieder runter, Mann«, fügt Hunter hinzu. Doch Logan ist betrunken und sucht Streit.

»Kann sie nicht selbst den Mund aufmachen und sagen, was sie denkt? Braucht sie dafür ihr T-Shirt und ihren Macker?«

Hätte er die letzte Bemerkung nicht gemacht, hätte Mel ihn vermutlich ignoriert. Aber er hat sie gemacht und sie ignoriert ihn nicht.

»Hör gut zu, Logan. Dass die Umweltverschmutzung auf diesem Planeten überhand nimmt, liegt an Idioten wie dir, die keinen Respekt vor der Natur haben. Was den Verzehr von totem Fleisch angeht – bitte, tu dir keinen Zwang an. Denk einfach nicht dran, was du unschuldigen Tieren damit antust, vergiss die Grausamkeiten, die Schmerzen, das Leid. Und vergiss auch gleich die Regenwälder, die abgeholzt werden, um Weideland für Rinder zu schaffen. Kapierst du den Zusammenhang nicht? Zähl einfach mal eins und eins zusammen, du Ignorant. Was auch immer du tust, wofür auch immer du dich entscheidest – es betrifft nicht nur dich allein, sondern alles und jeden auf diesem Planeten, ob dir das nun passt oder nicht. Was sollte denn auf *deinem* T-Shirt stehen? *Ich bin blöd, mir ist alles wurscht*?« Mels Gesicht ist blass vor Wut, während sie langsam auf Logan zugeht.

»Bravo. Zumindest steht sie zu dem, woran sie glaubt.« Sunflower ist die Erste, die den Mund wieder aufkriegt. »So was bewundere ich.«

»Du bist doch eine blöde Kuh«, poltert Logan.

»Komm, lass uns rausgehen an die frische Luft...«, sagt Eva.

»Ja, schon gut.« Beim Rausgehen stolpert er über den Knautschsessel und fällt fast auf die Schnauze.

»Tja, also...«, sagt Hunter. »Das war ja übel. Will vielleicht irgendwer Kaffee?«

»Ich.« Das kommt von mir.

»Ich auch, ich helfe dir«, fügt Leah hinzu. Die Partystimmung ist wie weggeblasen, so viel steht fest. Die meisten Leute verabschieden sich. »Danke, Hunter.«

»Kein Thema, bis dann.«

Nur ein paar von uns bleiben übrig: ich, Leah, Hunter, Sunflower, Mel und ein schläfrig wirkender Mensch namens Dave. Sunflower und Mel hocken im Schneidersitz auf den Kissen und quatschen. Die beiden verstehen sich auf Anhieb prächtig: zwei Seelenverwandte, in ein Gespräch über Genmanipulation vertieft. Ich nehme meinen Kaffeebecher mit nach draußen, setze mich auf eine Sonnenliege aus Plastik, die im Garten steht. Keine Spur von Logan und Eva. Es ist richtig friedlich, die Nacht so still. Ich könnte den Sternen neue Namen geben. Ich könnte ... ich könnte mich mit Hunter unterhalten, denn er lässt sich gerade neben mir ins Gras fallen.

»Hi«, sage ich, weil mir nichts Besseres einfällt.

»Das habe ich wohl ziemlich vermasselt«, meint Hunter. Keine Ahnung, wovon er spricht. Hauptsache, er fängt nicht von unserer unheilvollen Begegnung auf dem Parkplatz an. Über alles andere rede ich gern mit ihm, kein Problem.

»Was hast du vermasselt?«

»Was da drinnen gelaufen ist. Mel ist stinkig auf mich. Sie meint, ich würde Konflikten immer aus dem Weg gehen. Anscheinend fand sie's gar nicht gut, dass ich zu Logans Auftritt nichts weiter zu sagen hatte als ›übel‹.«

»Mach dir nichts draus. Mel nimmt das alles nun mal sehr ernst, die Rettung der Welt und so. Manchmal kann das ein bisschen anstrengend sein.«

»Trotzdem hat sie Recht. Ich neige zum Verdrängen, vor allem, wenn's Zoff gibt.«

»Und wieso?«

»So läuft es eben bei uns daheim. Mein Stiefvater ist Experte im Vermeiden von Konflikten, die meiste Zeit zumindest. In manchen Dingen ist er so relaxt, dass es an Gleichgültigkeit grenzt. Meine Mutter macht diese Einstellung manchmal fix und fertig.«

»Ich habe keinen Vater. Er ist gestorben, als ich klein war. Ich wohne allein mit meiner Mutter zusammen.«

»Mein leiblicher Vater lebt zwar noch – und es geht ihm auch gut, soweit ich weiß –, aber weil er in Brisbane wohnt, sehe ich ihn nicht besonders oft. Wir schreiben uns ab und zu E-Mails.«

»Magst du deinen Stiefvater?«

»Er ist schon okay. Mittlerweile hab ich mich an ihn gewöhnt. Meine Mutter hat ihn kennen gelernt, bald nachdem meine Eltern sich getrennt hatten. Meistens kommen wir miteinander klar, zumindest mehr oder weniger.«

»Familien sind komisch, was?«

»Absolut.«

»Vielleicht erfinde ich mal eine Liste zu dem Thema. Ich stehe auf Listen.«

»Wie meinst du das? Sag mal ein Beispiel.«

»Ja, also du könntest eine Liste mit deinen Lieblingsmenschen anlegen oder aufschreiben, was du später mal machen willst.«

»Ah ja, kapiert. Wie wär's mit einer Liste über gute Listenthemen, sagen wir mal: *Was ein Hund seinem Menschen schon immer mal sagen wollte*?« Cool. Hunter steht auch auf Listen.

»Genau. Oder *Wie man beim Scrabble am besten mogelt*.«

»*Gruselige Sexualpraktiken aus der Welt der Insekten*.«

»*Fünfzig Arten, Kürbis zuzubereiten*.«

»Äh ... *Die grausamsten Lieder für Hochzeitsfeste*.«

»Gefällt mir. Was hältst du von *Besonders scheußliche Katzennamen*?«

Ich hätte noch die ganze Nacht lang da sitzen und mit Hunter quatschen können, doch plötzlich tauchte Mel auf.

»Da seid ihr ja«, sagt sie, als wäre überhaupt nichts gewesen. »Sunflower ist toll«, fährt sie fort. »Wir haben genau dieselben Interessen.«

Eifersucht durchzuckt mich. Ich wünschte, ich könnte ein ebenso anständiger, verantwortungsvoller Erdenbürger sein wie Mel, aber ich krieg's einfach nicht hin. Ich bin eben bloß ich, mit all meinen Fehlern und meiner Unsicherheit, was Ideale und Prinzipien angeht. Vom Kopf her bin ich mit allem einverstanden, was Mel vertritt, aber es fällt mir nun mal schwer, auf Schinkenbrote zu verzichten. Von der Straße her ertönt durchdringendes Hupen.

»Das ist meine Mutter, pünktlich wie immer.« Mel schnappt sich ihre Tasche.

»Bis dann, Hunter«, sagen wir wie aus einem Munde.

»Bis dann.« Er winkt uns zu.

Als ich nach Hause komme, sitzt Mama gemütlich in ihrem Kimono auf dem Sofa und liest.

»Hallo. Bist du mit in den Folkclub gegangen?«

»Nein, ich habe deinem Großvater Quitten gebracht. Und wir haben uns über Michael unterhalten. Dad hat mir ein paar Sachen erzählt, die ich nicht wusste. Oder vielleicht wusste ich sie mal, wollte sie aber nicht mehr wahrhaben. Jedenfalls hat sich dadurch so einiges für mich geklärt. Dad ist der Meinung, wir beide, du und ich, hätten unsere Zuneigung in die falsche Richtung gelenkt. Du hast sie an deinen Jakob verschwendet, ich an meine verdrehten Erinnerungen.«

»Und was hast du dazu gesagt?«

»Ich hab zugegeben, dass er vielleicht Recht hat.«

»Sehr schön«, antworte ich. »Wenn du dich endlich wieder verabredest, darfst du dir mein neues Kleid ausleihen. Aber verlier es nicht.« Ich grinse sie an. »Übrigens war's richtig toll heute Abend, Mama. Und weißt du, was das Beste ist? Zwischen Mel und Hunter läuft nichts mehr.«

»Ihr seid ja schlimmer als jede Seifenoper«, lautet Mamas Kommentar.

Ich gehe ins Bett, bevor sie nachhaken kann. Bitte keine Fragen, Mama. Ich kenne die Antworten doch auch nicht.

Die Friedhofsschicht

Am Sonntagnachmittag ruft Mrs Jakovich an, bei der wieder mal ein Notfall eingetreten ist. Ob ich eventuell am Abend reinkommen und die Friedhofsschicht von sechs bis elf übernehmen könnte? Die Zwillinge haben sie versetzt, übrigens nicht zum ersten Mal. Sie bietet mir an, mir neben meinem normalen Stundenlohn zusätzlich auch noch den Überstundenzuschlag zu bezahlen. Ich bin müde, aber was soll's? Kohle kann man immer gebrauchen, oder etwa nicht?

Kein Wunder, dass es Friedhofsschicht heißt. Praktisch kein Mensch da. Um diese Zeit kaufen bloß Freaks im Supermarkt ein. Mrs J ist heimgegangen, Otto hat von ihr übernommen.

Auch Hunter kreuzt auf, begrüßt mich mit: »Hallo, Zwillingsersatz.« In diesem unverwechselbaren, sanften, gelassenen Ton.

»War nett, dein Videoabend. Bis wann hast du heute Morgen geschlafen?«

»Ach, bin ziemlich früh aufgestanden. So gegen drei?«

»Du Glücklicher.« Ich gähne. Otto schließt alle Kassen bis auf acht, neun und zehn; dort sitzen nun Hunter, ich und Leah. Ich vertreibe mir dir Zeit, indem ich die Kunden beobachte. Da ist zum Beispiel ein hypercooles Pärchen: sie wasserstoffblond, er mit Käppi und Silberkettchen. Die Artikel im Einkaufswagen: Pesto aus getrockneten Tomaten, Artischockenherzen. Sie faucht. Er stiert böse zurück. Glück kann man sich eben nicht kaufen.

Eine Designerlesbe an meiner Kasse. Strenger Kurzhaarschnitt. Starke Lederjacke. Kauft drei verschiedene Sorten Schokolade, Tampons (extrastark) und eine Ausgabe von *Haus und Garten*. Diese Lady weiß sich zu verwöhnen, wenn die Hormone ihr zu schaffen machen.

Ich wechsele ein paar Worte mit Tom Wilson, der bei uns in der Nachbarschaft wohnt und zur selben *Amnesty*-Gruppe gehört wie meine Mutter. Mel würde voll auf sein T-Shirt abfahren: *Schweine können fliegen. Die Erde ist eine Scheibe. Atomkraft ist sicher.* Er kauft, was traurige, einsame Männer eben kaufen: ein Fertiggericht aus der Tiefkühltruhe (indisches Curry), zwei Mandarinen, eine Dose Katzenfutter.

Gegen halb zehn sind nur noch so wenige Kunden da, dass es sich nicht mehr lohnt, drei Kassen geöffnet zu halten. Otto entscheidet, dass nur Leahs Kasse offen bleibt, bittet Hunter, Kartons auszupacken, und mich, die Sonderangebotsschilder wegzuräumen, die nicht mehr aktuell sind. Dann verzieht er sich nach hinten zum Lieferanteneingang, setzt sich auf eine Gemüsekiste und raucht.

Ich bin hundemüde. Meine Füße tun weh. Mein Kopf tut weh. Wie spät ist es? Erst Viertel vor zehn. Wie soll ich bloß die nächsten fünfundsiebzig Minuten überleben?

Ich nehme gerade die letzten Pappschilder bei den Kühlregalen ab, als mir ein Mann auffällt, der anscheinend was Kaltes zu trinken kaufen möchte. Ende zwanzig, Ziegenbärtchen, Jeans, T-Shirt, schwarze Rappermütze. Er nimmt sich eine Dose Red Bull, stellt sie wieder hin. Coca-Cola, Schokomilch – immer dasselbe Spiel: Er nimmt es, stellt es wieder hin. Schließlich entscheidet er sich für eine Flasche Saft und geht Richtung Kasse. Ich laufe hinterher; wenn er bezahlt hat, will ich mit Leah einen kleinen Schwatz halten. Am Ende von Gang Nummer zehn bleibe ich möglichst unauffällig stehen. Er soll nicht merken, dass ich ungeduldig warte, bis er weg ist. Obwohl ich genau das tue. Der Kerl gibt Leah den Saft. Leah schiebt die Flasche über den Scanner – ein Dollar achtzig. Er gibt ihr eine Zweidollarmünze. Als sie die Kassenschublade aufspringen lässt, um ihm sein Wechselgeld zu geben, stürzt er sich auf sie. Scheiße, ein Überfall!

Entsetzt schaue ich zu, wie der Typ Leah grob zu Boden drückt. Sie gibt einen erstickten Laut von sich, ruft etwas, aber es sind keine Wörter. Klingt eher nach einem Tier. Ein kehliges Geräusch, in dem die Angst zu hören ist. Der Mann zerrt hastig und ungeschickt an der Kassenschublade. Münzen hüpfen raus, scheppern zu Boden, aber die Scheine werden durch Metallklammern festgehalten. Leah versucht sich aufzurappeln, doch wieder stößt er sie, dieses Mal wesentlich fester. *Bleib unten, rühr dich nicht, sonst tut er dir weh* – laut hallen die Worte in meinem Kopf wider, mein Mund allerdings bleibt fest geschlossen. Der Mistkerl rupft die Kassenschublade aus der Halterung, klemmt sie sich unter den Arm und rast zum Ausgang.

Ich stehe unter Schock, kann mich, auch nachdem er verschwunden ist, keinen Millimeter von der Stelle rühren. Wie festgefroren sehe ich Leah beim Aufstehen zu. Alles passiert in Zeitlupe, wie in einer grauenvollen Choreografie. Leah kommt mühsam auf die Beine; ihre

Finger krallen sich in ihre blaue Strickjacke und ziehen den Stoff vor der Brust zusammen, als könnte sie sich dadurch schützen – eine vollkommen sinnlose Geste. Es herrscht Totenstille, bis mein Gehirn und mein Körper auf einmal von einem wahnwitzigen Adrenalinstoß durchflutet werden. »Lautsprecheranlage!«, brülle ich. »Ruf Otto, Leah. Durch die Lautsprecheranlage. Sofort!«

Gleichzeitig taucht wie aus dem Nichts Hunter neben mir auf.

»Komm!« Er packt meinen Arm, wir stürzen los. Ich habe das Gefühl, kaum vorwärts zu kommen, meine Beine gehorchen mir nicht, mein Körper macht nicht, was ich will. Hunter rennt wie ein Irrer vor mir her, gibt wirklich alles, aber der Typ düst in Raketentempo davon, ist schon halb über den leeren Parkplatz, als wir rauskommen. Keine Chance, ihn zu erwischen. Sein Komplize wartet mit laufendem Motor am Steuer eines weißen Opels und fährt sofort los, als der andere in den Wagen springt.

»Mannomann«, sagt Hunter. Wir stehen da wie zwei leblose Marionetten ohne Puppenspieler, der an unseren Fäden ziehen könnte. Vor Angst und Aufregung schlägt mein Herz wie wild. Mit Blaulicht und Sirene braust ein Polizeiauto heran. Die Polizisten gehen mit uns zurück in den Laden. Immer noch spielt sich alles wie in Zeitlupe ab, in stillen, fließenden Bewegungen. Die letzten Kunden wurden bereits aufgefordert den Supermarkt zu verlassen. Leah sitzt schluchzend auf dem Fußboden. Die

Polizisten nehmen uns mit in den Personalraum und stellen eine Million Fragen. Als ich den Dieb beschreibe, werde ich vom Oberpolizisten für mein gutes Personengedächtnis gelobt, obwohl ich finde, dass ich viel zu schnell rede und viel zu viele überflüssige Einzelheiten erwähne, zum Beispiel, welche Getränke der Mann *nicht* genommen hat. Noch immer stehe ich unter Schock. Nehme Leah in den Arm, um sie zu trösten. Hunter und Otto stehen stumm daneben. Otto tastet nach einer Zigarette, steckt sie dann doch wieder in die Hemdtasche, wobei sie kaputtgeht; Tabakkrümel rieseln über sein Hemd. Alles fühlt sich komisch an. Komisch, unangenehm, seltsam, falsch.

Die Polizisten haben ihre Fragen gestellt und sind wieder abgezogen. Sie bringen Leah ins Krankenhaus, weil ihr Arm wehtut und sie nicht aufhören kann zu weinen. Otto ruft unsere Eltern an und bittet sie uns abzuholen. Er muss wegen des Überfalls einen Bericht schreiben und jede Menge Formulare ausfüllen, deshalb schickt er Hunter und mich zum Warten nach draußen. Wir setzen uns dicht nebeneinander auf eine Bank im Eingangsbereich des Supermarkts und gehen gemeinsam die Ereignisse des Abends durch. Versuchen zu begreifen, was passiert ist.

»Hätten wir doch bloß was tun können.«

»Da war nichts, was man hätte tun können, gar nichts.«

»Nein, wahrscheinlich nicht. Arme Leah.«

»Mit so was rechnet ja keiner. Das erwischt einen einfach so.«

»Stimmt.«

»Ein Glück, dass er keine Waffe dabeihatte.«

»Allerdings.«

Worte. So nützlich wie ein Eimer mit Löchern.

Mama kriegt sich kaum mehr ein vor lauter Umsorgen. Macht mir heiße Milch mit Honig, bringt mich ins Bett und deckt mich zu, wie früher, als ich klein war.

»Soll ich dir was vorsingen? Du wolltest immer, dass ich dir etwas vorsinge.«

»Nein«, antworte ich. »Vielleicht ein andermal. Ich bin okay, Mama, wirklich. Gute Nacht.«

Ich kuschele mich in meine weiche Decke, meine weichen Kissen und liege mit offenen Augen im Dunkeln. Ich höre eine Melodie. Aber es ist nicht meine Mutter, die singt. *Eines Tages kauft dein Papa dir 'nen Ring, einen wunderschönen Ring.* Ich war vier. Es war Sommer. Damals, als die Welt noch sicher war.

Ich träume von dem Überfall. Ein glasklarer, deutlicher Traum.

Er drückt sich so unauffällig wie möglich bei den Tiefkühltruhen rum, aber ich habe ihn längst durchschaut. Denn er benimmt sich nicht nur eigenartig – auf seiner Stirn steht in großen, scharlachroten Buchstaben das Wort *Dieb.* Ich stürze mich mit einem Hechtsprung auf ihn, schnappe mir seine schwarze Mütze, stoße ihn zu Boden, nagele ihn mit meinem schweren schwarzen

Stiefel dort fest und kippe Milch über ihn, bis er um Gnade winselt. Er heult und jammert kläglich, versucht seine durchweichte Mütze wieder an sich zu reißen. Polizisten tauchen auf, legen ihm Handschellen an, doch es sind gar keine richtigen Polizisten, sondern Dachshunde in Uniform. Sie schleppen ihn mit sich. An mir bleibt es hängen, die verschüttete Milch aufzuwischen. Allein stehe ich da, umgeben von einer Million Milchreisdosen.

Zwischen Mitternacht und Morgen schrecke ich plötzlich aus dem Schlaf hoch. Mein Bett ist völlig zerwühlt, das Laken verknüllt und feucht von Schweiß. Ich umklammere das eine der beiden Kissen, das andere ist auf dem Boden gelandet. Ich gehe pinkeln. Mache mein Bett, glätte die Laken, schlüpfe wieder dazwischen. Bin hellwach. Drehe und wälze mich von einer Seite auf die andere. Vergeblich – jede Stellung ist unbequem. Haltlos treibe ich durch dunkles Wasser. Fühle mich bleischwer, fiebrig, wund, wie durchgeprügelt von dem Überfall und meinem verrückten Traum.

Als ich das nächste Mal aufwache, fühle ich mich erstaunlich frisch. Mama ist schon aufgestanden und liest Zeitung. Ich mache mir Toast und Kaffee. Ich bin froh, dass ich lebe. Nichts im Leben ist selbstverständlich. Heute Morgen weiß ich, wie sich das anfühlt.

»Ich möchte nicht mehr bei *New World* jobben«, sage ich. Mama blickt ein wenig beunruhigt auf.

»Ich werde Mrs Jakovich anrufen und kündigen.«

»Ich kann dich voll und ganz verstehen.«

»Ist gar nicht mal wegen dem Überfall. Das Arbeiten da macht einfach keinen Spaß, ich find's anstrengend und langweilig. Ich hätte schon gern weiter einen Job, aber nicht diesen.«

»Deine Entscheidung, Liebes«, meint Mama. Sie wirkt ein wenig erstaunt, scheint aber nichts einzuwenden zu haben und liest weiter in ihrer Zeitung.

Das Telefon klingelt. Hunter.

»Wie geht's dir?«

»Gar nicht so schlecht. Jedenfalls werde ich mich von der Sache nicht total runterziehen lassen. Und du?«

»Alles klar bei mir. Gehst du heute in die Schule?«

»Wahrscheinlich. Wieso?«

»Ich wollte einen Tag Pause einlegen und dich fragen, ob du mitmachst.«

»Sehr gern.« Ich hole tief Luft. Jetzt oder nie. »Hunter, gestern Abend, bevor durch den Überfall das totale Chaos ausgebrochen ist, wollte ich dir eigentlich etwas sagen.«

»Was denn?«

»Warum ich dir das von Adrian erzählt habe – der Grund dafür ist, dass ich in dich verknallt bin. Sehr sogar.«

»Das trifft sich gut.« Ich kann sein Lächeln schmecken. »Ich nämlich auch in dich.«

♥

Wir gehen zu dritt in den Park. Ich, Hunter und sein Basketball. Ich schaue ihm gern beim Körbewerfen zu. Er bemüht sich unglaublich mich zu beeindrucken und wird jedes Mal rot, wenn er daneben wirft. Dann holen wir uns aus der Videothek Teil drei von *Der Herr der Ringe* und gehen zu mir. Ich mache Brote mit Avocadoschnitzen und Hefepastete. Aufbruch nach Mittelerde. Für meinen Geschmack dauern die Schlachten etwas lang, aber die Hobbits gefallen mir und die Landschaften sind gigantisch. Es ist toll, zusammen auf dem Sofa zu sitzen und Händchen zu halten. Während der Abspann läuft, beginnt Hunter an meinem Hals herumzuknabbern und zu lutschen, aber ich winde mich los. Wenn ich einen Knutschfleck kriege, muss ich mir gleich wieder eine von Mamas Verhütungspredigten anhören, und darauf kann ich wirklich verzichten.

Stattdessen küssen wir uns. Küssen ist großartig. Schmeckt gut, fühlt sich genau richtig an. Ich will mehr.

Wir verbringen einen großartigen Nachmittag miteinander. Quatschen über alles: was wir mögen, was wir nicht mögen, erzählen uns über unser Leben. Ich zeige Hunter mein Tagebuch und er mir das zerfledderte alte Notizbuch mit seinen Gedichten. Ich bringe sogar den Mut auf, ihm eine Frage zu stellen.

»Wie kommt es eigentlich, dass du mit einem Mädchen nach dem anderen liiert bist? Erst warst du hinter Kate her, dann mit Eva zusammen, danach hast du Mel gefragt, ob sie mit dir ausgeht. Und jetzt ich. Kannst du mir das mal erklären?«

»Ich war nicht hinter Kate her. Ich bin nur wegen den Pestobrötchen zu euch in die Bäckerei gekommen. Mit Eva anzubändeln war im Nachhinein keine gute Idee. Als ich gemerkt habe, dass sie was von mir will, war das irgendwie verlockend. Aber das erste Prickeln war ziemlich schnell vorbei und dann habe ich versucht mich möglichst lässig wieder aus der Sache rauszuziehen. Und was Mel betrifft – wir wollten uns schlicht und einfach denselben Film anschauen. Mehr war da nicht, wirklich nicht. Du bist diejenige, mit der ich zusammen sein will.«

»Ehrlich? Verarsch mich nicht, Hunter.«

»Tue ich nicht. Ich hab schon immer auf dich gestanden und gleich versucht deinen Namen rauszufinden, was leider ziemlich lang gedauert hat. Du warst für mich dieses Energiebündel mit den wilden Haaren, das sich von nichts und niemandem kleinkriegen lässt. Das fand ich einfach klasse. Aber dann hab ich dich mit Adrian zusammen gesehen und gedacht, dir würde an mir nichts liegen. Darum hab ich mich zurückgezogen.«

»Tja, da hast du komplett falsch gelegen.« Ich grinse. »Aber jetzt zu uns. Ich will nicht mit dir zusammen sein, bloß um dann gleich wieder fallen gelassen zu werden, wie man ein Geschenk loswird, das einem dann doch nicht so gut gefällt.«

»Ich mach dir einen Vorschlag: Wir versprechen uns gegenseitig, dass wir so lange zusammenbleiben, wie es sich gut und richtig anfühlt. Wir lügen einander nicht an. Und wir behandeln uns gegenseitig mit Respekt.«

»Abgemacht.«

»Ich bekomme bald einen Hund«, erzählt Hunter. »In zwei Wochen, wenn er so alt ist, dass er nicht mehr bei seiner Mutter bleiben muss. Er heißt Jethro.«

»Klasse.« Mit dem Finger zeichne ich die dünnen, grünen Linien seines Tattoos nach. »Genauso wie das hier. Warum hast du dich ausgerechnet für dieses Motiv entschieden?«

»Das ist ein keltisches Kreuz. Die einen sagen, es steht für die Ewigkeit oder Gottes Liebe. Die anderen meinen, es wäre einfach ein uraltes Druidensymbol. Ich wollte es, weil es mir gefällt. Einfach so, gibt keinen tieferen Grund dafür.«

Wie sich herausstellt, haben wir beide irische Vorfahren. Bei Hunter sind auch noch deutsche und französische Anteile dabei. Ich weiß bloß, dass meine Großmutter aus der Grafschaft Cork kam. Opas Familie war aus England, glaube ich, und woher die Familie meines Vaters ursprünglich stammt, weiß ich nicht. Aber ich würde gern mehr darüber erfahren. Vielleicht gab es unter meinen Urahnen ja interessante Leute.

Ich frage Hunter nach seiner Mutter. Sie heißt Tricia, ist siebenunddreißig, arbeitet im Bioladen, spielt Volleyball und näht gern. Hunters Schwester Simone ist elf und spielt Gitarre. Hunter steht auf Musik, Geschichte, Hunde, Surfen, Skaten, Zelten, Sciencefiction, Fußball, Basketball und mich.

Als Mama heimkommt, sitzen wir immer noch glücklich Händchen haltend auf dem Sofa. Mama ist aufgeregt, weil sie ein Geschenk für mich mitgebracht hat. Vorsichtig packe ich es aus und glätte mit der Hand das silbrige Papier, damit es wiederverwendet werden kann. Eine Kamera. Eine Pentax.

»Du hast ein gutes Auge«, meint Mama. »Ich glaube, aus dir könnte eine gute Fotografin werden.«

»Cool«, sagt Hunter und hilft mir herauszufinden, wie man den Film einlegt, was gar nicht so einfach ist.

»Stellt euch bitte da rüber.« Ich komme mir schon fast wie ein Profi vor.

Mama und Hunter vor einer weißen Wand. Mama hat den Strohhut auf, den sie beim Gärtnern trägt, Hunter seine Skatermütze. Mein allererstes Foto.

Das neue Leben

Ich liebe es zu fotografieren. Ich gehe in einen Kurs, den auch Poppy belegt hat. Sie experimentiert mit einer Digitalkamera herum, weil sie auf Spezialeffekte steht: doppelte Belichtung, verschwommene Landschaften, die sich nach außen kaleidoskopartig auflösen. Der Kursleiter heißt Tim und kommt aus Manchester. Sein Lachen ist laut, seine Hemden sind grellbunt. Er bringt uns jedes Mal großartige Fotobände mit und ermutigt uns alles aus einem neuen Blickwinkel anzuschauen, die Dinge so zu betrachten, als hätten wir sie nie gesehen. Ich bin voller Kreativität, eine ganz eigene Energie, die mich mitreißt. Farben, Formen und Licht, Schatten und Konturen faszinieren mich. Auch in mein neues Tagebuch schreibe ich Listen und Gedichte, gleichzeitig entwickelt es sich aber auch zu einem visuellen Notizbuch, denn ich klebe meine Fotos hinein und versehe sie mit Überschriften. Dazu kommen andere Materialien: eine blaugrüne Feder, ein Stück alte Spitze und solche Sachen. Drum herum male ich mit weichen Pastellstiften so was Ähnliches wie Rahmen – bunte, symmetrische Muster, die auch als Stoffdesign taugen würden oder für Tapeten. Ich möchte mich nicht auf eine Kunstform beschränken. Fotografin, Autorin, Designerin – ich würde gern alles drei sein und noch mehr.

WAS ICH FOTOGRAFIERE
Mel und Sunflower mit einem Friedenstransparent
(*Mädels retten die Welt*)

Eine lange Reihe Einkaufswagen (*Kaufskulptur aus Metall*)
Hunter auf seinem Skateboard (*Lufttänzer*)
Mrs Jellicoe mit ihrer neuesten Handtasche, die aus Reißverschlüssen gemacht ist (*Mit dieser Handtasche bis ans Ende der Welt*)

WAS ICH NICHT FOTOGRAFIEREN KANN
Den Goldtopf am Ende des Regenbogens
Das Innere einer Walnuss
Janis Joplin beim Frühstück
Wie eine Ente quakt
Wie Schokolade schmeckt
Wie schmutzige Socken riechen
Geister und Engel
Meinen eigenen Hintern
Hunger
Was ich für meinen Vater empfinde
Musik
Wie weich ein Blütenblatt ist
Eine Ratte, die so groß ist wie das Empire State Buildung und sich als Nikolaus verkleidet hat

Im Land der Nagetiere

Ich liebe meinen neuen Job. Als ich die Anzeige in der Zeitung entdeckte, wusste ich sofort: Den will ich. Deshalb schrieb ich gleich einen passenden neuen Lebenslauf statt den alten hinzuschicken. Das Vorstellungsgespräch lief bestens. Nach ein paar sehr allgemeinen Fragen hieß es einfach: »Wann kannst du anfangen?«

Jeden Sonntagnachmittag laufe ich über das Unigelände und stelle mir vor, ich wäre Studentin. Ich komme an eine Tür, auf der *Medizinisches Forschungslabor* steht, tippe einen siebenstelligen Code ein, öffne die Tür und — da sind sie. Meine Babys. Dreihundertsiebenundvierzig Ratten. Olga, eine Medizinstudentin, kümmert sich um die fünftausendundzwei Mäuse sowie ein Schaf namens William. Sie kommt immer morgens, deswegen bin ich mit den Ratten allein. Ich ziehe Gummischuhe und grüne Arztklamotten an, drehe das Radio voll auf und mache mich an die Arbeit. Bevor ich die Käfige säubere und das Stroh darin erneuere, verstaue ich meine Lieblinge vorsichtig in Kartons, jeweils fünf in einem. Wenn alles schön sauber ist, fülle ich frische Körner in die Futterbehälter. Und dann hänge ich ein bisschen mit Jakob ab, meiner Lieblingsratte Nummer eins. Er ist größer als normale Ratten, weil bei ihm genetisch etwas verändert wurde, und das Fell an Kopf und Rückgrat steht ihm leicht zu Berge, so dass er aussieht, als hätte er einen Mini-Irokesen. Sein Luxuskäfig, das *Ratten-Ritz*, ist großzügig mit Spielzeug ausgestattet, das ich aus Klopapierrollen und Eierkartons gebastelt habe. Jakob mag glänzende Flächen, in denen man sich spiegeln kann, Treppen, Tunnel und alles, was rollt. Manchmal setze ich eine zweite Ratte zu ihm in den Käfig, damit er Gesellschaft hat, aber er ist ein zurückhaltender Typ und leicht kontaktscheu.

Mel und ich driften immer mehr auseinander. Wir haben versucht über das zu sprechen, was auf der Party passiert ist, aber es war schwierig.

»Du und Hunter, ihr habt nicht zu mir gehalten, habt den Mund nicht aufgemacht, um mich zu unterstützen. Diese Welt muss sich dringend ändern. Aber wenn niemand was tut oder seine Meinung sagt, wird sich gar nichts ändern.«

»Ich bin nicht der Feind, Mel. Und jeder sollte das machen dürfen, was er für richtig hält. Es muss zu ihm passen. Du kannst niemanden dazu zwingen, das Gleiche zu denken wie du.«

»Ich versuche gar nicht irgendjemanden zu irgendetwas zu zwingen. Ich will dich bloß ermutigen dich zu engagieren. Hast du Lust, mit Sunflower und mir am Sonntag zur Demo zu kommen?«

»Geht nicht, ich arbeite.«

Prompt wirkte Mel etwas verschnupft. Sie hat was gegen meinen neuen Job, ganz klar. Ich habe ihr zwar tausendmal erklärt, dass die Tiere gut behandelt werden, dass Forschung wichtig ist, dass man nur so Fortschritte in der Medizin und bei der Heilung von Krankheiten erzielt. Trotzdem hält sie Tierversuche grundsätzlich für falsch.

Es ist nicht leicht, sich von einer Freundschaft zu verabschieden. Oder zumindest zuzulassen, dass sie sich verändert. Ich wartete einen entspannten Moment ab und unternahm einen zweiten Anlauf, mit Mel zu reden; doch sie ging gar nicht drauf ein. Stattdessen fing sie an mir zu erzählen, wie das veganische Kochbuch aussehen soll, das sie zusammen mit Sunflower schreiben will. Manchmal habe ich den Eindruck, Mel interessiert sich mehr für Ideen als für Menschen. Trotzdem fehlt sie mir. Sie war die erste beste Freundin, die ich je hatte. Wir haben viel zusammen erlebt.

Die Mittagspause verbringe ich mittlerweile meistens in dem Raum, wo wir Kunst haben, blättere durch die Fotobände oder benutze die Dunkelkammer. Wenn Poppy auch da ist, hängen wir eben zusammen ab.

♥

Joy und Kevin haben eine Zeit lang getrennt gelebt, um erst mal mit sich ins Reine zu kommen. Das fiel beiden erst elend schwer, doch dann ließ sich Onkel Kevin eine bessere Frisur verpassen und kaufte sich ein paar schöne Hemden. Er ging sogar zu einem arrangierten Dinner für Singles, bei dem er eine Krankengymnastin namens Ruth mit roten Locken und zwei Katzen kennen lernte. Als Tante Joy von Ruths Existenz erfuhr, beschloss sie, jetzt sei es genug mit dem Getrenntleben, und fragte ihren

Mann, ob er nicht wieder zu Hause einziehen wolle. Sie könnten es ja noch mal miteinander versuchen. Pennys elegante Formulierung dafür war: »Sie holt ganz schnell die Leine wieder ein.«

Gilda hat sich bei einer Organisation beworben, die freiwillige Helfer in die Dritte Welt schickt. Am liebsten würde sie nach Afrika gehen und mit Dorfbewohnern dort solarbetriebene Öfen bauen. »Wie wär's, wenn du stattdessen auf die Fidji-Inseln gehst und den Leuten beibringst, wie man mit Computern umgeht?«, fragte ich sie. »Nicht weit genug weg«, antwortete sie. Ich verstehe, was sie meint.

Mama verabredete sich mit Tom Wilson, dem Typen aus ihrer *Amnesty*-Gruppe. Allerdings nur ein Mal. Sie gingen essen und anschließend ins Kino.

»Wie war's?«, erkundigte ich mich, als sie heimkam. Ich schaute mir gerade *Auf immer und ewig* im Fernsehen an, aber es war Werbepause und so konnte ich schon mal eine Minute für sie erübrigen.

»Okay.«

»Bloß okay?«

»Ja.«

Demnächst fängt sie mit Penny einen Tangokurs an; vielleicht lernt sie ja dort jemanden kennen.

Sooze ist mit einem Menschen namens Gerald liiert, der Ziegen züchtet. Sie schickte Mama eine E-Mail mit der Frage, ob sie uns nicht mit ihm zusammen besuchen könnte. Maximal drei Tage, war Mamas Antwort, und bitte ohne Ziegen.

Finn kommt einfach nicht von Hannah los und wird so langsam richtig sonderbar. Vor einer Weile habe ich ihn abends mal gesehen, wie er seinen Namen mit einem Stück Pommes auf ein Schaufenster geschrieben hat, total betrunken.

Hannah ist jetzt mit Max zusammen, einem kanadischen Austauschschüler.

Caris liebt Dan.

Logan liebt Natalie.

Emma fragt sich gerade, ob sie vielleicht bisexuell ist.

Poppy fährt total auf den DJ vom *Midnight* ab.

Toby ist nach wie vor in Mel verliebt.

Mel liebt die Erde, den Himmel und die Delfine.

Ich werde bald sechzehn. Ich habe mir die Haare abschneiden lassen; so kurz sehen sie aus wie Federn. Steht mir gut, sagt Hunter. Auf einem Flohmarkt habe ich den coolsten Samtmantel der Welt entdeckt, schwarz mit rotbraunem Seidenfutter. Wenn man vorhat eine berühmte Filmemacherin zu werden, muss man sich frühzeitig um den passenden Look kümmern. Jethro wohnt inzwischen bei Hunter. Dieser Hund ist einfach das Beste, das Allerbeste.

Weihnachten fliegen Hunter und ich nach Brisbane. Er will seinen Vater besuchen und ich die Reeves'. Vielleicht sind sie ja gar nicht so schrecklich, wie ich sie in Erinnerung habe. Und was spricht dagegen, ihnen noch eine Chance zu geben? Schaden kann es jedenfalls nicht. Ich bin älter geworden, sehe die Dinge anders als früher. Mir liegt viel daran, mit ihnen über meinen Vater und unsere Familie zu reden, bevor es zu spät ist. Mit Hunter zusammen zu sein ist zwar nicht perfekt, aber schon ziemlich klasse. Ich habe mich von meinen Fantasievorstellungen, einen romantischen Mondtänzer zu erobern, verabschiedet und stattdessen einen wunderbaren Freund gefunden, der mich zum Lachen bringt. Dass seine Küsse besser schmecken als Schokolade, ist auch nicht zu verachten. Insgeheim hoffen wir, dass wir in Brisbane ein paar Tage in der Jugendherberge übernachten können, nur wir zwei. Aber dieser schöne, kleine Plan ist noch nicht unter Dach und Fach, wir müssen noch ein wenig dafür tun.

In einer Vollmondnacht veranstalten Hunter und ich ein Ritual. Unterm Blätterdach der Bäume im Botanischen Garten zünden wir Wunderkerzen an und schreiben unsere Namen in den Himmel. Danach gehen wir dreimal um den Magnolienbaum, graben ein Loch, sagen jeder ein paar Worte.

»Auf die Zukunft.«

»Auf die Vergangenheit und die Gegenwart.«

»Auf das, was verborgen ist.«

»Auf uns.«

Jethro gibt ein leises Bellen von sich.

In eine ausrangierte Keksdose lege ich mein altes Tagebuch, das getrocknete Seepferdchen, den Rubinohrring und ein Foto von uns beiden, das an dem Tag aufgenommen wurde, als ich mir die Haare kurz schneiden ließ. Hunter ergänzt die Sammlung durch eine kleine Plastikfigur von einem Skateboarder und sein Klopapiergedicht. Auf eine Postkarte mit einem Edward-Weston-Foto schreibe ich *Alles Liebe, Georgia.* Hunter ritzt etwas auf ein Blatt: *Mädchen mit wildem Haar & Luftwindjunge = glücklich.* Wir versiegeln die Dose mit Kerzenwachs und vergraben sie ganz tief in der Erde. Eines Tages wird jemand sie finden, irgendwann in der Zukunft, jenem geheimnisvollen Raum, in dem alles möglich ist.

WIE ICH MEINE DOLLARS AUSGEBEN KÖNNTE, NACHDEM ES *NATURAL AFFINITY* JA NICHT MEHR GIBT

Ein goldenes Fahrrad kaufen

Aus den Geldscheinen kleine Papierkraniche falten, wie Sadako

Die Scheine zusammenrollen und ein paar Lines damit schnupfen (War nur ein Witz, Mama!)

In einer heidnischen Zeremonie erst verbrennen, dann vergraben

Amnesty International spenden

Amnesty International die eine Hälfte spenden und mit der anderen ein geschnitztes balinesisches Hochzeitsbett kaufen

Siebenundneunzig Lottoscheine ausfüllen

Kirschen für meinen Vater kaufen. Mama und ich könnten an seinem Grab sitzen, Kirschen essen und uns mit ihm unterhalten. Das hätte was.

WAS MAN ALLES TUN KANN, WÄHREND MAN DER SONNE BEIM UNTERGEHEN ZUSCHAUT

Einen Ben-Harper-Song trällern
Sich die Nägel mit einem kleinen Zweig sauber machen
Den Wolken Namen geben
Gähnen
Niesen
Mit den Zehen wackeln
Sich ein kurzes Gedicht ausdenken
Murmeln spielen
Mit dem Finger den eigenen Namen in die Luft schreiben
Für den Frieden auf der Welt beten
Augenzwinkern üben
Eine Gänseblümchenkette basteln
Einen Pfirsich essen
Mit jemand anderem ein Picknick machen
Etwas Sprudeliges trinken und viel rülpsen
Küssen oder geküsst werden
Mich kaputtlachen, weil meine Pickel in dreihundert Jahren komplett egal sein werden